Un homme d'honneur

*

Séduction à la française

CATHERINE MANN

Un homme d'honneur

Traduction française de
ROSA BACHIR

GENTLEMEN

HARLEQUIN

Titre original :
HONORABLE INTENTIONS

Ce roman a déjà été publié en 2018

HARPERCOLLINS FRANCE
83-85, boulevard Vincent-Auriol, 75646 PARIS CEDEX 13
Service Lectrices — Tél. : 01 45 82 47 47

www.harlequin.fr

ISBN 978-2-2804-4121-6

1

La Nouvelle-Orléans, Louisiane : Mardi Gras

« Laissez les bons temps rouler ! »

Les acclamations en cajun résonnaient dans la tête de Hank Renshaw Jr., tandis qu'il se frayait un passage dans la foule venue assister au carnaval de mardi gras. Mais il n'était pas du tout d'humeur à faire la fête.

Il avait un message à transmettre. Et chercher la fiancée de son meilleur ami, tué au combat dix mois plus tôt, ajoutait un poids de vingt tonnes sur son cœur déjà lourd.

Mû par la détermination, il avançait, pas à pas, parmi la masse de gens déguisés avec des chapeaux à clochettes, des masques et des colliers de perles multicolores. Seuls quelques réverbères rompaient l'obscurité. Le défilé avançait lentement, alors qu'un groupe de jazz jouait un morceau de Louis Armstrong et que des colliers, des fausses pièces d'or et même des culottes de dentelle pleuvaient sur la foule.

Il n'était d'ailleurs pas surpris de voir des sous-vêtements voler. Les années précédentes, il avait roulé depuis Bossier City pour venir voir le carnaval à La Nouvelle-Orléans. Cette ville faisait la fête tout le week-end précédant mardi gras. Autant qu'il pouvait en juger d'après ses expériences passées, la soirée serait encore plus agitée au fil des heures, car l'alcool coulait à flots. Bientôt, les gens commenceraient à réclamer des perles de manière traditionnelle.

En brandissant leurs chemises.

Déjà, une grand-mère agitait ses mains en l'air, encore habillée heureusement, et criait vers un char sur lequel un roi chevauchait un alligator mécanique :

— Jetez-moi quelque chose, monsieur !

— *Laissez les bons temps rouler !* répondit le roi avec un fort accent cajun.

Hank se mit en retrait près d'un réverbère. Il parlait français et espagnol couramment, se débrouillait en allemand, et connaissait quelques mots de chamorro, car son père avait été en poste sur l'île de Guam. Hank s'était toujours juré de ne pas suivre les traces de son aviateur de père, mais alors que ce dernier était pilote sur un B-52 Hank était devenu navigateur aérien, sur le même avion ! En fin de compte, il n'avait pas plus fui l'héritage familial que ses deux sœurs. Les Renshaw étaient faits pour l'aviation. Point. Depuis des générations, ils étaient militaires, même si leurs investissements boursiers, qui représentaient maintenant des millions, leur auraient permis de faire tout autre chose.

Hélas, la fortune ne lui était pas d'un grand secours. Il aurait donné jusqu'à son dernier cent, pour ramener son ami à la vie.

Le cœur serré, Hank leva les yeux vers l'enseigne du restaurant qui se profilait devant lui. Il ne lui restait plus que quelques mètres à parcourir pour rejoindre l'appartement mansardé de Gabrielle Ballard, situé quelques étages au-dessus d'un magasin d'antiquités.

Il replongea son regard dans le kaléidoscope violet, or et vert du carnaval. Soudain, à la faveur d'un petit mouvement de la foule, il l'aperçut enfin, sous la lumière que projetait une enseigne de magasin. Ou plutôt, il la vit de dos, tandis qu'elle se dirigeait vers son appartement. Elle ne semblait pas être venue voir le défilé. Elle rentrait chez elle, à l'évidence, et portait un sac de courses plein, et un autre sac en tissu fleuri.

Il accéléra le pas pour la rattraper, sans même douter que ce fût bien elle. Cela pouvait sonner comme un cliché trop sirupeux, mais il aurait repéré Gabrielle entre mille. Il avait tout de suite reconnu la courbe élégante de son cou, le mouvement de ses cheveux blonds le long de ses épaules.

Même avec un long pull cachant son corps, il devinait le galbe de ses longues jambes. Sur elle, un jean semblait interminable. Elle avait un style européen et chic qui suggérait sa double nationalité. Son père, membre de l'armée américaine, avait épousé une Allemande, et avait été en poste dans différentes bases américaines à l'étranger. Gabrielle, quant à elle, était venue vivre à La Nouvelle-Orléans pour ses études.

Oui, il connaissait tout de Gabrielle Ballard, depuis son histoire familiale jusqu'à la courbe de ses hanches. Il l'avait désirée chaque jour durant une année d'enfer, avant que Kevin et lui soient envoyés au front. Son seul soulagement ? Puisqu'elle vivait dans le sud de la Louisiane, et que Kevin et lui étaient basés au nord, Gabrielle n'avait croisé son chemin que deux ou trois fois par mois.

Quoi qu'il en soit, le code d'honneur des frères d'armes dressait entre Gabrielle et lui un mur qu'il ne pouvait escalader. Elle était la fiancée de son meilleur ami, la compagne de Kevin. Du moins, elle l'avait été. Jusqu'à ce que Kevin décède, quelques mois plus tôt. Deux tirs d'un sniper à un point de contrôle, et son ami était parti. Cela ne rendait pas Gabrielle disponible, mais à présent il avait l'obligation de veiller sur elle.

Elle tourna à un coin de rue, en remontant ses sacs sur ses épaules, et se fraya un chemin parmi un groupe d'étudiants, pour rejoindre le portail en fer forgé qui fermait l'escalier extérieur de son immeuble. Un des jeunes gens renversa de la bière écumeuse sur le bras de Gabrielle. Elle continua à avancer, mais l'homme au gobelet lui barra le passage. Elle serra son sac fleuri, le visage marqué par la peur.

Son instinct encore vif après son récent séjour en zone de guerre, Hank sentit tout de suite que les choses prenaient une tournure très dangereuse. Il accéléra le pas sans la quitter des yeux une seconde. Le réverbère l'éclairait, ses cheveux dorés brillant comme un phare au milieu du chaos. Mais le trottoir était plein, et les bruits de la foule si forts qu'elle risquait de ne pas être entendue, si elle appelait à l'aide.

Enfin, il parcourut les deux derniers mètres qui le séparaient de la scène qui se jouait sous ses yeux. Il referma la main sur l'épaule du sale type plein de bière qui importunait Gabrielle.

— Laissez cette dame passer.

— De quoi je me mêle ?

L'abruti éméché recula en titubant, et le fixa de ses yeux injectés de sang.

Alors, Gabrielle leva la tête vers Hank, écarquillant ses grands yeux vert émeraude. Et il éprouva une tension bien trop familière, comme chaque fois qu'elle croisait son chemin. Comme lors de leur première rencontre, à un bal militaire.

Lorsqu'il l'avait aperçue dans sa robe bleu glacier, chaque cellule de son corps avait crié qu'elle était faite pour lui. Quelques secondes plus tard, Kevin les avait rejoints, la présentant comme l'amour de sa vie. Depuis, Hank la désirait en silence.

L'importun se dégagea de son emprise. L'alcool exsudait de ses pores, chargeant l'air nocturne d'une odeur âcre.

— Occupe-toi de tes oignons, mon gars.

— Je crains que ce ne soit impossible.

Hank glissa un bras autour de la taille de Gabrielle, en tentant de réprimer les réactions de son corps à son contact.

— Elle est avec moi, et je te conseille de trouver un autre endroit pour assister au défilé.

L'autre type le regarda assez longtemps pour remarquer son blouson d'aviateur, et décida apparemment qu'affronter un militaire entraîné n'était peut-être pas une si bonne idée. Lorsqu'il haussa les mains, un collier néon brillant apparut sous le col de son T-shirt universitaire.

— Je ne savais pas que vous aviez la priorité, commandant. Désolé.

Commandant ? Dieu, il lui semblait qu'hier encore il était un jeune lieutenant que venait de rejoindre une escadrille. Cela dit, il se sentait un peu vieux ces derniers temps, même s'il n'avait que trente-trois ans.

— Il n'y a pas de mal, tant que vous vous en allez tout de suite.

— Compris.

Le type acquiesça, et retourna vers ses acolytes.

— Allons-y, les gars, lança-t-il.

Hank les observa jusqu'à ce que la foule avale le trio éméché.

— Hank ? s'exclama Gabrielle. Comment m'as-tu retrouvée ?

Le son de sa voix était comme une caresse soyeuse sur sa peau. Rien n'avait changé. Il était encore fou d'elle. Mais à présent, lorsqu'il la regardait, les souvenirs de son ami agonisant remontaient à la surface.

Il devait s'assurer que Gabrielle allait bien, comme il l'avait promis à Kevin, lui transmettre les derniers mots de son ami et, ensuite, il sortirait de la vie de la jeune femme pour de bon.

— Tu vis toujours à la même adresse. Pas besoin d'être détective pour te retrouver, répondit-il en l'escortant jusqu'au portail.

Son regard s'attarda sur le petit jardin familier, et la table en fer forgé qu'il avait vue pour la première fois deux ans plus tôt, quand il était venu ici avec Kevin. Décidé à prendre le contrôle sur ses sentiments, il avait accompagné son ami en week-end à La Nouvelle-Orléans. Une pure torture, du début à la fin.

— Allons chez toi, pour que nous puissions discuter.

— Qu'est-ce que tu fais ici ? Je ne savais pas que tu étais rentré.

Son léger accent allemand lui conférait un charme exotique.

Comme si elle avait besoin de quoi que ce soit de plus pour le charmer. Il était un vétéran de trente-trois ans, et avec elle il avait l'impression d'être un lycéen qui venait de repérer la nouvelle beauté de la classe.

Il admira son visage triangulaire, ses yeux verts et brillants, ses pommettes hautes, son menton délicat. Son sac fleuri barrait sa poitrine, et la sangle passait juste entre ses seins.

Des seins plus ronds que dans son souvenir.

Mieux valait regarder ailleurs, et vite.

— Je suis venu pour toi.

Le reste pouvait attendre qu'ils soient à l'intérieur.

Il l'attira plus près, mais son sac s'interposait entre eux. Que portait-elle là-dedans ?

— Laisse-moi porter ça pour toi, dit-il en passant un doigt sous la sangle.

— Non, merci.

Elle couvrit le paquet des deux mains, dans un geste protecteur.

Il crut voir le sac bouger.

Il l'observa de plus près et, soudain, il comprit.

Ce n'était pas un sac de provisions. Il avait vu sa sœur Darcy en porter un identique, quand son fils et sa fille étaient tout petits. Sans l'ombre d'un doute, c'était un porte-bébé.

Et, à en juger par le pied minuscule qui apparut, il y avait un enfant à l'intérieur.

Aussi loin qu'elle se souvenait, Gabrielle avait toujours rêvé d'être mère. Lorsqu'elle n'était encore qu'une fillette, ses poupons avaient toujours été les mieux vêtus et les mieux nourris du quartier. Et ils étaient en parfaite santé.

A l'époque, elle ignorait quelle tournure sa première expérience réelle de la maternité allait prendre.

Pas de père pour son enfant.

Un bébé malade.

Et à présent une figure dérangeante de son passé était

apparue sous la forme de Hank Renshaw. D'une carrure impressionnante, il semblait masquer le reste du monde. Il portait son blouson d'aviateur, en cette soirée anormalement fraîche, et avait l'air aussi grand, ténébreux et impressionnant qu'un héros de cinéma.

Elle n'arrivait toujours pas à croire qu'il soit ici.

Hank.

Et pourtant, le commandant Hank Renshaw Jr. était bien là, devant chez elle, en plein mardi gras. Seul le rendez-vous chez le médecin de son bébé l'avait poussée à s'aventurer dehors avec son enfant dans ce chaos. Si Hank était arrivé quelques minutes plus tard, l'aurait-elle manqué ?

Elle ne l'avait pas revu depuis… Son cœur tressauta. Elle n'avait pas revu Hank depuis qu'elle avait dit au revoir à Kevin, le jour où les deux amis avaient quitté leur base de Louisiane pour le Moyen-Orient.

Aujourd'hui, il était venu la voir, pour une raison qu'elle ignorait encore. Et même si c'était douloureux de penser que Kevin aurait dû rentrer lui aussi, elle ne devait pas rejeter Hank, qui n'était en rien responsable du drame qui les avait touchés. Elle était juste fatiguée, et à fleur de peau. Elle détestait être dans cet état.

Pourtant, elle devait le reconnaître, le parfum frais de Hank chassait l'odeur écœurante de la bière, de la sueur et des souvenirs. Ce serait si facile de s'appuyer contre son épaule puissante, de se sentir protégée entre ses bras. Si facile, et si mal. Il fallait qu'elle résiste.

Deux ans plus tôt, elle s'était battue bec et ongles pour se libérer de sa famille surprotectrice et étouffante, en réalisant son rêve de venir étudier aux Etats-Unis. Elle était aujourd'hui une mère célibataire de vingt-six ans, tout à fait capable de s'occuper d'elle-même et de son fils. Elle n'avait pas besoin qu'un homme vienne la distraire ou lui briser le cœur. Encore moins maintenant.

D'ailleurs, à en juger par l'horreur qui se lisait sur le visage de Hank alors qu'il observait le pied de son bébé, elle ne devrait avoir aucune difficulté à se débarrasser de lui rapidement.

Elle peignit un sourire sur son visage marqué par la fatigue.

— Eh bien, je n'arrive pas à croire que tu sois de retour. Allons chez moi, loin de toute cette agitation, pour que nous puissions nous entendre parler. Quand es-tu rentré ? Et depuis combien de temps es-tu devant chez moi ?

— Je suis rentré à la base hier, dit-il d'un ton prudent.

Elle vit dans son regard qu'il brûlait de lui poser des questions sur son fils, mais fit mine de n'avoir rien remarqué.

Mieux valait aborder le sujet plus tard — quand elle aurait repris contenance.

— Hier à peine ? Et tu es déjà ici ? Tu dois être encore plus fatigué que moi.

Il la prit par le coude, d'une main forte et chaude, pour la guider dans la foule.

— Ma priorité numéro un, c'était de te revoir. Pourquoi serais-je venu, sinon ?

Son fils lui donna un coup de pied dans le ventre.

— Eh bien, c'est mardi gras.

Elle plongea la main dans son sac à langer, à la recherche de ses clés.

— J'ai pensé que tu étais peut-être venu voir la fête, pour te reposer et te détendre après ton déploiement.

— Ni repos ni détente. Si je suis là, c'est uniquement pour toi.

— Pour Kevin, tu veux dire.

Dire son prénom, même dix mois après sa mort, faisait toujours mal.

Elle lut une douleur similaire à la sienne dans le regard de Hank. Comme c'était étrange d'être ainsi liés par un disparu.

Alors que des larmes lui montaient aux yeux, elle se détourna, et inséra sa clé dans le portail. Hank le referma avant qu'un intrus n'entre, puis se tourna vivement vers elle, la saisissant par les bras.

Impossible d'échapper à son regard d'acier.

— Et puisque je suis ici à propos de Kevin, dit-il en effleurant le pied de son fils, cela m'amène à une question. Qui est-ce ? Est-ce que tu fais du baby-sitting pour une voisine ?

Elle qui avait voulu gagner du temps pour se reprendre…

— Il s'appelle Max. C'est mon fils.

Et il était malade, très malade, songea-t-elle en réprimant un frisson de peur.

— Toute autre question devra attendre que nous soyons chez moi, loin du bruit. J'ai eu une longue journée, et je suis épuisée.

En un éclair, Hank lui prit son sac à langer. Il enleva son blouson et le posa sur ses épaules avant qu'elle puisse protester. Elle avait porté le blouson de Kevin des dizaines de fois. Une veste de cuir ou une autre, la sensation aurait dû être la même. Mais il n'en était rien. Celle de Hank la couvrait presque tout entière, et l'enveloppait dans sa chaleur, son parfum.

Kevin et Hank avaient peut-être fait équipe sur un B-52, mais leurs tempéraments étaient radicalement opposés. Kevin ne pensait qu'à se divertir et à s'amuser, la poussant à négliger ses études pour profiter de la vie. Hank était plus… sérieux.

Ses pas résonnèrent derrière elle, tandis qu'elle montait l'escalier extérieur jusqu'à son appartement, situé au troisième étage. Après une longue journée à l'hôpital, à affronter ses peurs et à prendre des décisions capitales toute seule, le soutien de Hank était agréable, trop agréable. Lorsqu'elle chercha de nouveau ses clés, le blouson de Hank glissa, et une brise fraîche souffla sur elle. Il rattrapa le vêtement avant qu'il ne tombe au sol.

Elle ouvrit la porte, retira ses chaussures et jeta ses clés sur la desserte qui faisait office de vide-poches. L'espace ouvert s'étalait devant elle, avec ses hauts plafonds et son parquet de bois, et sa décoration chic et bohème constituée de meubles de seconde main. Elle dormait six marches plus haut, sous les combles. La chambre de Max, nichée dans un coin, comportait les seuls meubles neufs qu'elle ait achetés, un berceau en acajou orné d'un linge de lit bleu parsemé de nuages et d'avions.

Son petit appartement lui avait semblé parfait, quand elle était arrivée aux Etats-Unis pour obtenir un MBA. Mais depuis la naissance de son fils l'endroit se révélait de moins en moins pratique. Elle avait failli céder aux demandes répétées de ses parents de rentrer au bercail, mais elle avait tenu bon. Elle avait des économies, et disposait d'un revenu suffisant grâce aux sites web qu'elle créait pour des sociétés.

Tout aurait pu si bien se passer… Hélas, depuis peu, le monde s'était écroulé sur elle. Son bébé était né avec une anomalie digestive, et avait besoin d'être opéré — pour que sa valve pylorique soit réparée.

— Gabrielle…

La voix grave et profonde de Hank emplit la pièce, se mêlant à la réverbération du défilé qui faisait vibrer le sol.

— Chut.

Elle sortit son fils endormi de son porte-bébé et le posa dans son berceau, en lui caressant doucement la tête. Elle lissa son body, puis remonta le mobile musical orné d'avions, afin qu'il joue un air familier par-dessus le bruit de la rue.

Comme chaque fois qu'elle contemplait son fils, son instinct maternel se réveillait, plus puissant que tout ce qu'elle avait connu avant Max. Elle passa la main sur son duvet châtain clair, et posa un baiser sur son front, en respirant son doux parfum, mélange de shampoing pour bébé et de talc. Elle était prête à tout pour son fils.

Absolument tout.

Sa fatigue disparut, laissant place à la détermination. Elle tira la moustiquaire autour du berceau et se tourna vers Hank.

— A présent, nous pouvons discuter. Max devrait dormir encore vingt minutes, avant de se réveiller pour manger.

Son fils ne pouvait ingurgiter que de petites quantités d'aliments, à cause de l'ouverture trop étroite de son estomac vers son intestin. Mais, elle l'espérait, la future opération allait régler le problème, et permettre à Max de grandir normalement. Si son frêle bébé survivait à l'opération.

Hank posa le sac à langer sur la table en pin éraflée près du coin cuisine, et suspendit son blouson sur une chaise.

— Cet enfant est-il de Kevin ?

Elle se tourna vivement vers lui. Elle s'était attendue à tout, sauf à cela. Le doute qui se lisait sur son visage rude lui faisait plus mal qu'elle ne voulait l'admettre.

Des souvenirs de temps plus heureux jaillirent dans son esprit, qui lui firent mesurer tout ce qu'elle avait perdu.

— Hank, tu me connais.

Ou du moins, elle avait cru qu'il la connaissait.

— Dois-tu vraiment poser cette question ?

— Entre mes sœurs et mes demi-frères qui enfantent à tout va, j'ai vu beaucoup de bébés. Ton petit garçon ressemble à un nouveau-né. Or, cela fait douze mois que nous avons quitté le pays.

Il secouait la tête, et serrait la chaise si fort que ses articulations étaient devenues blanches.

— Ça ne colle pas, conclut-il.

Elle sentit la colère monter en elle, même si, en effet, la taille de son fils donnait matière à s'interroger.

— Ah, oui ? Tu crois tout savoir, n'est-ce pas ? Crois-tu réellement que j'aurais trompé Kevin ?

Quoique, ne l'avait-elle pas fait ? Même si ce n'était qu'en pensée…

— Tu ne serais pas la première à trouver, une fois ton homme au front, du réconfort dans les bras d'un autre…

— Eh bien, ce n'est pas le cas, affirma-t-elle en croisant les bras.

Son cœur avait été trop confus pour qu'elle envisage même de regarder un autre homme.

— Max est petit parce qu'il a une sténose pylorique, un désordre digestif qui doit être corrigé par une opération chirurgicale, dit-elle en s'appuyant contre le bureau d'angle qui contenait tous ses livres d'études.

Les traits de Hank s'adoucirent. Il tendit le bras vers elle, en s'arrêtant tout près de son visage, mais laissa retomber sa main.

— Gabrielle, je suis navré. Que puis-je faire pour t'aider ? Te trouver des spécialistes ? Te prêter de l'argent ?

Son élan de sympathie menaçait de lui faire perdre le peu de contrôle qui lui restait.

— Je peux me débrouiller pour l'opération de Max. J'ai une assurance grâce à mon université. Et inutile de demander à tes spécialistes de vérifier son âge.

Elle ne pouvait s'empêcher de se montrer méfiante.

— Sa date de naissance est publique, ajouta-t-elle. Il est né huit mois après que Kevin et toi êtes partis. Max a quatre mois.

— Alors, tu étais dans ton premier trimestre quand il a été tué. Tu ne savais pas que tu étais enceinte au moment de la mort de Kevin ?

Elle déglutit. En fait, elle avait menti par omission. Cela, elle ne pouvait le nier.

— Si, je savais.

— Pourquoi ne lui as-tu rien dit avant qu'il ne meure ?

Comment osait-il se tenir là, si beau, si bien pensant et *vivant ?* Elle laissa son chagrin s'exprimer dans la colère.

— Vous étiez peut-être amis tous les deux, mais mes motifs ne te regardent absolument pas.

La mâchoire de Hank tressauta, et il passa une main sur ses cheveux coupés court.

— Tu as raison. Ça ne me regarde pas.

Sa réponse désamorça sa colère. Mais comment lui expliquer, alors que ses motifs lui semblaient stupides à présent ? Effrayée et confuse, elle avait retardé le moment d'annoncer la nouvelle à Kevin. Jusqu'à ce qu'il soit trop tard. S'il avait su, aurait-il été plus prudent ? Elle ne le saurait jamais. Il lui faudrait vivre avec cette culpabilité pour le restant de ses jours.

Elle empoigna la veste de Hank et la lui lança.

— Tu es venu voir si j'allais bien. Considère tes obligations envers ton ami remplies. Tu devrais partir. Il est tard, et tu dois être fatigué par ton voyage. Et, pour être franche, j'ai eu une longue journée moi aussi, et je n'ai pas eu le temps de déjeuner.

Une longue et angoissante journée, ajoutée à la fatigue de nourrir Max toutes les deux heures durant la nuit.

Elle plaqua le blouson contre son torse.

— J'ai été contente de te revoir. Bonsoir.

Il posa une main sur les siennes.

— Je suis ici pour voir comment tu vas, comme je l'ai promis à Kevin. Et apparemment j'ai bien fait de venir. Kevin aurait subvenu aux besoins de son enfant. Il voudrait qu'il vive ailleurs que dans un appartement pourvu d'une seule chambre.

Elle releva la tête, piquée au vif.

— On en revient à l'argent, alors ? Je ne te savais pas si impoli.

— Et je ne te savais pas si agressive.

— Je n'ai peut-être pas la fortune et les relations des Renshaw, mais je travaille dur pour nourrir mon fils, et il se trouve que je me débrouille sacrément bien.

Sa colère et sa frustration ne l'empêchaient pas d'être troublée par Hank. Il avait encore sa main sur la sienne. La chaleur de sa peau éloignait la peur glacée qui l'accompagnait depuis si longtemps. Son esprit épuisé était envahi par les souvenirs, et son corps, ébranlé par une émotion qu'il n'avait pas ressentie depuis des mois. Du désir.

Une flamme torride brûla dans les yeux de Hank, juste une seconde, avant que son expression ne redevienne neutre.

— Tu dis que tu as faim ? Laisse-moi nous commander un dîner pour m'excuser de mon impolitesse.

— Un dîner ? Avec toi ?

Le dernier dîner qu'elle avait partagé avec lui remontait à des mois. C'était deux jours avant qu'il ne parte en mission.

Et, ce soir-là, elle avait embrassé Hank Renshaw.

2

Hank vit le souvenir de cet unique baiser se refléter dans les yeux de Gabrielle. Un instant de faiblesse qui le hantait encore.

Ce jour-là, elle était venue à leur base de Bossier City, pour dire au revoir à Kevin avant leur départ en mission. Tous les trois avaient prévu de dîner ensemble. Mais à la dernière minute elle s'était disputée avec Kevin, et ce dernier lui avait fait faux bond. Hank lui avait offert un hamburger et l'avait écoutée tandis qu'elle s'épanchait. Il avait tenu bon, jusqu'à ce qu'elle se mette à pleurer. Alors, il l'avait tenue dans ses bras et puis…

Bon sang ! Il ne savait toujours pas qui avait embrassé l'autre en premier, mais il se sentait encore coupable. Au nom de l'honneur, il devait à Kevin de mieux se comporter cette fois.

Gabrielle le dévisagea, déroutée.

— Tu comptes commander un dîner, en plein carnaval ?

— Ou alors, nous pouvons dîner dehors. Il doit bien y avoir une entrée de service dans ce bâtiment.

Il continua de parler pour l'empêcher de protester et de le mettre à la porte.

— Nous pourrions emmener le bébé et aller dans un endroit calme. Ce n'est pas comme s'il pouvait dormir avec tout ce tapage.

— Le quartier est rarement calme. Il est habitué.

— Dans ce cas, je vais nous faire livrer quelque chose.

Il remit son blouson sur la chaise.

— Ce qui nous ramène à ma première question. Qui va nous livrer ici ? Maintenant ?

Il ne prit pas la peine de répondre, tant cela lui semblait évident.

— Ah oui, j'oubliais, fit-elle en soupirant. Les Renshaw sont des gens influents.

Influents ? C'était un euphémisme. Pourtant, être un Renshaw était un poids pour lui, et se servir de son influence maintenant n'était qu'un des rares avantages à faire partie de cette famille.

— Je crois que je livrerais un repas dans cette pagaille, si on me payait assez cher, dit-elle.

Elle leva les mains promptement.

— Mais tu t'en vas, de toute façon.

Il fit comme s'il n'avait rien entendu, et sortit son téléphone dernier cri de sa poche.

— Qu'est-ce qui te ferait plaisir ? Allons, j'ai mangé une horrible tambouille pendant un an. Dépêche-toi de choisir, et inutile de perdre ton temps à refuser. Tu as faim, et j'ai faim. Pourquoi nous disputer ?

Pendant un long moment, elle le fixa d'un air indécis. Elle était obstinée, et déterminée, mais lui aussi. Alors, il attendrait.

Enfin, elle hocha la tête, et sembla se détendre un peu.

— Quelque chose de simple, et de pas trop épicé.

— Pas trop épicé ? A La Nouvelle-Orléans ?

Elle rit, et ce son doux et mélodieux le toucha au cœur, comme par le passé. Il s'était persuadé que sa mémoire avait exagéré son attirance pour elle. Et pourtant, il était là, totalement ensorcelé par son rire cristallin. Tout ce qu'elle voudrait, il ferait en sorte de le lui offrir.

Il appela le numéro d'un restaurant cinq étoiles que sa belle-mère fréquentait, dans le quartier français, et passa sa commande.

— C'est fait, dit-il en raccrochant. Nous serons livrés dans une demi-heure.

Elle posa les mains sur son blouson. Comme il aurait aimé le porter, à cet instant précis.

— Merci, c'est vraiment gentil.

— Alors, je suis pardonné pour la question sur le père de Max ?

La réponse était trop importante. Bien trop importante. La musique jazz, les acclamations et les notes de cornes de brume qui leur parvenaient depuis la rue rompaient le lourd silence.

— Oui, tu es pardonné.

Elle hocha la tête d'un air raide, tandis que ses doigts s'enfonçaient plus profondément dans le cuir de son blouson.

— Tu es quelqu'un de bien, je le sais. Tu es juste obstiné et assez tenace.

— Très tenace, rectifia-t-il.

Car c'était la seule façon de tracer son propre chemin dans une famille de forts caractères et de brillants éléments.

— Mais tu as faim et tu es fatiguée, alors laisse-moi prendre les choses en main.

— J'ai si bonne mine que ça ? ironisa-t-elle.

Elle passa devant lui et s'installa dans un fauteuil.

Ainsi recroquevillée, avec ses longues jambes ramenées sous elle, elle était… magnifique, vulnérable. Il aurait rêvé de pouvoir l'embrasser, la protéger, mais elle avait été claire, elle ne voulait pas de lui.

Alors, il se contenterait de lui offrir un repas, au cours duquel, il fallait l'espérer, il apprendrait pourquoi elle avait de tels cernes sous les yeux, qui ne pouvaient être dus uniquement au manque de sommeil.

— Tu ressembles à une jeune mère qui ne se repose pas beaucoup, observa-t-il en s'agenouillant devant elle.

Et elle ressemblait à une femme encore en deuil.

Elle regarda vers le berceau, dont les contours étaient flous derrière la moustiquaire.

— Il doit manger plus souvent, en plus petites quantités, pour pouvoir garder la nourriture.

La douleur et la peur dans sa voix ne faisaient pas de doute. Soudain, il ne s'agissait plus de lui. Ou de Kevin. Tout ce qui comptait, c'était son enfant.

— Quand le problème a-t-il été diagnostiqué ?

— Lors de sa visite de six semaines, nous avons soupçonné que quelque chose n'allait pas.

Sur la table basse, elle prit un cadre contenant une photo de son fils, sur laquelle il portait un petit bonnet bleu et avait le visage fripé des nouveau-nés.

— Il ne prenait pas de poids comme il l'aurait dû. Depuis, j'essaie de le rendre plus fort pour l'opération, tout en sachant qu'il ne peut pas grandir beaucoup sans chirurgie.

Plus il l'écoutait, plus il était convaincu d'avoir bien fait de venir. Gabrielle avait besoin de lui.

— Ce doit être effrayant d'avoir à affronter cela toute seule. Ta famille va-t-elle venir ?

— Ils sont déjà venus pour la naissance de Max. Ils ne peuvent pas prendre beaucoup de congés, et puis je vis très loin d'eux.

Elle reposa la photo et croisa les bras.

— Ils m'ont proposé de retourner vivre chez eux, mais je dois finir mes études. Max et moi avons nos habitudes ici, avec nos médecins, et mon travail.

— Comment fais-tu pour combiner un emploi, tes études *et* l'éducation d'un bébé ?

— Je crée des sites web pour des sociétés, une activité que je peux faire de chez moi.

Elle désigna d'un geste de la main le bureau dans le coin.

— La moitié de mes cours sont en ligne. Max passe quelques heures avec une nounou, une dame qui travaille à temps partiel dans le magasin d'antiquités, en bas. Elle vient le surveiller quand je suis absente. J'ai de la chance.

De la chance ? Elle était une mère célibataire, en train de s'épuiser pour son enfant malade, et elle se considérait *chanceuse ?* Ou alors, était-elle si fichtrement indépendante qu'elle refusait d'admettre qu'elle était débordée ?

— Et la famille de Kevin ? Est-ce qu'ils t'apportent leur aide ?

Elle leva le menton.

— Ils ne veulent rien avoir à faire avec Max. Ils disent qu'il leur rappelle leur fils et que c'est trop douloureux.

Hank aurait dû le deviner. La seule fois où il avait rencontré les parents de Kevin, ils lui avaient semblé égocentriques, et plus intéressés par leurs vacances que par leur fils. S'ils ignoraient Max, c'était plus probablement parce qu'il interférait avec leurs projets de retraités actifs.

— Au moins, Max a l'argent de l'assurance-vie de son père.

Elle resta un moment silencieuse, jouant avec la frange dorée d'un coussin.

— Ils lui ont donné l'argent, n'est-ce pas ? insista-t-il en se relevant. Au moins une partie ?

— Kevin ignorait l'existence de Max.

Elle croisa les mains sur ses genoux.

— Les parents de Kevin étaient inscrits comme ses bénéficiaires.

Bon sang.

— Je leur parlerai. Et s'ils ne coopèrent pas, cela ne devrait pas être trop difficile de contester le…

— Mon fils et moi nous débrouillons très bien tout seuls, coupa-t-elle. Nous n'avons pas besoin de leur argent.

Etait-ce de la fierté ? Eprouvait-elle le besoin de tracer son propre chemin toute seule ? Il pouvait le comprendre. Ce qui faisait de lui la personne idéale pour lui venir en aide.

— Tu réussis admirablement bien toute seule, j'en suis convaincu. Seulement, ce ne doit pas être facile pour toi.

— C'est le moins qu'on puisse dire, concéda-t-elle avec un sourire ironique.

— Et tes parents ?

— Je croyais que nous en avions déjà parlé. Ça va.

— Personne ne devrait porter un tel poids tout seul. Je me rappelle que Kevin disait que tes parents étaient des gens bien.

Même s'ils vivaient de l'autre côté de l'océan, en Allemagne.

— C'est vrai, et j'ai même envisagé de retourner vivre chez eux, juste après avoir appris ma grossesse. Mais j'étais déjà bien avancée dans mes études quand j'ai découvert que j'attendais Max. Certes, les choses sont un peu difficiles en ce moment, mais il faut que j'obtienne mon diplôme, qui est mon meilleur espoir d'assurer un avenir à mon fils.

— Et ces cernes… ?

— Je dormirai quand Max sera opéré, parce qu'il n'aura plus faim en permanence. Il sera heureux, rassasié…

Des larmes retenues brillèrent dans ses yeux.

— Je dois croire que tout se passera bien.

Ses larmes le bouleversèrent, comme cela avait été le cas un an plus tôt. Il s'agenouilla devant elle et prit ses mains dans les siennes, ses douces mains qui autrefois avaient plongé dans ses cheveux, caressé son dos. Des mains dont les ongles étaient à présent rongés jusqu'au sang.

Il ne pouvait pas la laisser seule, sans personne pour l'épauler.

— C'est la raison pour laquelle tu es ici, plutôt que chez tes parents, n'est-ce pas ? Quand tu as appris que Max était malade, partir dans un autre pays…

— Je ne pouvais pas recommencer tout le parcours médical et gâcher des précieuses semaines, ou même des jours. Nous sommes ici maintenant, et nous allons nous en sortir.

Il serra ses mains.

— Mais tu n'as pas à vivre cela toute seule. Je suis en congé pendant les deux prochaines semaines. Je resterai à La Nouvelle-Orléans. Je dois à Kevin d'être un père de remplacement pour Max.

***

Un père de remplacement ?

Gabrielle se figea. Elle ne pouvait ni bouger ni parler. Elle s'était à peine remise du choc de voir Hank ici, et maintenant il lui annonçait cela ?

Il devait y avoir une autre raison à sa présence. Elle avait entendu parler de la culpabilité du survivant. Tout cela n'était pas sain pour lui — ni pour elle.

— Hank, j'ignore ce que tu essaies de faire. Mais Max a déjà un père, qui est mort.

Son emprise sur ses mains se resserra, et se fit presque douloureuse.

— Crois-moi, je le sais mieux que personne.

Il déglutit lentement.

— J'étais là.

Oh ! Seigneur.

— Quand il est mort ?

— Oui…, dit-il en baissant la tête.

Elle arrêta son regard sur sa nuque puissante. Comme elle avait envie de le toucher juste là, de le caresser, de le réconforter. De le serrer fort et de le laisser l'étreindre en retour. Ils avaient tous deux souffert de la mort de Kevin, et à cet instant cette perte les liait si étroitement que cela ravivait sa propre souffrance.

Non, il ne fallait pas qu'elle le touche, sinon elle se mettrait à pleurer dans ses bras. Or, la première fois qu'elle avait pleuré devant lui, ils avaient fini par trahir un homme qu'ils aimaient tous les deux.

Alors, elle mit ses émotions sous contrôle, et se concentra sur les paroles de Hank.

— J'ai essayé de t'appeler ensuite, plusieurs fois, mais les appels vers l'étranger étaient rares et espacés.

— J'ai eu les messages, murmura-t-elle.

Il lui lança un regard de stupéfaction.

— Et tu ne m'as pas répondu ? Par écrit ou par e-mail ?

Lorsqu'elle avait entendu sa voix sur ces messages

vocaux, c'était comme si l'on avait versé de l'alcool sur sa blessure béante.

— C'était trop douloureux à ce moment-là. Je me suis dit qu'entendre ma voix te ferait autant de mal que cela me faisait d'entendre la tienne.

— Tu le penses toujours ?

Ses yeux d'un bleu profond soutenaient les siens, réclamant une réponse. Mais elle n'en avait pas à donner.

Elle regarda leurs mains jointes. Depuis combien de temps se tenaient-ils ainsi ?

Doucement, elle se dégagea et croisa les bras sur sa poitrine.

— Que faisons-nous, Hank ? Es-tu ici pour reprendre là où nous en étions restés après ce baiser, à présent que Kevin n'est plus là ? Si c'est le cas, il faut que tu comprennes que c'était une erreur.

Il haussa un sourcil.

— Si tu me poses la question, c'est que tu ne me connais pas du tout. Je veux juste être là pour l'enfant de Kevin.

— Mais tu ne savais pas que Max existait quand tu es arrivé.

Pourquoi n'y avait-elle pas songé plus tôt ?

— Qu'est-ce que tu *fais* ici ? ajouta-t-elle.

Il se leva et arpenta le petit espace qu'elle avait décoré avec tant d'espoir, tant de projets en tête. Quelque temps après son arrivée à La Nouvelle-Orléans, elle avait rencontré Kevin, et elle avait cru qu'enfin elle avait trouvé sa place.

Les jambes longues et puissantes de Hank avalaient l'appartement rapidement, tandis qu'il allait et venait devant le berceau de Max. Enfin, il se tourna vers elle.

— Kevin voulait que je te transmette un message.

— Un message ?

Une vague d'appréhension l'envahit.

Hank se raidit, et redressa les épaules.

— J'étais juste à côté de lui, et j'ai entendu ses dernières paroles.

Elle se leva, se préparant à entendre des mots qui pourraient réveiller la souffrance qu'elle avait ressentie quand Kevin était mort, et quand elle avait donné naissance à leur fils toute seule.

— Qu'a-t-il dit ?

— Qu'il nous pardonnait.

3

Hank ne quittait pas Gabrielle des yeux. Elle semblait tout aussi sonnée qu'il l'avait été, lorsque Kevin lui avait dit l'impensable. *Il leur pardonnait.* Le souvenir de cette nuit de cauchemar l'assaillit de nouveau. Il revit le point de contrôle, l'embuscade, se rappela l'odeur de la poudre et de la mort. Son ami avait deviné qu'il avait des sentiments pour Gabrielle, et réciproquement.

Elle tenta de parler, plusieurs fois, mais aucun mot ne sortit de sa bouche. Puis elle colla sa paume sur ses lèvres, et se détourna.

Il voulait la toucher, la réconforter. Faire quelque chose — puisqu'il semblait ne pas pouvoir trouver les mots justes. Il n'était guère doué pour les discours. C'était un homme d'action.

Un cri l'interrompit net.

— Max, s'exclama Gabrielle en courant vers le berceau.

Elle écarta le rideau transparent et prit son fils dans ses bras. Bon sang, ce bébé était si frêle. Frêle à faire peur. L'idée que ce petit être puisse passer sur le billard réveilla d'un coup tous ses instincts protecteurs.

En posant Max contre son épaule, elle lui tapota le dos.

— Je dois le nourrir et le changer.

— D'accord. Qu'as-tu besoin que je fasse ? Avec tous mes neveux et nièces, je ne suis pas totalement incompétent.

— A moins que tu ne produises du lait, je ne crois pas que tu puisses m'aider.

Du lait ? Elle allaitait Max ?

D'accord.

— Je vais attendre le livreur en bas, lança-t-il en prenant son blouson.

Elle berça doucement le bébé sur son épaule, tandis que ses pleurs se faisaient plus insistants.

— L'entrée de service est de l'autre côté du jardin. Prends les clés sur la desserte en sortant.

— Compris. Cinq sur…

Cinq.

Elle était déjà montée dans sa chambre.

— Je reviens dans une vingtaine de minutes, cria-t-il.

En refermant la porte derrière lui, il replongea dans la fête qui s'achevait. La fin du défilé apparaissait au loin, et la foule qui suivait commençait à se disperser. Il ramassa quelques colliers de perles multicolores et un masque à plumes qui avaient dû voler par-dessus le portail. Gabrielle devrait vivre ailleurs, dans un endroit plus sûr. Elle avait assez de soucis avec son petit garçon sans s'inquiéter que quelqu'un escalade le portail un soir.

Il contourna la table en fer ronde et les chaises. Le jardin était décoré de quelques plantes en pots et de fougères. L'endroit était joli, mais peu sûr, notamment en raison de l'allée ombragée. Il ferait bien de remédier à la situation.

Avant d'emprunter la porte de service, il s'appuya contre le mur de brique et sortit son téléphone. Il parcourut son répertoire et composa le numéro qu'il cherchait. Le plus jeune de ses demi-frères, architecte, rénovait des maisons anciennes. Et même quelques châteaux à l'étranger.

Pour l'heure, Hank se contenterait d'un endroit plus proche.

A l'autre bout de la ligne, il entendit décrocher.

— Salut, l'étranger, répondit Jonah Landis, son frère par alliance.

Dieu seul savait où il se trouvait. Les projets de Jonah s'étendaient sur toute la planète.

— Bienvenue chez toi, ajouta-t-il.

— Merci, je suis content d'être rentré.

Ou plutôt, il le serait une fois qu'il aurait réglé certaines difficultés. Comme de mettre de côté les sentiments qu'il avait pour Gabrielle, et trouver un moyen de se libérer de sa culpabilité.

— Combien de temps avant que la base ne t'accorde des vacances ?

Hank croisa les chevilles.

— En fait, c'est pour cette raison que je t'appelle. Je rends visite à un ami à La Nouvelle-Orléans, et j'espérais que tu puisses me trouver un endroit où séjourner.

— Quels sont au juste tes critères ?

Ses critères ? La tranquillité figurait au sommet de la liste. Et cela, depuis toujours.

Certes, son père était un général en retraite renommé, qui travaillait maintenant comme correspondant militaire free-lance sur une grande chaîne de télévision du câble. Et sa belle-mère, Ginger Landis Renshaw, était une ancienne secrétaire d'Etat, devenue ambassadrice.

Mais, lorsqu'il était enfant, ses parents avaient mené une existence normale. Et même quand sa famille s'était retrouvée sous les feux de la rampe, Hank avait continué à mener une existence spartiate, en économisant une grande partie de son salaire et en réalisant des investissements fructueux, très fructueux.

Il pourrait prendre sa retraite dès à présent, s'il n'y avait cet amour du devoir qu'il ne pouvait nier. Même sa famille ne connaissait pas l'étendue exacte de sa fortune. Ils savaient seulement que ses affaires lui offraient un train de vie « confortable », suffisamment pour expliquer qu'il dépense davantage qu'un salaire de militaire.

Ce qu'il ne faisait que rarement. Mais il avait besoin d'un endroit au calme. Un endroit où Max pourrait se remettre de son opération, et où Gabrielle pourrait se faire aider avant qu'elle ne s'effondre, à force de vouloir tout gérer seule.

— Jonah, je crois me souvenir que tu avais commencé une rénovation à La Nouvelle-Orléans, juste avant que je ne sois déployé.

— Oui, une demeure historique dans Garden District qui avait été frappée par l'ouragan. C'est une maison de style italien, avec des galeries en fer forgé…

— D'accord. J'ai juste besoin de savoir si elle est terminée, et si elle est pourvue d'un système de sécurité.

— Elle est terminée, le système de sécurité a été installé la semaine dernière, et il y a quelques meubles de base pour aider les acheteurs potentiels à se projeter.

Cela lui semblait parfait.

— Tu crois que tu pourrais la retirer du marché deux ou trois semaines ?

— Y a-t-il une raison pour que tu cherches une maison et non un hôtel ?

— Les hôtels sont bruyants et pleins de curieux.

— D'accord. Ce qui est à moi est à toi.

— Non, j'insiste pour te payer.

— Vraiment, grand frère, ça ira.

Jonah marqua une pause. Hank entendit des draps se froisser et Jonah dire à sa femme qu'il allait dans une autre pièce.

— Sérieusement, pourquoi m'appeler moi ? reprit son frère. Les employés de maman ou du général auraient pu te trouver un endroit discret aussi bien que moi.

Cette fois, il était facile de s'en tenir à la vérité.

— Ginger en aurait eu vent, par ses employés ou par mon père. Elle aurait posé des questions…

— Il y a une femme dans l'histoire, devina Jonah en riant.

Inutile de nier. Mais si jamais il parlait du bébé, grand-mère Ginger courrait droit à La Nouvelle-Orléans.

— Je veux rester discret pendant quelque temps. La

dernière chose dont j'aie besoin en ce moment, c'est que la presse ou notre famille soient sur mon dos.

— Je comprends.

Bien sûr qu'il comprenait. L'épouse de Jonah avait du sang royal dans les veines, en tant que fille illégitime d'un roi déchu. L'anonymat était une commodité appréciable dont Jonah et sa femme ne bénéficiaient pas souvent.

— Je peux dire à l'agent immobilier de t'apporter les clés tout de suite.

— Non, pas la peine de déranger qui que ce soit en plein carnaval. Je passerai les chercher demain.

— Amuse-toi bien, alors.

— Merci. J'apprécie ton geste.

— Nous sommes ta famille, même si tu nous évites. J'ai été content de te parler.

Oui, ils étaient de la même famille. Même s'ils n'avaient pas le même sang. Son père et sa seconde épouse, Ginger, s'étaient mariés après la mort de leurs conjoints respectifs.

Hank regarda vers l'appartement de Gabrielle. Elle avait besoin de son aide, tout comme Ginger et Hank Sr. avaient eu besoin d'aide pour élever leurs enfants. Ils s'étaient tournés l'un vers l'autre, plutôt que de rester seuls. C'était ce que faisaient les amis.

Et que Gabrielle le veuille ou non, il était bien décidé à être là pour elle.

Gabrielle retira ses vêtements rapidement, et les jeta dans la corbeille à linge. Son genou heurta le lavabo. Etouffant un juron, elle sauta à cloche-pied, en essayant de ne pas tomber dans la baignoire de sa salle de bains. La pièce était aussi exiguë qu'un placard. Hank allait revenir d'une minute à l'autre, et elle devait se nettoyer après avoir allaité Max. Aucun célibataire ne voulait entendre parler de vomi de bébé !

Elle n'avait pas le temps de prendre une douche, mais au

moins elle pouvait s'asperger le visage d'eau et se changer. Cela dit, elle se fichait d'être en beauté devant Hank. Elle était juste enthousiasmée par la perspective de prendre son premier vrai repas avec un adulte depuis la naissance de Max. Même si c'était idiot, et égoïste, et que ce n'était pas un vrai rendez-vous galant.

Non, c'était juste un dîner avec vieil ami.

Eh bien, elle avait vraiment mauvaise mine, songea-t-elle en observant son reflet dans le miroir. Elle pourrait passer autant d'eau sur son visage et passer autant de coups de brosse dans ses cheveux qu'elle voulait, cela ne changerait rien au fait qu'elle était une mère célibataire, qui portait des soutiens-gorge d'allaitement et du parfum pour bébé. Rien ne pourrait changer cela. Et d'ailleurs, elle ne voulait pas *changer* cela.

Même si Kevin lui avait en quelque sorte donné la permission de tomber dans les bras de son meilleur ami. L'idée qu'il ait tout deviné rongeait sa conscience déjà pleine de remords, et lui donnait le sentiment d'être une terrible menteuse.

Frustrée, et pressée par le temps, elle enfila une paire de leggings noirs et un long débardeur. Elle prit une bouteille de spray à la lavande qu'elle avait achetée pour son fils, pour ses prétendues vertus calmantes et relaxantes. Toute aide dans ce domaine était bonne à prendre.

Ce soir, elle aussi avait besoin d'un peu d'apaisement. Elle vaporisa son corps, puis ses cheveux. Elle les nouait en queue-de-cheval au moment où elle entendit la porte s'ouvrir.

Son estomac se noua.

Elle ne pourrait plus éviter Hank plus longtemps. Elle ne pourrait plus nier le baiser qu'ils avaient échangé, ni le fait que Kevin ait été au courant. Elle avait blessé l'homme qu'elle avait juré d'aimer toute sa vie. En rassemblant son courage, elle remit la bouteille de lavande dans l'armoire à pharmacie, et retourna dans le salon, pieds nus.

Et elle eut le souffle coupé. Hank se tenait dans l'entrée, le visage à moitié dans l'ombre. Dans son blouson d'aviateur et son pantalon de toile, il aurait pu être n'importe quel militaire rapportant le dîner pour sa famille. Pourtant, même sous un faible éclairage, elle ne pourrait jamais, même un instant, le prendre pour un autre.

Le léger cliquetis des couverts dans la pièce la ramena à l'instant présent. Elle détourna les yeux et vit un serveur en train de dresser la table avec des couverts en argent, de la porcelaine fine, et un soliflore contenant une rose. Hank lui recula une chaise. C'était très loin du sandwich et du verre de lait qu'elle avait prévu d'avaler ce soir.

Pendant qu'elle s'asseyait, le serveur ouvrit une bouteille de saint-émilion, rien de moins.

Même si elle en avait l'eau à la bouche, elle couvrit son verre avec sa paume.

— Non, merci. J'allaite.

Le serveur hocha la tête et sortit rapidement une eau minérale de luxe, tandis que Hank s'installait face à elle.

— Quoi que ce soit, ça sent très bon, apprécia-t-elle en souriant.

Le serveur termina le service, puis prit congé.

— J'admets que tu es le champion de la livraison tardive. Si c'est moitié aussi savoureux que cela sent bon, ce sera exquis.

— Alors, le petit va faire sa nuit ?

Elle crut voir une brève lueur de désir dans ses yeux.

Etait-il en train de respirer son parfum ? Non, le manque de sommeil devait lui causer des hallucinations. Et si ce n'était pas le cas, elle avait besoin de remettre de l'ordre dans ses priorités. Max passait en premier, et pour lui elle avait besoin de manger et de garder ses forces.

— Désolée pour le vin, mais Max est nourri au sein autant qu'au biberon.

Avec ses problèmes digestifs, Max tétait si souvent qu'elle ne pouvait pas suivre la cadence, même si les quantités étaient réduites. Mais c'étaient des détails qu'elle ne tenait pas à partager avec Hank.

— Il dormira encore une heure et demie.

— Tu dois être épuisée, lança-t-il avant d'avaler une gorgée d'eau.

— Je ne suis pas la seule mère célibataire sur la planète.

Elle posa ses couverts.

— Je survivrai.

Et elle survivrait bien, grâce au repas devant elle. Les arômes alléchants d'un canard grillé, d'un pain de maïs et autres délices taquinèrent ses sens et la firent saliver. En prenant sa fourchette, elle se rendit compte qu'elle avait réellement très faim, pour la première fois depuis des mois.

Elle mangea en silence pendant quelques minutes, pour éviter de parler. Pour faire comme si elle était une personne normale, pendant un instant volé.

Jusqu'à ce qu'elle ne puisse plus éviter la question qui lui brûlait les lèvres…

Sans lever les yeux, elle plongea sa fourchette dans sa salade de maïs grillé.

— Que voulais-tu dire par « Kevin nous a pardonnés » ?

Hank posa sa fourchette sur le repose-couverts doré à côté de son assiette.

— Il ne semblait connaître aucun détail, hormis le fait que nous avions des sentiments l'un pour l'autre. Il a dit qu'il comprenait, et qu'il voulait que nous continuions notre vie tous les deux.

Avec un soupir horrifié, elle posa sa fourchette. La honte s'ajoutait maintenant à la culpabilité. Kevin avait su. Il avait deviné ses sentiments confus, alors qu'elle avait cru les avoir cachés si soigneusement. Les jours précédant son envoi en mission, il lui avait cherché querelle pour un oui ou pour un non, parce qu'elle refusait d'aller vivre plus près de sa base. Elle avait contenu sa colère, à cause de son départ imminent — jusqu'à ce que ses nerfs la dépassent.

Ce soir-là, il avait voulu qu'elle délaisse son travail pour sortir faire la fête avec lui, mais elle avait été échaudée par leur dernière sortie, car ensuite Kevin avait été trop ivre pour penser à mettre un préservatif. Elle lui avait lancé qu'elle était fatiguée de toujours être l'adulte dans leur relation. Il lui avait rétorqué d'aller traîner avec Hank, puisque celui-ci était plus mature que dix hommes réunis. La dispute avait été douloureuse, et amplifiée par son angoisse de le voir partir en déploiement.

Comme c'était triste qu'un accrochage ridicule l'ait conduite à embrasser Hank.

Troublée, elle posa les mains sur la table.

— Es-tu en train de dire que Kevin m'a *donnée* à toi dans son dernier souffle ?

— Pas explicitement.

Il prit son verre d'eau.

— Il a dit qu'il t'aimait, qu'il nous pardonnait à tous les deux, et ensuite il a marmonné quelques mots pour dire qu'il était désolé de ne pas t'avoir emmenée manger un gumbo.

Des larmes amères lui montèrent aux yeux. Les paroles de Hank, sa présence ici, tout se mêla dans sa tête, puis s'assembla comme les pièces d'un puzzle pour créer une image dérangeante.

— Tu ne t'attends tout de même pas à reprendre là où nous en étions restés après ce baiser, n'est-ce pas ?

Elle appuya la main contre son cœur battant.

— Parce que ce serait incroyablement *grossier*, si tu étais venu ici en quête d'une aventure d'un soir avec moi, après la mort de ton ami.

Il s'étouffa avec son eau.

— Ce *serait* grossier, en effet.

— Contente que nous soyons d'accord sur ce point. Alors, pourquoi es-tu revenu, encore une fois ?

Il reposa son verre.

— Gabrielle, je suis venu te dire que la dernière pensée de Kevin a été pour toi, qu'il t'aimait, et qu'il te laissait partir. Point. Ou du moins, je le croyais. Maintenant que j'ai découvert que Kevin a un fils, cela change tout.

A présent, il restait à cause de Max ? Cela aurait dû la rendre heureuse, puisque son fils était tout pour elle. Hank avait dit qu'il voulait être un père de remplacement. Pourtant, l'idée qu'il soit là pour son bébé lui paraissait suspecte.

— Max n'a pas à changer quoi que ce soit. Tu es libre de partir.

Elle recula sa chaise d'un geste brusque, et la rattrapa juste avant qu'elle ne tombe sur le sol.

— Ce n'est pas ton fils, et il n'est pas sous ta responsabilité.

Il se leva d'un bond et lui agrippa les épaules.

— Tu me connais mieux que ça, Gabrielle. Crois-tu vraiment que je sois le genre d'homme qui pourrait t'abandonner maintenant ?

— Tu te sens coupable ?

Elle agrippa l'étoffe chaude de son polo.

— Même si Kevin t'a libéré, tu te sens encore mal à propos de ce baiser. Eh bien, considère que je t'absous également. C'est moi qui ai été l'instigatrice de ce baiser, c'est moi la fautive. Alors, au revoir.

Elle le repoussa, ôtant ses mains avant de succomber à la tentation de tomber dans ses bras.

— Sottises.

Il entrelaça ses doigts dans les siens.

— Ce qui s'est passé cette soirée-là, c'était ma faute. C'est moi qui t'ai embrassée et, oui, je me sens encore coupable. Parce que, si j'en avais l'occasion, je le referais.

4

Hank était si près de Gabrielle qu'il pouvait sentir son parfum de lavande. Tout son corps revint à la vie, et se tendit de désir. Même s'il aurait préféré mettre cela sur le compte d'une trop longue abstinence, il devait reconnaître qu'il avait toujours réagi ainsi avec elle. Le jour où il l'avait rencontrée, il fréquentait déjà quelqu'un, une relation d'un an à laquelle il avait rapidement mis un terme. En fait, sa période d'abstinence avait commencé à ce moment-là. Cela faisait presque deux ans.

Bonté divine, il mériterait presque un titre de moine honoraire.

Maintenant que Gabrielle était si près, ses mains dans les siennes, il se souvint de toutes les raisons pour lesquelles il l'avait embrassée ce soir-là. Ou plutôt de *la* raison. Il avait toujours éprouvé cette attirance inexplicable et folle pour elle, ce besoin profond de la posséder qui n'avait pas faibli d'un iota avec le temps.

Son corps était élancé, et sa récente grossesse lui avait donné des courbes qu'il brûlait d'explorer. Elle vacilla un peu vers lui. Elle aussi était attirée, cela ne faisait aucun doute.

Ses yeux verts étincelants s'écarquillèrent, et ses pupilles s'assombrirent avec un désir incontestable. Mais bien vite elle détourna le regard et recula.

— Hank, murmura-t-elle d'une voix rauque. Je pense que tu devrais partir maintenant.

Une vague de déception l'envahit, rapidement étouffée

par la raison. Les choses étaient dix fois plus compliquées qu'autrefois, et déjà à l'époque elles étaient particulièrement tortueuses. Et puis, il avait besoin de temps pour digérer le fait que Gabrielle était mère d'un enfant.

Il recula lui aussi. Il avait besoin de reprendre ses esprits, car il avait promis qu'il serait là pour elle et son fils pendant l'opération. Il devait cela à son ami — et à Gabrielle.

Le reste, il y réfléchirait plus tard, quand il serait chez lui, dans un bon bain chaud, en train de boire une bière.

— Je serai ici à 9 heures, pour t'emmener au rendez-vous du bébé.

Elle tira sur le col de son débardeur.

— Comment sais-tu que Max a un autre rendez-vous demain ?

Pendant une seconde, il laissa son regard s'attarder sur la courbe de ses seins, sur le galbe de ses cuisses fines moulées dans un caleçon noir.

— Tu as laissé la carte du médecin sur ton réfrigérateur. C'est un rendez-vous pour préparer l'intervention ? Il se fait opérer après-demain, c'est ça ?

— Oui à tes deux questions, mais il s'agit de mon fils, Hank, et de ma vie. Je peux me débrouiller toute seule.

— Oui, tu le peux.

C'était une des choses qu'il admirait chez Gabrielle, son esprit d'indépendance.

Eh bien, il était vraiment mordu.

— Mais tu n'y es pas obligée.

Le lendemain, Gabrielle hissa le sac à langer sur son épaule, et prit une couverture supplémentaire à la dernière minute. Elle était sérieusement débordée ce matin. C'était déjà compliqué d'aller où que ce soit avec un bébé, mais partir une demi-heure plus tôt que prévu était presque impossible.

Malgré tout, elle était décidée à partir avant que Hank ne

se montre. La veille au soir, sa soudaine arrivée, ses révélations, son contact — le simple son de sa voix — avaient mis son monde sens dessus dessous. Les draps froissés sur son lit attestaient de la façon dont il avait envahi ses songes. Au début de son rêve, il portait un masque, sombre et mystérieux, et était plongé dans un brouillard. Puis c'était elle qui était déguisée, mais son masque était plus sensuel, ses vêtements et ses inhibitions tombaient…

Des picotements d'excitation malvenus la parcoururent, et elle se détourna de son lit. Dans ses rêves, elle avait passé la nuit entière avec lui. Elle n'avait pas besoin de le voir davantage aujourd'hui, surtout quand elle était déjà anxieuse pour son fils. Elle laisserait un message à Hank sur sa boîte vocale une fois dans sa voiture.

Elle passa le porte-bébé fleuri par-dessus son cou, et cala son fils endormi à l'intérieur. La prise de sang les rapprocherait un peu plus de l'opération. Dans deux jours, Max serait opéré, et la vie pourrait revenir à la normale.

S'il restait un peu de *normalité* dans son existence.

Elle sortit et ferma la porte à clé. Ce qu'avait dit Hank sur le manque de sécurité des lieux titilla sa conscience.

Elle se retourna, s'arrêta net.

Hank était assis sur la plus haute marche de l'escalier. Pas de blouson de style *Top Gun* aujourd'hui. Il portait un jean, une chemise blanche, et une paire de mocassins. Des lunettes d'aviateur classiques étaient perchées sur ses cheveux courts. Il arborait un air décontracté qui semblait ne lui demander aucun effort.

Comment avait-il réussi à être ici si tôt ?

— Euh, Hank… qu'est-ce que tu…

Il haussa une main, et serra son téléphone dans l'autre. Il… il jouait à un jeu vidéo ? Les bruits de cris et de détonations provenant de son appareil s'accrurent jusqu'à ce qu'une explosion finale et des cris de joie résonnent dans l'air matinal.

Sans la regarder, il se leva, épousseta son jean et enfila ses lunettes.

— Tu es prête ?

Les images explicites de ses rêves emplissaient encore son esprit et mettaient ses sens en émoi. Elle avait l'impression que l'air lui manquait, comme si Hank aspirait tout l'oxygène autour de lui. Troublée, elle lui lança un regard qu'elle voulut neutre, en espérant que ses émotions ne se lisaient pas sur son visage.

— Depuis combien de temps es-tu là, et comment as-tu réussi à entrer ?

Elle jeta un coup d'œil vers le portail au bout de l'allée. Il était toujours cadenassé.

— Alors ?

— J'attends depuis vingt-cinq minutes. Et quant à savoir comment je suis rentré, disons que j'avais raison au sujet du manque de sécurité de ton appartement.

Il termina son café d'une longue gorgée.

— D'accord, tu avais raison, céda-t-elle.

Elle soupira et lui colla le sac à langer dans les mains.

— Rends-toi utile et porte-moi ça.

— Oui, m'dame.

Il rit tout en lui emboîtant le pas dans l'escalier.

Cela l'amusa et la contraria tout à la fois. Elle lui en voulait de penser qu'il pouvait débarquer ainsi dans sa vie, mais elle s'en voulait surtout à elle-même d'avoir ressenti un élan d'excitation en le découvrant devant sa porte.

— Ma voiture est sur un parking, pas très loin d'ici, dit-elle.

— La mienne est juste devant. Je vais conduire.

Il lui prit la clé des mains et ouvrit le portail.

— Tu n'as pas de siège auto, objecta-t-elle.

— Faux. J'en ai un.

Il posa la main au creux de son dos, tandis qu'ils marchaient entre les colliers de perles, les pièces dorées et les cotillons de carnaval qui jonchaient le trottoir.

— Il n'est même pas 8 heures. Est-ce que la puissance des Renshaw-Landis a fait apparaître un siège auto dans la nuit ?

Il la regarda par-dessus ses lunettes. Ses yeux bleus et intenses étaient bien trop séduisants à son goût.

— Je suis allé dans un supermarché ouvert la nuit.

— Parce que les Renshaw font leurs courses dans de vulgaires supermarchés ?

Elle ferma le portail derrière elle, et sortit dans la ville endormie, trop consciente de l'attirance qu'un simple regard de Hank pouvait faire naître en elle.

— Pour un siège auto à minuit, oui.

Il actionna l'ouverture centralisée de son véhicule. Les phares d'un monospace bleu foncé clignotèrent. Un Cadillac Escalade, d'un luxe discret, à l'image de son propriétaire.

— Joli, concéda-t-elle. Et bien plus confortable que ma vieille citadine.

Etant donné la carrure de Hank, ce serait stupide et inutile de le forcer à monter dans sa minuscule voiture. En outre, si elle se battait contre lui, cela pourrait la trahir davantage que si elle se contentait de suivre le mouvement, en faisant comme s'ils étaient de simples amis.

Il ouvrit la portière arrière et posa le sac à langer sur la banquette.

— Le siège auto te convient-il ?

— Laisse-moi voir…

Elle vérifia la ceinture, en s'assurant que Hank l'avait installée correctement.

— L'Air Force me confie un B-52. Je crois que tu peux me faire confiance pour suivre des instructions de montage.

— Il s'agit de la sécurité de mon enfant. Il faut que je vérifie tout par moi-même.

Et elle ne trouva rien d'anormal.

Eh bien, il lui avait fallu trois heures pour installer un de ces engins.

Elle sortit Max du porte-bébé, son fils, si petit dans ses

mains, si parfait. L'amour maternel la submergea, ainsi que la gratitude envers Hank, qui avait fourni tant d'efforts pour s'assurer que son enfant aurait tout ce dont il avait besoin.

Hank devait être épuisé, puisqu'après être rentré du Moyen-Orient il avait aussitôt pris la route pour venir la voir. Pas étonnant qu'il ait besoin de café. Elle saliva d'envie, mais c'était un breuvage qu'elle ne pouvait plus se permettre depuis la naissance de Max.

Le café lui manquait, mais aussi le chocolat et les mets épicés, des choses qu'elle évitait pendant qu'elle allaitait.

— Gabrielle ?

La silhouette de Hank se détachait sur la magnifique ville historique.

Elle s'était installée ici en rêvant de prendre le monde à bras-le-corps, avec le projet de se lancer dans une grande carrière dans la finance internationale. A présent, tout ce qu'elle voulait, c'était aider son fils à retrouver la santé.

— D'accord, allons-y avant d'être en retard.

Elle attacha Max et songea à s'installer à côté de lui. Mais il dormait déjà, et Hank lui tenait la portière du côté passager. Sans réfléchir davantage, elle s'installa sur le siège avant.

Hank s'engagea dans la circulation matinale, et mit en route son GPS. Bien sûr, il avait déjà entré l'adresse de l'hôpital. Sur les trottoirs, des gens en costume se rendaient au travail. Une maman poussait son enfant dans une poussette, et passait devant un sans domicile fixe qui dormait sous un porche. La Nouvelle-Orléans était un tel mélange d'histoire et de richesse, de pauvreté et de décrépitude. La ville lui avait semblé différente avant la naissance de son fils.

Sur le tableau de bord, le téléphone de Hank sonna. Il consulta l'écran LCD, mais ne décrocha pas. C'était le même téléphone que celui sur lequel elle l'avait vu jouer.

— Je ne savais pas que tu aimais les jeux vidéo.

Il la regarda en esquissant un sourire.

— J'ai été pensionnaire dans un lycée militaire. Un de mes camarades de chambre était un génie de l'informatique.

— C'est lui qui t'a donné le goût du jeu ?

— On peut dire ça. Son accès à l'ordinateur était limité — sa pénitence pour avoir piraté le site du département de la Défense.

— Comment se fait-il que j'ignorais que tu étais allé dans un lycée militaire ?

— Toi et moi avons passé le plus clair de notre temps à parler de choses superficielles.

Ils avaient évité les sujets plus sérieux, en effet, comme leur histoire familiale. Jusqu'à ce jour où elle lui avait raconté sa dispute avec Kevin. Elle lui avait alors expliqué qu'elle avait refusé d'emménager avec Kevin, préférant poursuivre ses rêves. Kevin était en train de vivre le sien, à l'époque. Elle avait juste voulu avoir la même chance.

Elle avait failli tout raconter à Hank, mais elle avait été incapable de partager les détails intimes d'un préservatif oublié.

Comme cela l'avait frustrée que Kevin passe son temps à faire la fête ! Son attitude insouciante, qui l'avait attirée au départ, avait commencé à la lasser. Elle était fatiguée de toujours devoir être la personne responsable dans leur couple.

Mais elle n'avait pas pu rompre avec lui juste avant son déploiement, d'autant qu'elle n'était même pas sûre de sa décision. En se confiant à Hank, elle s'était mise à pleurer. Avant qu'elle sache ce qui lui arrivait, elle s'était mise à l'embrasser, stupéfiée par le désir qui s'était enflammé en elle. Bien sûr, Hank l'avait toujours attirée, mais elle avait cru pouvoir contrôler ses émotions, et garder à l'esprit ses priorités. Elle et Kevin allaient bien ensemble, s'était-elle persuadée. Ils s'équilibraient, le côté léger de Kevin contre-balançant sa nature ambitieuse. Elle n'avait pas besoin de davantage d'intensité dans sa vie.

Mais lorsque Hank avait concentré sur elle toute cette

intensité qui l'habitait, elle avait été presque incapable de résister.

Elle serra les poings, et ses ongles rongés s'enfoncèrent dans ses paumes. Mieux valait oublier cet instant de faiblesse, surtout aujourd'hui, quand tout ce que Hank lui avait révélé la veille était encore si frais.

— Et pour en revenir à ton camarade pirate ?

— Une fois qu'il a eu vingt et un ans, et qu'il a retrouvé sa liberté virtuelle, il a fondé une petite société qui a développé des logiciels de pointe et des jeux vidéo. Surtout des jeux de combat.

— A quel jeu jouais-tu ce matin ? demanda-t-elle, intriguée par cette facette de lui qu'elle n'avait pas soupçonnée.

Ne s'était-il jamais montré léger avec Kevin parce qu'il avait été relégué au rôle de l'adulte mûr ? Avait-elle elle-même perdu un peu de sa légèreté avec son fiancé pour la même raison ?

— J'en ai peut-être entendu parler, ajouta-t-elle.

— Il n'est pas encore sorti.

— C'est gentil de sa part, de te laisser tester son matériel.

— Je possède une partie de la société.

Décidément, Hank ne cessait de la surprendre.

— Vraiment ? Encore une chose que j'ignorais à ton sujet.

Son influence s'étendait-elle à chaque domaine de la stratosphère — politique, financier, militaire, et maintenant, le monde des geeks ?

— Je suis un associé secret, et je préfère que cela reste ainsi. J'ai déjà assez de notoriété sur le dos, liée à ma famille.

— Pourquoi cet investissement, cependant ? Tu n'es pas du genre à jouer avec l'argent.

Elle aurait aimé voir ses yeux, pour y lire ses pensées.

— Mais je suis pragmatique, dit-il en ralentissant à un feu rouge. Cette association me semblait une bonne affaire.

La financière en elle l'admirait, même si elle soupçonnait qu'il y avait autre chose là-dessous.

— Tu es passionné par la vie militaire, pas par les affaires. Tu te fiches de l'argent. Ça ne t'a jamais intéressé.

Le côté économe en elle, hérité de son éducation plus modeste, lui permettrait de comprendre cela aussi.

— Tu as risqué cet argent pour aider un ami, et ça s'est bien passé pour toi, voilà tout.

Il glissa ses lunettes sur son nez, et la fixa par-dessus ses verres fumés.

— Je croyais que tu étudiais la finance, pas la psychologie.

— Hé, tu t'es invité dans ma vie, il est normal que je te rende la pareille.

Oui, il s'était installé dans son existence — avec une facilité déconcertante.

Ce n'était pas aussi facile qu'il l'avait cru.

Ses lunettes d'aviateur perchées sur son nez pour se protéger du soleil de l'après-midi, Hank se gara sur une place de parking à quelques mètres de l'appartement de Gabrielle. Il avait passé toute la matinée à l'hôpital avec elle. Pendant le déjeuner, ils n'avaient guère eu l'occasion de discuter, car elle avait été trop occupée avec Max. La journée filait, et il n'avait toujours trouvé aucun moyen de la persuader de s'installer chez lui pendant la convalescence de son bébé. Chaque fois qu'il approchait de son but, un obstacle se dressait.

Comme les pleurs de Max, quand l'infirmière avait piqué son petit orteil.

Hank aurait voulu prendre l'enfant sous son bras pour l'emmener loin de l'hôpital. Ce qui était stupide. L'infirmière n'avait fait que son travail. Tout cela était nécessaire pour la santé de Max.

L'heure du déjeuner était juste passée, mais il lui semblait qu'il était plus tard. Comme le bébé devenait grincheux, il sortit le siège auto de la voiture et se dirigea vers l'appartement, tout en caressant la tête de Max. Gabrielle lui emboîta le pas, les yeux encore plus cernés que la veille. L'aider à porter son enfant, et lui offrir un repas, c'était loin d'être suffisant.

Un air d'accordéon s'échappait d'un restaurant. Etrangement, le magasin d'antiquités était fermé.

Hank allait devoir lui demander de but en blanc de séjourner avec lui. Elle refuserait, bien sûr. Il insisterait, ce qui la mettrait hors d'elle, et il finirait par être furieux à son tour.

Malgré tout, il était sûr d'avoir raison.

Mais cette idée ne le réconfortait guère.

Il ouvrit le portail pour la laisser passer, en affûtant ses arguments et sa détermination pour la bataille qui l'attendait, une fois que Gabrielle aurait nourri et couché son fils.

Soudain, elle s'arrêta net, et poussa un soupir de surprise. D'instinct, Hank regarda autour d'eux, pour détecter une potentielle menace. Un cambrioleur ? Un autre type ivre ? Comment avait-il pu oublier ne serait-ce qu'une seconde qu'ils étaient dans le vieux centre-ville — un endroit très agréable pour faire la fête, mais loin d'être le plus sûr au monde ?

Il la prit par la taille et l'attira contre lui.

— Gabrielle ?

Mince. Ses fesses étaient maintenant collées contre lui, de façon trop intime et trop excitante. Il prit une inspiration, et recula à contrecœur. Ils avaient un enfant grincheux dont ils devaient s'occuper.

— Regarde, dit-elle en désignant son appartement.

Il eut à peine le temps de voir l'eau qui coulait sur son seuil, car la porte du magasin s'ouvrit avec un grand bruit. Une femme d'un certain âge courut vers eux. Elle portait un bandeau des années vingt dans les cheveux, ce qui, n'importe où ailleurs, aurait semblé étrange. Mais La Nouvelle-Orléans est une ville où tout était possible. Cet accessoire passait presque inaperçu sur une employée d'un magasin d'antiquités.

Gabrielle passa devant lui et prit les mains de la femme dans les siennes.

— Leonie, que se passe-t-il ?

— Une conduite d'eau s'est rompue, dit-elle, l'air inquiet. La vieille dame regarda Hank avec une curiosité non dissimulée.

— Mais une question plus importante, qui est ce jeune homme ?

— Leonie, je vous présente Hank, un ami.

Elle se mordilla la lèvre avant de poursuivre.

— Hank, voici Leonie Lanier. Elle travaille à temps partiel dans la boutique, et me garde Max.

Intéressant, elle avait tu le nom de Renshaw, et n'avait pas mentionné qu'il était l'ami de Kevin.

— Enchanté, madame.

— De même, Hank.

Enfin, Leonie détourna son regard et le reporta sur Gabrielle.

— La conduite a inondé les trois étages. En bas, c'est terrible. Dans le vôtre, il y a juste un peu d'eau au sol. Cependant, même si votre appartement n'est pas trop touché, ils ont dû couper l'eau.

Gabrielle désigna le filet d'eau qui s'écoulait sous sa porte.

— Alors pourquoi coule-t-elle encore ?

— C'est celle qui s'est répandue avant que l'on ferme la valve principale.

La vieille dame posa une main sur son front, juste au-dessus de son bandeau perlé.

— Nous ne savons pas ce qui a causé cela, mais je suis navrée, ma belle. Tous les locataires doivent trouver un autre endroit où loger. Dès que j'ai entendu la nouvelle, j'ai tout de suite pensé à vous et à ce précieux petit trésor. Comme si vous n'aviez pas assez de soucis en ce moment.

Pour la première fois en dix mois de cauchemar, la vie lui faisait une fleur, songea Hank. Il n'aurait pas à se battre ou à négocier avec Gabrielle. A présent, ce serait du gâteau de la persuader de venir vivre dans la maison qu'il louait.

Il la prit par l'épaule, tenant toujours le siège auto de son autre main.

— Gabrielle n'a pas à s'inquiéter. Elle peut séjourner chez moi.

— Je vais prendre une chambre à l'hôtel, rétorqua-t-elle d'un ton sec.

Ce qu'elle pouvait être têtue !

— Tu veux vraiment que ton enfant soit exposé aux germes d'un hôtel bon marché ? lança-t-il en balançant doucement le siège pour bercer le bébé.

— Depuis quand es-tu devenu maniaque ? dit-elle en plantant les mains sur ses hanches. Je me souviens que tu te vantais de manger des insectes pendant votre entraînement de survie.

— Je ne suis pas un enfant sur le point de subir une opération.

— Est-ce que tu cherches à me faire pleurer ?

— J'essaie de prendre soin de toi et du bébé, bon sang !

Leonie s'éclaircit la gorge.

Mince. Il avait oublié sa présence, oublié qu'ils étaient dans une rue animée.

— Gabrielle, ma chère, dit la vieille dame en la prenant par le bras, tous les hôtels sont complets à cause du carnaval.

Visiblement ébranlée, Gabrielle s'appuya contre le portail.

— Evidemment. J'aurais dû y penser. Qu'allez-vous faire, Leonie ?

— Ne vous inquiétez pas pour moi. Concentrez-vous sur Max.

De toute évidence, la vieille femme était bien plus subtile que lui pour convaincre Gabrielle, dont le visage reflétait à présent un mélange de résignation et de frustration.

— Et toi, Hank, tu ne dors pas dans un de ces hôtels pleins de germes ?

— Je laisse ma chambre à Leonie.

En fait, il avait déjà rendu sa chambre, songea-t-il en réprimant une grimace. Mais il pourrait trouver quelque chose dans cette ville surchargée. Il y avait toujours des chambres pour ceux qui étaient prêts à y mettre le prix.

— Crois-moi, j'ai les choses bien en main, assura-t-il en sortant son téléphone. Quand tu auras fini de nourrir le bébé et que tu auras fait ta valise, je nous trouverai une maison, et je ferai en sorte que Leonie soit prise en charge aussi.

D'accord, techniquement, il avait déjà la maison, mais il ne voulait pas risquer de la braquer en lui avouant qu'il avait échafaudé son plan depuis la veille.

Elle l'observa d'un air soupçonneux, en remontant le sac à langer sur son épaule.

— Tu as fait saboter la plomberie ?

— Non, mais j'aurais pu.

Autant être honnête sur ce point.

— Le destin a été clément avec moi aujourd'hui, dit-il.

Malgré tout, elle arborait toujours un air méfiant. Elle ne croyait pas une seconde qu'il réussirait si facilement.

— D'accord. Tu as gagné, concéda-t-il enfin.

Il retira ses lunettes.

— J'avoue, j'ai déjà un point de chute. J'ai arrangé ça hier soir et, oui, j'espérais déjà que tu loges chez moi pendant la convalescence de Max. Le problème de tuyauterie ne rend que la décision plus facile à prendre pour toi. Tu n'as plus à te torturer l'esprit.

Elle le toisa un long moment en silence, puis, tout en cherchant ses clés, elle marmonna :

— Ce n'est pas pour mon esprit que je m'inquiète.

5

Une heure plus tard, à bord du monospace Cadillac de Hank, Gabrielle souhaitait que tout dans sa vie puisse être aussi facile que de décider où passer la nuit. En comparaison de l'opération de son fils prévue pour le lendemain, le fait de dormir chez Hank n'était vraiment pas un problème.

Après avoir parlé à Leonie, elle était montée emballer ses affaires et allaiter Max pendant que Hank avait porté ses sacs et son transat dans la voiture. Par chance, les dégâts dans son appartement étaient minimes. Il serait facile de tout remettre en état, et ses objets les plus précieux — ses scrapbooks et ses photos — étaient intacts.

Hank avait fait plusieurs allers-retours pour prendre toutes ses affaires. Faire ses valises pour ce soir, et pour le séjour de deux jours à l'hôpital n'avait pas été chose facile. Où irait-elle ensuite ? Qu'allait-elle faire ? Elle affronterait la question quand le moment viendrait. Pour l'heure, elle voulait simplement être d'attaque pour demain. Rien que d'imaginer son fils dans la salle d'opération lui nouait le ventre, et faisait affleurer ses craintes et ses larmes.

Cela expliquait sans doute pourquoi elle avait tant de mal à contrôler ses sentiments pour Hank. Une fois que l'opération serait passée, et que Max serait tiré d'affaire, elle aurait l'esprit plus clair.

Lorsqu'ils arrivèrent dans le quartier chic de Garden District, elle s'enfonça plus profondément dans son siège, en laissant la beauté des lieux apaiser ses nerfs à vif. Elle n'avait pas pris la peine de demander à Hank où ils allaient. Sans nul doute, ils devraient conduire pendant un moment pour atteindre le logement qu'il avait loué.

Il roulait de plus en plus lentement, comme s'il percevait le plaisir qu'elle retirait à regarder les demeures historiques qui défilaient devant ses yeux. Depuis la naissance de Max, elle n'avait pas eu le temps de faire du tourisme. Même quand elle allait se promener avec son fils dans sa poussette, elle était en général trop épuisée pour apprécier le paysage.

Comme maintenant, or la journée n'était même pas finie.

Peut-être devrait-elle demander à Hank de s'arrêter dans un snack, car elle n'avait pas pris de petit déjeuner. Elle se tourna vers lui au moment où il s'engageait dans une allée.

— Hank ? dit-elle en se redressant.

L'allée étroite et récemment rénovée s'étendait sur le côté d'une maison de stuc rose aux balcons de fer forgé, de style italien, entièrement restaurée pour retrouver sa magnificence d'antan. Le terrain qui l'entourait était de taille modeste, mais déjà conséquent pour ce quartier huppé. La pelouse luxuriante du jardin rendait justice à son adresse prestigieuse. Ce devait être encore plus joli en été.

Quand elle avait rêvé de venir à La Nouvelle-Orléans pour étudier, c'était exactement le genre d'endroit dans lequel elle s'était imaginé s'offrir une nuit et un petit déjeuner. En tant que fille de militaire, avec un père américain et une mère allemande, elle avait vécu un peu partout dans le monde sans jamais se sentir chez elle.

La Nouvelle-Orléans était chargée d'histoire, de *racines*.

— Est-ce un bed and breakfast ? demanda-t-elle en posant la main sur le bras de Hank.

Rapidement, elle la retira.

— Quelle bonne idée, ce sera plus confortable, ajouta-t-elle. J'ignore pourquoi je n'y ai pas pensé.

— Ce n'est pas un bed and breakfast.

Il s'arrêta sur une place de parking, devant un garage de trois voitures.

— C'est une maison de vacances qui est à louer.

— Je ne me souviens pas avoir vu un panneau d'agence immobilière.

Elle regarda par-dessus son épaule, mais la rue avait disparu de leur champ de vision.

— Les propriétaires ne sont pas du genre à faire de la publicité, dit-il en coupant le moteur. Leur agent organise des locations pour les gens qui ont besoin d'espace et d'intimité. Des hommes politiques, des acteurs.

Elle se redressa.

— C'est… très gentil, mais je me sens gênée.

— Ne te tracasse pas pour ça. Ce n'est pas grand-chose pour moi. Alors ne me remercie pas pour quelque chose que je ne mérite pas.

Elle regarda sa tenue décontractée, et ses lunettes d'aviateur. Elle s'était laissé distraire et avait oublié ce qu'il était vraiment.

— J'oublie parfois de quelle famille tu fais partie.

— Merci, dit-il en retirant ses lunettes. Je prends ça pour un compliment.

— C'en est un. Mais cette demeure, ce jardin, c'est beaucoup trop.

— Tout est déjà réglé, Gabrielle. J'ai une semaine et demie de congés, et j'ai déjà pris mes dispositions pour les passer dans cette maison.

Il posa le bras sur le dossier de son siège.

— Alors, soit tu entres avec moi, soit je suis coincé ici tout seul, ce qui serait vraiment dommage, non ?

Elle secoua la tête.

— Et si tu cessais de faire comme si je te rendais service, alors qu'à l'évidence c'est l'inverse ?

Il s'appuya contre son siège et remit ses lunettes. Il prenait ses distances, physiquement, et mentalement.

— Appelle ça la culpabilité du survivant. C'est vraiment une plaie.

Quelle triste situation ils vivaient tous les deux, essayant de faire ce qu'il fallait pour Max et Kevin, même quand tous ces rappels du passé devaient rouvrir leurs blessures. Elle cligna des yeux pour refouler ses larmes.

— C'est vrai, murmura-t-elle. Très vrai.

Une heure plus tard, Gabrielle posait le siège auto de Max sur le sol. Ereintée, elle s'appuya contre la porte de sa chambre. Même si le mot chambre semblait peu adapté pour décrire ses luxueux quartiers. Ce n'était pas une suite moderne en soi, car l'intégrité de la maison originelle avait été conservée.

Heureuse d'être un peu seule avant de retrouver Hank, elle porta le siège de Max jusqu'au pied du lit en merisier, au centre de la pièce. Le couvre-lit bleu ardoise avec des touches de jaune sur le traversin semblaient l'inviter à faire une sieste.

Un canapé couleur crème était niché dans un coin. Des tapis persans s'étalaient sur un parquet rénové, mais qui portait encore les marques d'un usage passé. Ces imperfections préservées conféraient tout son charme à cette demeure. Elle avait été restaurée dans le souci de lui rendre sa beauté originelle, et non ravalée de fond en comble.

D'après ce qu'elle avait vu, le reste de la maison était seulement pourvu de quelques meubles simples. Dans la salle à manger, elle avait remarqué une table ancienne et une enfilade surmontée d'un miroir doré. Le salon était mis en valeur par un canapé et deux fauteuils, ainsi que des chandeliers sur le manteau de cheminée sculpté. Des rideaux tombaient jusqu'au sol devant les immenses fenêtres, ajoutant des touches de couleur ici et là sur les murs d'un blanc éclatant.

Mais il était clair que Hank avait commandé des éléments supplémentaires pour elle et Max.

Une porte communicante donnait sur la chambre d'enfant, habillée de toile de Jouy et de rayures noires, blanches et grises. Des couleurs parfaites pour un bébé, qui respectaient en même temps l'esprit de la demeure.

Mais il n'y avait pas que la décoration. Hank avait pensé à prendre des couches, des grenouillères, du linge de lit et même un Interphone.

Dans sa propre chambre, ce qu'elle avait pris pour un bout de canapé en acajou se révéla être un mini-réfrigérateur. Elle l'ouvrit, et constata qu'il contenait plusieurs bouteilles d'eau minérale, des jus de fruits et du lait.

Elle savait depuis le début que Hank venait d'une famille aisée, mais il n'avait jamais fait étalage de sa fortune. Et il n'avait certainement jamais mentionné son investissement avisé dans une société de jeux vidéo. Voilà pourquoi cette démonstration de luxe la surprenait.

Et la touchait.

Ils étaient convenus de se retrouver un peu plus tard pour le dîner. Il avait commandé un repas et suggéré qu'ils s'installent sous la véranda. Elle devait l'admettre, elle était ravie d'avoir l'occasion d'admirer chaque merveilleux détail de cette maison splendide, dans la ville de ses rêves.

Avec l'aide de Hank, elle aurait même le temps de se faire couler un bain, plus délassant que la douche rapide qu'elle avait prise le matin même.

Elle jeta un coup d'œil dans la salle de bains, et sourit. Son regard s'attarda sur la robinetterie en étain et en cristal, et la baignoire sur pieds. Si son aspect était antique, les jets massants à l'intérieur témoignaient d'un luxe purement moderne. Gabrielle se déshabilla à la hâte, pressée de…

Dans la chambre, son téléphone portable sonna.

— Zut, murmura-t-elle.

Elle attrapa une serviette moelleuse et l'enroula autour d'elle en retournant dans la chambre. Elle ne pouvait pas se permettre de ne pas décrocher. Et si c'était un message de l'hôpital, ou du médecin de Max ?

En tenant d'une main la serviette, elle fouilla dans le sac à langer et, tant bien que mal, trouva son téléphone.

Le numéro de sa mère s'affichait sur l'écran. Le soulagement le disputa à la frustration. Déjà, elle imaginait tous les arguments que sa mère emploierait pour la convaincre de rentrer chez eux.

Mentalement, elle passa à l'allemand.

— Bonjour, maman.

— Pourquoi ne réponds-tu pas sur ta ligne fixe ? s'exclama aussitôt sa mère d'une voix précipitée. J'étais folle d'inquiétude, je m'imaginais qu'un criminel vous avait tués, Max et toi.

— Je peux t'assurer que nous sommes en vie et que nous ne sommes pas retenus en otage par quelqu'un qui veut me voler mon téléviseur de cinquante centimètres et mes bijoux fantaisie.

Elle ne possédait qu'un bijou de valeur, une bague de fiançailles en diamants, rangée dans une boîte, en attendant qu'un jour Max l'offre à sa future épouse.

— Alors où étais-tu toute la journée ? C'est trop long pour le bébé d'être dehors aussi longtemps. Est-ce que tu as eu une panne de voiture ? Tu sais que ton père pourrait t'aider avec ce genre de choses, si tu vivais ici.

Elle regarda autour d'elle, et songea que ce serait très compliqué d'expliquer à sa mère tout ce qui se passait avec Hank en ce moment. D'autant qu'elle-même n'était pas sûre de ce qui se passait.

— Désolée, maman, je n'arrivais pas à retrouver le téléphone.

— C'est ça, réprimanda sa mère. Tu n'as jamais été une bonne menteuse.

— Enfin, maman, je n'ai plus dix ans !

Elle s'assit sur le bord du lit.

— Une conduite d'eau a éclaté dans mon immeuble. En attendant que ce soit réparé, j'ai dû trouver un autre endroit où dormir.

— Mon Dieu, il fallait que ça t'arrive maintenant ! Où es-tu ?

Sa mère ressentait le besoin de suivre de près ses cinq enfants, comme si cela lui donnait plus de contrôle sur un monde dans lequel son mari pouvait être appelé en mission du jour au lendemain.

En un sens, Gabrielle la comprenait. Elle aussi souhaitait contrôler sa propre vie, désormais.

— Je suis dans un bed and breakfast.

Avec un peu de chance, ce mensonge serait plus crédible pour sa mère.

— Un bed and breakfast ? Ça me paraît très bien, presque aussi bien que d'être chez soi.

Sa mère avait baissé d'un ton.

— Je voulais juste voir comment tu allais. Tu me promets d'appeler après l'opération de Max ?

— Oui, bien sûr.

Elle pouvait très bien imaginer à quel point sa mère devait être inquiète en ce moment. Si seulement cette dernière avait pu être moins… insistante avec ses propres peurs, elle n'aurait pas eu besoin de mettre un océan entre elles.

— Je sais que tu es inquiète aussi, ajouta Gabrielle.

— Je serais auprès de toi, si tu voulais bien accepter mon aide.

— Merci, j'apprécie. Vraiment. Mais tu es déjà venue pour la naissance de Max.

Et à la mort de Kevin. Mais elle n'avait pas envie de parler de mort, surtout ce soir.

— Merci, maman, mais je t'assure, je me débrouille très bien.

Grâce à Hank.

Elle se sentit coupable une fois de plus, de ne pas être totalement honnête. Sa mère était une femme étonnante, en dehors de son anxiété chronique qui la poussait à imaginer le pire à la moindre alerte. C'était une épouse de militaire, mère de cinq enfants, dont deux étaient encore au collège. Professeur de mathématiques, elle changeait d'établissement à chaque déménagement. En fait, sa mère était si fichtrement proche de la perfection que c'en était parfois étouffant.

Comme maintenant.

Gabrielle avait besoin d'être loin de sa mère pour ne pas se sentir obligée d'être parfaite. A cet instant, elle avait besoin d'être simplement inquiète pour son fils.

— Merci d'avoir appelé, maman. Mais je m'apprêtais à aller manger quelque chose.

Et mettre quelques vêtements.

— Attends juste une minute. Ton père veut te dire bonjour aussi.

Gabrielle passa à l'anglais dans sa tête. Elle imagina sa mère énergique monter les trois étages de leur maison pour repérer son époux. Elle l'entendit appeler plusieurs fois « Gary ! »

Enfant, Gabrielle faisait des cauchemars dans lesquels elle voyait son père invincible et fort mourir au front. L'anxiété de sa mère avait un peu déteint sur elle. Elle avait grandi partagée entre un profond respect pour ceux qui portaient un uniforme, et un désir vain que son père soit différent de l'homme qu'il était.

Même sa mère parfaite pleurait, quand elle pensait que personne ne la voyait.

Gabrielle serra le combiné plus fort, en se demandant pour la première fois si elle était restée à La Nouvelle-Orléans pour des raisons pratiques, ou pour éviter que sa famille la voie pleurer.

— Gaby, ma petite, dit son père de sa voix rocailleuse.

— Bonjour, papa.

A cet instant, on frappa à sa porte.

— Attends ! cria-t-elle.

Mais il était trop tard. La porte s'ouvrait déjà.

— Oh mon Dieu !

Elle se leva d'un bond, la serviette serrée dans son poing.

Hank se tenait devant elle, les yeux écarquillés. Il semblait sidéré. Il ouvrit la bouche, mais aucun mot n'en sortit. Elle leva la main pour lui faire signe de garder le silence, mais faillit faire tomber la serviette. Au lieu de cela, elle laissa tomber le téléphone.

Avec précaution, en maintenant la serviette en place, elle se baissa pour ramasser son téléphone sans quitter Hank des yeux.

— Papa, dit-elle dans l'appareil, je t'adore, mais je dois m'occuper de Max. Je vous appellerai demain sans faute, dès qu'il sera sorti de la salle d'opération. Au revoir.

Elle raccrocha, lança l'appareil sur le lit, puis plaqua ses deux mains sur la serviette, plus troublée que jamais. Son corps s'éveillait à la vie sous le regard caressant de Hank, et une onde de chaleur la parcourut.

— Hank ? fit-elle en s'éclaircissant la gorge. Tu voulais me dire quelque chose ?

Le regard nonchalant qu'il lui lança était chargé d'un érotisme torride.

— Y a-t-il quoi que ce soit dont tu aies besoin qui te manque ici ? demanda-t-il.

— Merci, mais non. Tout est plus que parfait.

Même si, maintenant, il était impossible qu'elle prenne un bain sans penser à Hank et à son regard appréciateur.

Après sa grossesse et les changements dans sa silhouette qui en avaient découlé, elle ne pouvait nier que le désir non dissimulé de Hank pour elle était agréable. Elle était simplement flattée, rien de plus, se persuada-t-elle.

Pourtant, à la seconde où il ferma la porte derrière lui, elle sentit ses genoux faiblir.

Hank était assis sous la véranda, avec un verre de thé glacé, et écoutait les sons distants d'une ville qui veillait tard. Très tard.

En vidant son verre, il se balança sur sa chaise. Il aurait préféré une bière, après avoir vu Gabrielle à demi nue. Ou peut-être plusieurs bières, pour s'endormir, et ne plus être assailli par cette vision d'elle toutes les deux secondes.

Mais il devait garder la tête froide et rester disponible, au cas où elle aurait besoin de lui.

Lorsqu'il était descendu, il avait vu une faible lumière sous la porte de sa chambre, alors qu'il était plus de 1 heure du matin. Elle devait être épuisée. Sans parler de son angoisse.

Il avait déjà quelques idées pour lui faciliter la vie pendant la convalescence de Max. Car il y *aurait* une convalescence, il refusait d'envisager toute autre issue à l'opération du lendemain.

Il laissa retomber sa chaise avec un bruit sourd.

Il fallait qu'il aille voir Gabrielle. Maintenant. Pour découvrir pourquoi elle ne pouvait pas dormir, et voir s'il pouvait faire quelque chose. Elle avait été bien trop silencieuse durant le dîner, et s'était rapidement excusée pour aller se coucher. Sauf qu'elle ne dormait toujours pas. A moins qu'elle ne dorme la lumière allumée et, dans ce cas, il irait se coucher, car lui aussi avait besoin de repos.

Ces jours-ci, il n'arrivait guère à dormir plus de quatre heures. Cela avait commencé juste après la mort de Kevin. Il était simplement sous tension. Cela se calmerait bientôt, dès qu'il aurait le sentiment d'avoir rempli son devoir envers le bébé de son ami disparu.

Sauf qu'il était ici pour voir Gabrielle autant que son fils, il devait bien l'admettre.

A pas feutrés, il arpenta les différentes pièces de la maison. C'était une belle demeure. Son frère avait accompli un travail fantastique, comme à son habitude. Hank n'avait pu s'empêcher de remarquer le regard admiratif de Gabrielle. C'était bon de lui offrir un cadre de vie digne d'elle.

Il monta les marches deux par deux, et s'arrêta devant la chambre de la jeune femme. Il frappa une fois, deux fois, et attendit… Pas de réponse. Tant pis, il n'allait pas répéter l'erreur d'entrer sans y avoir été invité.

Alors qu'il tournait les talons, la porte s'ouvrit. Gabrielle était bien réveillée et, Dieu merci, elle était vêtue d'un épais peignoir en éponge. Max dormait dans ses bras, la tête contre son épaule.

Hank s'appuya contre le chambranle, et se pencha vers elle.

— Tout va bien ? J'ai vu de la lumière. Je me suis dit que tu avais peut-être besoin… d'un verre d'eau, ou d'autre chose.

— Il y a de l'eau dans le minibar. Cet endroit dispose de plus d'agréments que tout ce dont j'aurais pu rêver.

Elle posa la joue contre la tête de son fils.

— Je n'arrive pas trouver le sommeil. J'ai besoin de l'avoir dans mes bras.

— Tu veux un peu de compagnie ?

Les mots lui avaient échappé avant qu'il puisse se demander s'il était bienséant de rester avec elle à une heure si tardive.

Une lueur d'hésitation passa dans ses yeux vert émeraude. Pourtant, après un instant, elle hocha la tête et s'écarta pour le laisser entrer.

— Puisque nous sommes deux à ne pas pouvoir dormir, autant se tenir compagnie.

Elle remonta le bébé sur son épaule, et s'assit dans un coin du canapé. Il prit place à côté d'elle et attendit qu'elle parle la première. Autrefois, ils pouvaient parler pendant des heures. Certes, ils s'en étaient toujours tenus aux sujets légers et aux nouvelles du jour. La seule fois où ils avaient abordé un sujet profond, il avait commis l'erreur de l'embrasser alors qu'il aurait dû la réconforter.

Il lui fallait faire preuve de prudence.

Il sortit une bouteille d'eau du minibar et la posa à côté d'elle.

— Tout se passera bien.

— Je sais que les probabilités sont bonnes, mais on ne peut jamais être sûr à cent pour cent.

Il prit une bouteille pour lui et se cala sur le canapé. Ses jambes effleurèrent les genoux de Gabrielle.

Il s'éclaircit la voix pour dissiper son trouble.

— J'ai enquêté sur tes médecins, et tu as raison, ils sont excellents.

Elle se redressa, l'air sidéré.

— Tu as enquêté sur les médecins de mon fils ?

— Chut, tu vas réveiller le bébé.

Il attendit que Max reprenne une respiration régulière.

— Oui, je voulais vérifier ce qu'ils valaient.

— Tu voulais voir si ton argent pouvait apporter quelque chose de mieux, lâcha-t-elle, les lèvres pincées.

— Est-ce si mal ?

Même si elle répondait par l'affirmative, cela ne changeait rien. Il savait qu'il avait agi pour le bien de Max.

— Tu aurais refusé par principe, même si cela signifiait te contenter de médecins moins qualifiés pour ton fils ?

— Je me suis déjà renseignée sur eux, figure-toi. Quant au prix, j'aurais mendié, emprunté, ou volé, pour m'assurer qu'il ait les meilleurs soins. J'apprécie tout ce que tu as fait, mais c'est *mon* enfant.

La détermination d'acier dans sa voix ne lui échappa pas.

— Je suis conscient qu'il n'est pas mon fils, mais il est mon dernier lien avec Kevin. Ça compte pour moi.

Tu comptes pour moi.

Les mots restèrent là, en suspens, non dits.

Pourtant, Gabrielle les avait entendus, il en était certain.

Elle posa une main sur son bras.

— C'est difficile pour moi de laisser les gens m'aider, sans doute parce que j'ai eu ma mère pour modèle. C'est une femme extraordinaire, dans tous les sens du terme. Alors que moi, dit-elle en roulant des yeux, c'est à peine si j'arrive à nous doucher, Max et moi, avant midi.

— Tu étais très en beauté, ce matin, dit-il en se penchant vers elle. Tu sens bon. Un parfum fleuri. Des violettes ?

— De la lavande. C'est censé être relaxant, dit-elle en riant.

Il rit avec elle, même si les images de Gabrielle sous la

douche le mettaient au supplice. Et il trouvait son parfum sucré tout sauf apaisant.

Ses doigts, toujours posés sur son bras, tremblaient légèrement. C'était une si douce caresse. Il n'y avait rien d'ouvertement érotique, avec le bébé tout près. Et puis, la peur de Gabrielle était si palpable qu'il voulait juste la tenir contre lui, jusqu'à ce que les douze prochaines heures soient écoulées.

Elle retira sa main.

— Tu as des femmes épatantes dans ta famille, toi aussi. Tes sœurs jonglent entre leurs enfants et leur carrière militaire. Ta belle-mère était secrétaire d'Etat, rien de moins. Je ne les ai jamais rencontrées, mais je suis impressionnée. Et puis, tu as tous tes demi-frères…

— Tu comprends pourquoi je me cache en Louisiane.

— Tu te caches ? Oui, je peux comprendre, dit-elle avec un clin d'œil. Et ta mère ? Tu ne parles jamais d'elle.

— Je n'ai pas beaucoup de souvenirs. Elle est morte quand j'étais encore en primaire.

— Et ? insista-t-elle avec douceur.

Il ne s'attardait jamais sur son enfance. Y penser ne changerait rien. Mais si c'était ce dont Gabrielle voulait discuter, alors soit. Il était prêt à lui parler tout en marchant pieds nus sur des débris de verre, si cela pouvait l'aider à oublier ses angoisses.

— Un Noël, ma sœur aînée a fait un album photo pour moi et ma sœur, avec toutes les photos prises avant la mort de maman. Il y a des jours où je ne sais plus très bien si mes souvenirs sont réels ou créés par ces images.

— Est-ce que cela compte vraiment ? Je crois que ta sœur a fait un geste merveilleux, en rassemblant ces clichés, pour t'aider à te raccrocher à ces moments partagés avec ta mère.

— Oui, j'imagine que tu as raison. Mieux vaut avoir ces souvenirs que pas de souvenirs du tout. J'ignore pourquoi, mais mes sœurs semblent se rappeler davantage de choses.

Et le petit Max n'aurait aucun souvenir d'un père qu'il n'avait même jamais rencontré. Hank songea de nouveau au concept de père de substitution. Cet enfant aurait besoin de lui, et pas seulement pour les deux prochaines semaines. Hank était un lien crucial aux souvenirs de Kevin, surtout si les grands-parents du petit étaient aux abonnés absents. Qui d'autre que lui pourrait expliquer à Max la passion de Kevin pour l'armée et l'aviation ?

— Hank, dit Gabrielle, le ramenant au présent. De quoi te souviens-tu, en plus de ces photos ?

Il fouilla sa mémoire.

— Je me souviens du son de sa voix, quand elle me lisait le conte du *Petit bonhomme de pain d'épice* à Noël. Aujourd'hui encore, l'odeur du pain d'épice me fait penser à elle.

— C'est un joli souvenir.

Elle prit son visage entre ses mains, les yeux emplis de compassion pour lui, alors qu'elle-même était en train de vivre une terrible épreuve.

Dieu, elle le mettait au supplice. Il devait la toucher à son tour.

Il caressa sa joue.

— J'imagine que ce que j'essaie de dire, c'est que Max se fichera que tu sois maquillée ou non pour le déjeuner. Quand il pensera à sa mère, il pensera à l'amour dans ta voix.

Avant même qu'il s'en rende compte, elle était dans ses bras, le dos contre son torse. Il les enlaça, le bébé et elle.

Gabrielle avait raison, il ne pouvait pas lui promettre que tout irait bien demain. Mais il pouvait être là pour elle, et lui tenir la main jusqu'au bout de la nuit.

6

Tandis que les minutes s'égrenaient sur l'horloge de l'hôpital, Gabrielle, le cœur serré par l'angoisse, trouvait du réconfort auprès de Hank. Un bras passé autour de ses épaules, il était resté près d'elle, sur le canapé de la salle d'attente depuis le début de l'opération, une demi-heure plus tôt.

Il avait veillé avec elle toute la nuit aussi, pour la soutenir. Comment se faisait-il qu'elle puisse se détendre en sa présence, alors qu'elle en était incapable avec sa propre famille ?

Une chose était sûre : sa présence rendait les choses plus faciles. Elle ne pouvait imaginer l'état dans lequel elle se serait trouvée, si elle avait dû attendre seule, dans cette salle d'attente, entourée de gens tout aussi anxieux qu'elle.

Si l'opération avait eu lieu quelques jours plus tôt, elle aurait *bel et bien* été seule pour affronter l'odeur stérile de la peur et des fleurs fanées. Aux prises avec ses angoisses, elle avait presque oublié que Hank venait de rentrer d'une zone de guerre.

La tête contre son épaule, elle observa son visage hâlé.

— Tu avais sans doute prévu des choses plus amusantes pour ton retour que de tenir compagnie à une jeune maman dans un hôpital.

Il esquissa un sourire.

— J'avais surtout prévu de bien manger et de dormir, alors ça va.

— Quel genre de nourriture ?

Elle avait besoin d'entendre sa voix pour oublier l'horrible silence. Cela avait été si difficile de quitter Max ce matin. De laisser son précieux petit garçon entre les mains des médecins.

— Tout sauf des plats lyophilisés ou préparés dans une cantine militaire.

Il souleva son gobelet couvert de mousse.

— Et un vrai café.

Elle en respira l'arôme et saliva d'envie.

— Sur ce point, je suis d'accord avec toi. Moi aussi, il me tarde d'avaler de nouveau un expresso. Ironie du sort, c'est lorsqu'une mère a le plus besoin de caféine qu'elle ne peut pas en prendre, parce que ce n'est pas bon pour le bébé.

— Je n'y avais jamais pensé, dit-il en posant son café. Y a-t-il autre chose que tu sois impatiente de faire quand Max sera remis ?

— Je n'ai pas vraiment songé à quoi que ce soit en dehors de lui. Envisager l'avenir m'effrayait, jusqu'ici.

— Tu vas te retrouver à faire des projets avant même que tu ne t'en aperçoives.

Il l'attira contre son corps chaud.

— Pourquoi ne pas commencer aujourd'hui ? fit-il. Nous devons penser de manière positive. Que rêves-tu de faire ?

La réponse surgit dans son esprit, mais elle était si simple et si loin des préoccupations d'un homme qu'elle n'osa pas la lui avouer.

— Tu vas te moquer de moi si je te le dis.

— Moi, me moquer de toi ? Aucune chance.

Son regard bleu et neutre la rassura.

— Mes envies ne sont pas aussi sophistiquées que celles de ta famille.

— Tu n'as pas encore compris que je suis le mouton noir de la famille, et que je préfère vivre simplement ?

D'après ce qu'elle savait de lui, cela ne l'étonnait guère. Hank était un homme aux valeurs solides. Elle avait toujours apprécié son absence de prétention, au regard de son illustre ascendance.

— D'accord, quand je me détends, j'aime faire une activité qui n'a rien à voir avec mes études en finance, ni avec mon travail dans l'informatique. Une activité tout à fait manuelle.

— Et de quoi s'agit-il ?

— Le scrapbooking.

Il la regarda d'un air intrigué.

— Le scrapbooking, comme quand on fait un album photo ?

— Ça, c'est bien une réponse d'homme, dit-elle en tapotant ses doigts sur son torse dur comme du béton.

— C'est-à-dire ?

Elle eut un petit rire. Elle lui était très reconnaissante de la distraire de ses inquiétudes.

— J'ai toujours aimé les souvenirs. Comme je voyageais beaucoup, je voulais garder quelque chose de concret des gens que je rencontrais dans chaque ville. Avec mon père absent si souvent, je voulais aussi être sûre de ne pas perdre un seul souvenir des rares moments que nous partagions ensemble. Je collectionnais les tickets, les photos, les fleurs séchées — je les rangeais dans des boîtes à chaussures. A la fin, il a fallu que j'organise tout ça.

— Ma mère aurait adoré.

Il lui massa doucement la nuque.

— Ma belle-mère aussi d'ailleurs, ajouta-t-il. Elle a des étagères pleines d'albums photos. Maintenant que j'y pense, je l'ai déjà vue avec ses brus et ses petits-enfants en train de s'affairer avec des piles de photos.

— Le scrapbooking est devenu une forme d'art, avec ses étiquettes, ses papiers et autocollants spéciaux.

Elle réprima un gémissement de plaisir. Sous les doigts de Hank, la tension dans sa nuque semblait disparaître comme par magie.

— Certains confectionnent leurs propres cartes de vœux. Ce sont de véritables œuvres.

— Et tu y trouves un moyen d'expression créatif, pour contrebalancer tes études plus analytiques.

Il désigna une infirmière qui passait avec une pile de graphiques.

— Comme cette femme qui a recouvert son stéthoscope d'une housse de tissu fleuri.

— Exactement.

Elle était touchée qu'il ait compris, et qu'il ne dénigre pas son passe-temps. Autrefois, Kevin lui avait dit qu'elle ne faisait que conserver des objets bons pour la poubelle.

— J'imagine que tu as commencé un scrapbook pour Max… et que tu en as un pour Kevin.

— En effet.

Elle avait besoin de capturer ces moments heureux, pour elle mais aussi pour les partager avec son fils.

— Quand mon appartement a été inondé, j'ai eu peur qu'ils soient endommagés.

— Ils sont intacts ?

Elle hocha la tête.

— Oui, tout à fait intacts. Je les ai pris dans mes valises.

— Et que mettras-tu dans le livre aujourd'hui ?

— Le bracelet d'hôpital de Max, et la carte de rendez-vous que tu as vue sur le réfrigérateur.

Elle voyait déjà la page prendre forme sous ses yeux.

— Je mettrai peut-être un symbole en forme de stéthoscope, poursuivit-elle, et je scotcherai tout ça avec des pansements.

— Et ton livre sur Kevin ?

— Cela fait deux fois que tu le mentionnes, fit-elle remarquer.

Elle laissa échapper un soupir. Pourquoi était-elle gênée qu'il évoque le père de son fils ? Ce n'était pas comme si elle trompait Kevin en restant assise ici avec Hank.

— Je préférerais ne pas parler de lui aujourd'hui, conclut-elle.

— Pourquoi ?

Elle saisit son poignet et l'écarta de sa nuque.

— Parce que cela me met mal à l'aise de discuter de lui quand tu as ton bras sur mes épaules.

— Ah, bon ?

Il lui montra un couple plus âgé assis en face d'eux.

— Lui aussi a placé son bras autour d'elle. Ça ne me paraît pas grand-chose. Juste du réconfort. A moins que tu ressentes plus que cela quand nous nous touchons ?

L'air entre eux devint électrique. Le réconfort pouvait très facilement mener à quelque chose de bien plus physique, ils le savaient tous les deux. C'était une chose de ressentir une sensation sans la reconnaître. C'en était une autre, de la nommer. Du désir, voilà ce qu'elle éprouvait pour Hank. Et cela l'effrayait. Pour l'instant, elle n'avait pas les réserves émotionnelles pour y céder, ni assez d'humour pour désamorcer le problème avec une repartie brillante.

Elle se pencha vers lui, et baissa la voix pour que personne d'autre ne l'entende.

— C'est ce que tu ressens quand tu poses ton bras sur moi ? Le besoin de me réconforter ?

— Oui, ça et autre chose, fit-il en lui soulevant le menton. Et toi ?

Elle ne pouvait lui mentir ni se mentir à elle-même plus longtemps.

— Ça, et autre chose.

Il remit sa main sur sa nuque et puis, sans crier gare, il l'embrassa. Un baiser léger, tout à fait approprié pour le lieu. N'importe qui les aurait pris pour un couple qui se soutenait dans la peine. Mais lorsqu'il appuya son front contre le sien, elle ferma les yeux, le cœur battant, le pouls affolé.

Bouleversée, elle agrippa ses bras musclés et se contenta de l'étreindre, reconnaissante qu'il soit là. Ses sentiments étaient confus, et il n'y avait qu'une chose dont elle était sûre, c'était qu'elle ne pouvait pas lui dire de partir. Il s'était introduit dans sa vie si facilement, comme une pièce dans un puzzle.

Alors elle resta là, dans ses bras, respirant son parfum rassurant et récitant des prières silencieuses pour son enfant.

Le bruit de pas qui approchaient la mit sur le qui-vive.

— Madame Ballard ? demanda le chirurgien en avançant vers elle.

Son ventre se noua et, d'instinct, elle saisit la main de Hank. Il serra la sienne sans hésitation.

— Oui, docteur Wilward ?

— L'opération de votre fils s'est très bien passée, il n'y a eu aucune complication…

Le chirurgien continua à discuter, mais les mots furent noyés dans la vague de soulagement qui la submergea. Lorsqu'elle s'adossa contre son siège, le bras de Hank était toujours là pour la soutenir. Mais pour combien de temps ?

A présent que l'opération de son fils s'était déroulée avec succès, le rôle de père de substitution de Hank était terminé.

Les deux jours suivants, Hank s'était démené pour soutenir Gabrielle, pendant que Max se remettait à l'hôpital. Il lui avait apporté ses sandwichs préférés, les muffulettas typiques de La Nouvelle-Orléans, ainsi que des tenues de rechange. Elle avait dormi dans un fauteuil, à côté du lit de son fils — et le terme « dormir » était un bien grand mot. Les cernes sous ses yeux s'étaient agrandis.

Il devrait rapidement mettre à exécution ses idées pour la soulager, sinon elle allait tomber d'épuisement.

Au moins, quand Max était sorti de l'hôpital, elle n'avait pas opposé de résistance pour revenir dans la maison de Garden District avec lui.

Il se tenait à présent devant la chambre d'enfant, et regardait Gabrielle changer la couche de son fils et lui enfiler un nouveau « body », mot qu'il venait d'ailleurs de découvrir.

Il regarda sa robe de coton sauge voleter autour de ses jambes quand elle bougea, ses cheveux blonds soyeux glisser quand elle se pencha sur la table à langer pour murmurer des mots tendres à son fils. La joie qui se lisait sur son visage effaçait presque ses rides de fatigue. L'amour et le bonheur qui émanaient d'elle l'aveuglaient presque. Elle était d'une telle beauté. Elle était..., il ne trouvait même pas les mots pour la décrire.

Le bref baiser qu'ils avaient partagé à l'hôpital avait changé quelque chose entre eux — en fait, le changement avait commencé la veille de l'opération de Max, lors de cette nuit où il l'avait tenue contre lui jusqu'à l'aube. Chacun avait aisément accepté la présence de l'autre, comme si la situation était naturelle. A l'hôpital, plusieurs personnes les avaient pris pour un couple. Et il savait que, bientôt, il devrait réfléchir sérieusement à leur situation.

Mais pour l'heure il devait surtout s'assurer que Gabrielle ne finisse pas à l'hôpital. Songer à quoi que ce soit d'autre en ce moment serait de la pure goujaterie.

Il frappa quelques coups sur la porte déjà ouverte.

— Bonjour, beauté.

Elle afficha un petit sourire gêné, en portant son fils contre elle.

— Je dois ressembler à un zombie. Mais ça ne me pose pas de problème. Ça valait le coup, maintenant que Max est rentré à la maison.

A la maison ? Il ne songea même pas à rectifier.

— J'ai préparé le dîner. Il y a un couffin en bas, pour que tu puisses garder Max près de toi. A moins que tu ne préfères te reposer ? Je peux te monter un plateau.

— Tu en as déjà fait énormément pour moi. Tu me gâtes trop.

— Mes sœurs disent que toutes les jeunes mères méritent que l'on s'occupe d'elles.

Son sourire s'évanouit.

— Hank, je te suis vraiment reconnaissante, mais tu n'as pas à faire tout cela pour moi à cause de Kevin.

— Et si cela n'avait rien à voir avec Kevin ?

Elle ne bougea pas, et cilla à peine. Ses mots restèrent là, en suspens, les liant aussi sûrement que s'il avait pris sa main. Ou davantage.

— Hum, fit-elle en se mordillant la lèvre, et ce dîner ?

Certes, elle avait esquivé le sujet, mais c'était déjà une victoire qu'elle n'ait pas protesté.

— C'est vrai. Suis-moi.

Il ouvrit la voie dans le long escalier, puis traversa la bibliothèque, avant de faire coulisser les portes-fenêtres qui donnaient sous la véranda. La brise du soir transportait la musique cajun d'une fête non loin. Apparemment, un voisin cherchait à prolonger le carnaval.

— J'ai mis le couffin de Max dans le coin. Si nous laissons les portes ouvertes, nous pourrons l'entendre.

Il tendit les bras vers elle.

— Passe-le-moi, je vais le coucher.

Lorsqu'elle se figea, il fut envahi par un doute.

Avait-il déjà porté l'enfant ? A l'hôpital, à un moment ou à un autre ? En fouillant dans les recoins de sa mémoire, il se rendit compte que non, il ne l'avait jamais tenu dans ses bras. Etait-ce parce qu'elle ne le lui avait jamais proposé, ou parce qu'il ne le lui avait jamais demandé ?

Lentement, elle détacha Max de son épaule et le lui confia. Seigneur, cet enfant était si petit, si fragile.

Hank avait toujours pensé que ses frères et sœurs étaient fous quand ils disaient que leur dernier-né avait le nez ou le sourire d'un de leurs parents. Pourtant, dans les yeux de Max, il reconnut son ami.

Ebranlé, il posa l'enfant dans son berceau, en prenant soin de le placer exactement comme Gabrielle l'aurait fait. Il avait besoin de prendre de la distance avec ces yeux familiers.

— Tout va bien ? demanda-t-elle, l'air interrogateur.

— Bien sûr, assura-t-il malgré la boule qui s'était formée dans sa gorge. Allons dehors.

La table dressée pour deux était ornée de fleurs et d'une chandelle dans un bougeoir de cristal. Le dîner les attendait sur une desserte.

Elle souleva les cloches argentées, et soupira devant l'appétissant gumbo et les gâteaux de crabe, maintenus à température par les flammes du chauffe-plats.

Il recula une chaise pour Gabrielle et attendit qu'elle prenne place.

— J'ai demandé au chef d'avoir la main légère sur les épices. Ce sont des choses que tu as déjà commandées par le passé, alors je me suis dit que je ne prenais pas trop de risques. Il y a un plan B dans le réfrigérateur, malgré tout.

— Une autre muffuletta ?

Elle avait les yeux qui pétillaient, rien qu'à la mention de ce gros sandwich rond rempli de salami, de mozzarella et d'olives.

— En un battement de cœur, si tu le souhaites.

Elle s'arrêta près de sa chaise, et offrit son visage à la brise du soir.

— En fait, tu sais ce que j'aimerais vraiment ?

— Demande, et tu l'auras.

Il ferait tout ce qui était en son pouvoir pour la satisfaire.

— Pourrions-nous danser ?

Elle ondula au son d'un solo de violon cajun.

— La musique est si belle, ajouta-t-elle. Ce serait un crime de ne pas en profiter.

Au diable le dîner.

Il prit sa main dans la sienne et posa son autre main au creux de son dos. Après quelques pas de danse, elle s'approcha de lui, de plus en plus, et il la sentit se détendre entre ses bras. Bientôt, elle se mit à fredonner les notes de musique, et sa voix douce vibra contre son torse.

Elle prenait un tel plaisir dans une chose si simple — danser sur la musique d'un voisin. Il rêvait de lui offrir davantage que de bons repas et une épaule sur laquelle se reposer. Elle travaillait si dur pour construire un monde pour son fils, malgré le peu de moyens dont elle disposait. Cela lui brisait presque le cœur. Il se considérait comme un homme raisonnable, mais à cet instant il se sentait tout sauf raisonnable. Gabrielle méritait de passer des journées au spa pour se ressourcer, et de vivre dans une maison comme celle-ci.

Elle avait aussi besoin d'un homme dans sa vie, pour l'aider à élever son fils.

Dans la maison d'à côté, des gens dansaient et s'amusaient. Depuis la véranda, il pouvait voir de grands chênes décorés de guirlandes scintillantes. La fête était bruyante, mais ce n'était pas un immense gala. Plutôt une petite fête de famille, comme celle que son père voulait organiser pour son retour — le genre de sauteries qu'il évitait d'habitude.

Et maintenant ?

Il ne voulait en tout cas pas que sa famille soit présente et le questionne sur sa relation avec Gabrielle. Il ne saurait même pas quoi leur répondre, hormis leur dire qu'il la désirait et qu'il ne pouvait la quitter. Mais ce n'était pas comme s'ils étaient ensemble. Il y avait bien trop de nœuds à démêler dans leur histoire. Elle avait aimé Kevin. Et lui ne pouvait s'empêcher de se sentir coupable d'être ici à la place de son ami.

Elle posa la main sur sa nuque.

— Merci pour cette danse, et pour tout ce que tu as fait ces derniers jours. Tu m'as vraiment facilité la vie, au-delà de ce que j'aurais pu imaginer.

— C'est pour ça que je suis là.

Son rôle était d'être un remplaçant pour Kevin, même si cela le déchirait. Car, à cet instant, il voulait que Gabrielle le voie *lui*, et non un substitut de l'homme dont elle portait le deuil.

— J'aurais sans doute dû accepter l'aide que mes parents m'offraient. J'adore ma mère, mais elle a tendance à tout prendre en charge au lieu de m'aider, et puisque tout est une bataille, en fin de compte, je suis encore plus épuisée après son passage.

— Je comprends ce que tu veux dire.

Ses pas étaient en parfaite synchronisation avec les siens, et ses pensées aussi.

— Mon père est très impressionnant, ajouta-t-il, et c'est difficile de sortir de son ombre.

Elle le regarda dans les yeux, le vent soulevant ses cheveux.

— Alors, pourquoi as-tu choisi le même corps d'armée, et le même modèle d'avion ? s'étonna-t-elle.

— C'est ma passion. Appelle ça la génétique si tu veux, mais c'est ce pour quoi je suis doué.

Il ne pouvait imaginer faire quoi que ce soit d'autre de sa vie.

— Cela aurait été ridicule de m'engager dans un autre corps d'armée uniquement pour me démarquer de lui.

Il posa le menton sur le sommet de sa tête, et respira son parfum de lavande.

— Même si, je dois l'avouer, cela m'aurait facilité la vie.

— Kevin m'a dit que tu travaillais deux fois plus dur que tout le monde pour prouver que tu ne devais rien au népotisme — alors qu'il est évident aux yeux de tous que tu es une vraie star dans ton domaine.

— Une star, hein ?

Il pouvait presque entendre la voix de son ami à travers elle. Kevin lui manquait tant.

— Il disait que certains avaient la science de l'aviation et de la navigation, mais que toi, tu en possédais l'art.

— Son opinion compte beaucoup pour moi. Merci de partager cela avec moi.

Pourrait-il un jour regarder Gabrielle sans songer à Kevin ? Son camarade était un homme insouciant, pour sûr, mais il était indéniable qu'il avait aimé profondément Gabrielle. Il n'avait pas pris son engagement avec elle à la légère.

Cela dit, aucune relation n'était parfaite.

Un soir que Kevin s'était enivré, il lui avait avoué craindre de ne pas être le genre d'homme qui pourrait la rendre heureuse. Il ne voulait pas la perdre, avait-il affirmé, mais elle voulait un foyer, des racines.

Quel moment mal choisi pour se souvenir de cela, songea-t-il. Lui-même n'avait rien de différent à offrir à Gabrielle.

— Kevin t'aimait vraiment.

Elle se raidit entre ses bras, tandis qu'elle continuait de suivre ses pas en silence.

— J'étais avec lui lorsqu'il a acheté la bague, ajouta-t-il. Il a appelé ta mère pour lui demander ta taille et tes goûts.

Cela avait bien failli lui déchirer le cœur. Il saisit sa main gauche et constata que son annulaire était nu.

— Je l'ai portée à ma main droite quelque temps après sa mort. J'ai dû la retirer quand Max est né, à l'hôpital. Après cela, je l'ai mise de côté pour que Max l'offre à sa femme un jour.

— Je suis certain que Kevin aurait été heureux de ce choix.

A dire vrai, il n'avait pas trouvé la bague choisie par Kevin et la mère de Gabrielle adéquate. Lui aurait choisi un bijou plus simple, plus en rapport avec son style à la fois chic et décontracté. Mais elle avait semblé heureuse, et c'était ce qui comptait.

— Tu as vraiment été un grand ami pour lui. Et tu l'es toujours.

— En dehors du fait que j'ai volé un baiser à sa fiancée.

Elle s'immobilisa, et prit son visage entre ses mains.

— C'est moi qui t'ai embrassé. C'est moi qui mérite les reproches.

— Tu crois vraiment que c'est toi qui as initié ce qui s'est passé ?

Il agrippa ses poignets, mais ne put se résoudre à se détacher d'elle, alors même que la culpabilité le tenaillait.

— Je sais que c'est le cas, murmura-t-elle, parce que je me sentais terriblement coupable d'être attirée par toi.

Elle se pencha vers lui.

— Pas seulement ce jour-là, mais des semaines avant ça.

— Des semaines ?

— Je me souviens juste qu'un soir nous étions en train de dîner sur un bateau de croisière, et tu te tenais près de la balustrade.

Elle s'appuya contre lui, les yeux brillant de larmes et de confusion.

— Quelque chose a changé en moi, poursuivit-elle, quelque chose d'effrayant. Mais Kevin était sur le point d'être envoyé au front. Comment pouvais-je lui en parler à ce moment-là ? Lui et moi n'avions pas eu le temps de discuter de quoi que ce soit avant son départ. Je n'étais même pas sûre de ce que je ressentais pour toi. Et puis ce jour-là je m'étais disputée avec lui, j'avais pleuré dans tes bras…

— Tu as seulement suivi un désir que j'ai moi-même ressenti dès le premier jour où je t'ai vue. Une fois que tu m'as embrassé, crois-moi, j'étais à cent pour cent dans ce baiser.

Elle le dévisagea, surprise. Dans ses yeux, il lut un désir semblable au sien. Ne pouvant lui résister davantage que ce jour-là, il l'embrassa.

C'était inévitable. Depuis son retour à La Nouvelle-Orléans, ils avaient repoussé en vain cet instant. Mais ici, ce soir, sous les étoiles, il la désirait, et il sentait qu'elle le désirait aussi, à la façon dont elle s'agitait pour être plus près de lui.

Sans la moindre hésitation, elle enroula les bras autour de son cou et l'attira contre elle. Leurs deux corps s'accordaient à la perfection, comme un an plus tôt. Elle écarta les lèvres, et il n'eut pas besoin d'un autre signe pour approfondir leur baiser. Il saisit ses fesses et la porta pour la plaquer contre un chêne.

Elle caressa ses cheveux de ses mains avides. Ses seins

effleuraient son torse, et il n'avait qu'une envie, la déshabiller pour enfin sentir sa peau nue contre la sienne.

Cette fois, il ne pourrait pas la laisser partir sans la faire sienne. Ignorer son attirance n'avait pas fonctionné. Pis, cela n'avait fait qu'attiser son besoin vital d'explorer chaque centimètre de son corps avec ses yeux, ses mains, sa bouche.

Un cri se mêla à la musique, l'arrêtant net.

Max.

Les pleurs affamés de l'enfant se firent plus forts.

Gabrielle se figea dans ses bras, puis recula d'un mouvement brusque. Elle passa ses mains tremblantes dans ses cheveux et se dirigea vers la bibliothèque d'un pas alerte. Resté seul, Hank s'affaissa contre le chêne centenaire, avec le sentiment d'être aussi vieux que lui, accablé par le poids de ce qu'il avait failli faire.

Il ne pouvait pas — ne devait pas — lui faire l'amour. Pas ce soir, alors qu'elle était presque morte de fatigue. Son fils venait de sortir de l'hôpital. Elle se sentait vulnérable. Seul un goujat égoïste prendrait ce qu'elle offrait en faisant fi de sa conscience. Elle avait besoin de sommeil — et ils avaient tous deux besoin de trouver un moyen d'oublier leur culpabilité vis-à-vis de Kevin.

Car, qu'elle portât ou non cette bague de trois carats, le fantôme de Kevin se dressait encore fermement entre eux.

Alors que la pendule sonnait minuit, Gabrielle fixait l'écran de son ordinateur, tout en balançant doucement le transat de son fils avec son pied. Dehors, la fête des voisins se prolongeait dans la nuit.

Les mots devenaient flous devant ses yeux. Elle aurait aimé mettre son manque de concentration sur le compte de la fatigue, mais elle ne pouvait pas se mentir à elle-même. A dire vrai, elle ne parvenait pas à se sortir Hank de l'esprit. Elle ne cessait de penser à leur danse.

Et à leur baiser.

La sensation de ses lèvres sur les siennes, de ses mains sur son corps, avait été aussi époustouflante que dans son souvenir. A tel point qu'elle en avait presque oublié son fils, endormi à quelques mètres d'eux. Elle avait pris son enfant et monté les marches à la hâte, en se servant de la tétée de Max comme d'une excuse pour rassembler ses pensées.

En réalité, elle était allée se cacher.

Une fois qu'elle eut allaité et changé Max, elle avait constaté que le dîner lui avait été apporté dans sa chambre. Un dîner pour une seule personne, avec un message de Hank.

« Je te vois demain matin. »

Il avait simplement griffonné un H en guise de signature, d'un coup de stylo épais et assuré.

Depuis, elle ne cessait de se répéter qu'il avait eu raison de lui amener son repas et de partir. Ils avaient tous deux besoin de prendre du recul. Tant de choses s'étaient passées en si peu de temps.

Le repas avait été doux-amer, chaque bouchée lui rappelant que la soirée avait commencé de manière extraordinaire. Cette danse au clair de lune avait donné un côté magique à leur dîner en tête à tête.

Mais les pleurs de Max lui avaient rappelé ses responsabilités. Elle ne pouvait se permettre de les oublier, même une seconde. Plutôt que d'aller se coucher après avoir allaité son fils, elle s'était assise devant son écran pour avancer dans le travail qu'elle avait mis en attente durant le séjour de Max à l'hôpital.

Plus tôt elle finirait, plus tôt elle pourrait dormir. Or, elle avait besoin d'avoir l'esprit clair pour affronter Hank demain.

En forçant ses yeux fatigués à se concentrer, elle consulta le reste de ses e-mails, puis ferma son ordinateur. Elle jeta un œil à sa montre : 1 heure du matin. Avec le décalage horaire, sa mère venait sans doute de se lever.

Gabrielle sortit Max de son siège pour le porter dans le berceau de sa chambre, afin que sa conversation ne le réveille pas. Elle laissa tout de même la porte entrouverte, pour être sûre de l'entendre s'il pleurait.

S'affalant sur les oreillers, elle prit son téléphone sur la table de chevet et composa le numéro de ses parents. Le lit moelleux, la musique jazz et le parfum de Hank qui imprégnait encore sa robe titillaient ses sens déjà exacerbés.

Elle roula sur le côté, et admira par la fenêtre les guirlandes scintillantes sur les arbres des voisins. Sa mère décrocha à la troisième sonnerie.

— Bonjour, maman, c'est moi.

— Est-ce que Max va bien ? Et toi ? demanda-t-elle d'une voix inquiète.

— Rassure-toi, tout va bien.

Si elle faisait tout pour ne pas être aussi étouffante que sa mère, elle commençait à comprendre à quel point il serait facile de laisser ses peurs parentales la submerger.

— Je t'appelle juste pour t'annoncer que Max est rentré de l'hôpital.

— C'est une excellente nouvelle, ma chérie. Vous êtes de retour dans votre appartement ?

En fond sonore, Gabrielle l'entendait s'affairer dans sa cuisine, sans doute pour préparer le petit déjeuner.

— En fait, je vis chez un ami.

— A La Nouvelle-Orléans ? Est-ce que je connais cet *homme ?*

— C'est Hank, dit-elle sans ambages.

Le fait de prononcer son nom, et d'avouer qu'ils vivaient ensemble donnait une importance à leur relation qu'elle n'était pas sûre de pouvoir concevoir.

— Hank ? Comme dans Hank Renshaw, Jr. ?

La plupart des mères auraient été ravies d'apprendre que leur fille fréquentait un des plus beaux partis d'Amérique, mais sa mère avait un ton indéniablement réprobateur.

— Gabrielle, es-tu sûre que c'est le bon moment pour sortir avec quelqu'un ?

Comme si elle avait le choix. Elle ne pouvait pas ignorer la vérité, comme elle l'avait fait un an plus tôt. Son affection pour Hank allait bien au-delà de l'amitié.

— Maman, je comprends que tu sois inquiète, mais je suis une adulte, et je suis tout à fait capable de gérer ma vie.

Elle parlait vite, pour que sa mère ne puisse pas placer un mot.

— Je t'adore, vraiment, mais il faut que je dorme un peu. Embrasse papa et tout le monde pour moi, d'accord ? Au revoir.

Elle raccrocha et lança le téléphone sur le lit en se mordillant la lèvre. Dans moins de deux semaines, Hank devrait rejoindre sa base aérienne de Barksdale. Ils seraient séparés par des heures d'avion, et elle retournerait chez elle.

Ou peut-être pas. Car sa vie avait changé, et elle devait l'accepter. Elle ne pouvait pas vivre indéfiniment dans son appartement trop petit. Elle devrait trouver un logement plus adapté pour Max. Avec son budget limité, il lui faudrait s'éloigner du centre-ville.

Mais il n'y avait pas que son logement. Il y avait aussi son attirance pour Hank. Demain à la première heure, elle lui parlerait. Il était temps qu'elle cesse de faire semblant. Qu'elle cesse de fuir.

Elle et Hank étaient faits pour être amants.

7

Elle avait tant envie de lui. Elle avait la peau en feu, après des mois, des années passés à désirer Hank.

Et ici, dans cette maison de rêve, elle pourrait l'avoir.

Ils pourraient faire l'amour sous un chêne éclairé de guirlandes scintillantes, qui semblaient refléter les étincelles de désir qui crépitaient entre eux. Elle pouvait presque sentir la doublure soyeuse de son blouson de cuir, étalée sur le sol sous elle.

Elle pourrait caresser et savourer les muscles durs de son torse pendant qu'il se pencherait au-dessus d'elle, qu'il ondulerait en elle, pour l'amener au bord de l'extase.

Son corps brûlait de connaître la satisfaction que Hank seul pouvait lui offrir. Elle gémit pour exprimer son besoin de faire l'amour ici, sur-le-champ, d'être enfin libérée de ce désir presque douloureux…

Gabrielle se réveilla en sursaut, le parfum du cuir persistant encore après son rêve. Un rêve qui avait été interrompu avant qu'elle n'atteigne l'extase.

En clignant des yeux pour se protéger du soleil matinal éclatant, qui filtrait à travers la fenêtre, elle tenta de se repérer. Elle était seule dans son lit, les draps enroulés autour de ses jambes. Elle les repoussa et chassa de son esprit les images érotiques de Hank.

Ou du moins, elle essaya. Le désir pulsait encore entre ses jambes, et provoquait des picotements presque douloureux au niveau de ses seins.

Ses seins pleins et durs.

Oh ! Seigneur.

Elle appuya les mains contre sa poitrine… elle était tout habillée. Elle s'était endormie juste après avoir raccroché avec sa mère. Et elle n'avait pas allaité Max depuis minuit.

Son fils ne s'était pas réveillé.

Affolée, elle bondit du lit et faillit tomber en trébuchant sur les draps. Sa gorge était si nouée par la peur qu'elle avait du mal à respirer. Elle courut dans la pièce, et passa devant son maudit ordinateur qui l'avait fait veiller si tard. Son fils avait-il pleuré pour l'appeler, et ne l'avait-elle pas entendu à cause de la fatigue ? Une vague de culpabilité l'envahit. Elle entra en trombe dans la chambre d'enfant, en se demandant comment la porte avait pu se refermer dans la nuit sans qu'elle l'entende.

Ses yeux se portèrent sur le berceau, le berceau vide. Un cri mourut dans sa gorge. Elle regarda autour d'elle avec frénésie jusqu'à ce que son regard s'arrête sur le rocking-chair, dans un coin de la chambre.

Son fils était dans les bras de… Leonie Lanier !

La baby-sitter de Max — leur voisine du magasin d'antiquités — était ici ? Et il y avait quatre biberons vides à côté d'elle, ce qui signifiait qu'elle lui avait sans doute donné le lait maternel que Gabrielle avait congelé avant l'opération.

Encore troublée, elle parvenait à peine à comprendre ce qui avait dû se passer dans la nuit. Elle pouvait juste laisser le soulagement de voir son fils en bonne santé déferler sur elle. Elle tendit les bras vers Max.

— Leonie, que faites-vous ici ?

En se levant, sa voisine et amie lui passa le bébé avec un sourire.

— Je vous aide à avoir une bonne nuit de sommeil.

Gabrielle posa plusieurs baisers frénétiques sur le front de son fils. Ses genoux la soutenaient à peine, aussi s'effondra-t-elle sur le rocking-chair. Posant Max sur ses genoux, elle déboutonna son body et vérifia ses trois minuscules incisions. Son fils s'agita dans ses bras, bien réveillé et babillant pour lui dire bonjour, tandis que ses petits pieds pédalaient contre son ventre.

Tout semblait aller bien, certes, mais Max était sous sa responsabilité. C'était *son* fils.

Les tremblements qui la secouaient refusaient de faiblir, aggravés par des mois de tension et d'inquiétude.

— C'est très généreux de votre part, mais j'aurais aimé que l'on me prévienne. Depuis combien de temps êtes-vous là ?

Où était Hank ? Il devait être au courant, car lui seul aurait pu laisser Leonie entrer.

— Je suis arrivée hier vers 22 heures. Le beau commandant Renshaw et moi nous sommes relayés auprès de Max pendant la nuit. Je me suis proposée un million de fois, mais vous teniez toujours à tout faire vous-même.

Leonie portait un survêtement et des tennis, et semblait étonnamment en forme pour quelqu'un qui avait pris soin d'un bébé toute la nuit.

— Votre ami et moi avons décidé de vous faire la surprise.

— Eh bien, pour une surprise, c'en est une.

Et guère agréable. Mais elle exprimerait sa frustration plus tard, quand elle parlerait à Hank. Dire qu'il avait préparé tout cela derrière son dos… et qu'il avait même fermé la porte de sa chambre pendant qu'elle dormait.

Pas étonnant qu'elle ait senti l'odeur de cuir de son blouson. Il était entré dans sa chambre.

Leonie s'assit sur la banquette près de la fenêtre.

— Je n'ai aucun mérite. Votre ami savait que l'inondation m'avait mise à la rue aussi, et que j'étais au chômage tant que la boutique est fermée. Il m'a offert cet emploi jusqu'à ce que je retourne au travail. C'est parfait, puisque quand je pourrai rentrer, vous le pourrez aussi.

Un emploi ?

— Hank vous paie ?

— Mais oui. Je connais déjà les habitudes de Max et j'adore ce petit bout de chou. Est-ce que cela vous contrarie ?

— Je suis surprise, dit-elle d'un ton sec en tapotant le dos de son fils qui s'agitait.

— Oh ! mon Dieu, si j'ai mal agi, dites-le-moi, s'exclama-t-elle, l'air inquiet. Ça me semblait la solution idéale à tous nos problèmes, et je me suis dit que ce serait une belle surprise pour vous.

— Bien sûr que ça l'est. Vous n'avez rien fait de mal.

Hormis le fait qu'elle ne l'ait pas prévenue, mais réprimander Leonie ne servirait à rien. Réprimander Hank, en revanche, lui ferait beaucoup de bien…

— Merci pour votre aide. Vous êtes une des rares personnes à qui je peux confier Max sans inquiétude.

Son fils s'agita, et emmêla ses doigts dans ses cheveux tout en commençant à pleurer de faim.

— Vous avez meilleure mine en tout cas, vous semblez plus reposée.

Leonie toucha la joue de Gabrielle.

— C'est une très bonne chose, poursuivit-elle, même si vous êtes encore trop tendue. Vous n'aiderez pas Max si vous vous épuisez à vous en rendre malade.

— Vous avez assuré la garde de nuit, alors si je le prenais un peu ? Il faut que je l'allaite.

Elle ouvrit les boutons de sa robe et, aussitôt, son fils s'accrocha à elle en s'agitant, avant de se calmer une fois qu'il eut trouvé son mamelon. Elle caressa sa joue incroyablement douce, submergée par son amour pour lui et son besoin de le protéger.

— En fait, j'ai besoin de le tenir dans mes bras. Je suis sûre qu'il va me falloir du temps avant que mon inquiétude ne se dissipe.

— Vous êtes une mère, maintenant, dit Leonie avec un clin d'œil. Vous ne cesserez jamais de vous inquiéter.

Lorsque Leonie fut sortie de la chambre, Gabrielle se cala dans le rocking-chair, et se balança plus vite. Elle était en colère contre elle-même autant que contre Hank. A un moment de la nuit, elle s'était laissée aller à lui faire confiance, à accepter toute l'assistance qu'il lui offrait. Elle avait baissé sa garde et, même si cela partait d'une bonne intention, Hank était allé beaucoup trop loin. Engager une nounou pour son fils sans la consulter… Prendre son fils pour qu'elle ne l'entende pas se réveiller… Mais où avait-il eu la tête ?

Elle s'était bercée d'illusions en croyant pouvoir s'accorder une simple aventure avec Hank. Sa vie n'était pas si simple. Elle avait bien plus de soucis et de responsabilités qu'elle n'aurait pu l'imaginer un an plus tôt.

Hank n'avait peut-être pas changé, mais elle, si.

Installé sous la véranda, Hank profitait du soleil, qui était à son zénith. Dans le jardin voisin, une équipe de nettoyage ramassait les canettes vides. Avec un peu de chance, ils ne réveilleraient pas Gabrielle. Elle s'était tellement épuisée ces derniers mois qu'il ne pouvait imaginer de combien d'heures de sommeil elle avait besoin.

Si elle ne rattrapait pas ses heures de sommeil bientôt, elle allait s'effondrer. Elle devrait suivre les mêmes conseils que ceux qu'on lui prodiguait après chaque déploiement en zone de guerre. Décompresser. Prendre du temps pour soi. Se détendre.

Il se passa une main sur la nuque. Pourquoi la tension dans son cou ne diminuait-elle pas ? Plus les jours passaient, plus il semblait nerveux.

Ce qui avait sans doute plus à voir avec son désir pour Gabrielle qu'avec un besoin de décompresser.

Derrière lui, les portes-fenêtres s'ouvrirent brusquement. Gabrielle arrivait au pas de charge. Même avec ses cheveux en désordre, elle était magnifique.

Etrangement, elle semblait en colère.

— Une nounou ? s'exclama-t-elle.

Elle se planta devant lui.

— Tu as embauché une nounou pour mon fils ?

Il se leva et la prit par les épaules, résistant à l'envie de l'embrasser pour lui faire oublier sa mauvaise humeur.

— Je me suis dit que ça te ferait du bien de pouvoir dormir. J'essayais d'être attentionné, d'être un bon… ami.

— Eh bien, moi j'essaie d'être une mère, et je fais ce qu'une mère fait. Je m'occupe de mon enfant.

Elle balaya de la main leur environnement.

— La maison, les meubles, c'est très généreux de ta part, et j'apprécie ta sollicitude. Mais tu n'as *pas* le droit de choisir une nounou pour mon fils.

Quoi ? Il aurait cru qu'elle serait de meilleure humeur après une bonne nuit de sommeil.

— Est-ce que Max va bien ? Il est arrivé quelque chose ?

— Il va bien, dit-elle d'un ton sec.

— Leonie Lanier est ta nounou habituelle. Tu l'as déjà choisie et approuvée. Je l'ai juste payée pour qu'elle travaille un peu plus.

Ce n'était pas comme s'il avait besoin de cet argent, d'ailleurs.

— Considère cela comme un cadeau de naissance, ajouta-t-il, puisque je n'étais pas là quand Max est né. Alors où est le problème ?

Elle serra les poings.

— Tu ne m'as pas demandé mon avis.

— Tu es contrariée ?

— *Oui,* je suis contrariée.

Son cadeau n'avait pas du tout l'effet escompté.

— Parce que j'ai voulu t'aider ?

— Parce que tu as pris des dispositions pour mon fils — chaque mot était comme un coup de poignard — un enfant, qui vient de sortir de l'hôpital, sans me consulter au préalable. Tu es allé trop loin. Je suis tout à fait capable de…

— … prendre soin de toi, dit-il en lui saisissant le poignet. Oui, je sais. Tu me l'as déjà dit. Plusieurs fois.

Elle se dégagea et croisa les bras sur sa poitrine.

— Je voulais dire que je suis capable de demander ce dont j'ai besoin.

— On ne dirait pas, rétorqua-t-il, aussi furieux qu'elle à présent.

Il se démenait comme un diable pour l'aider, et voilà comment elle le remerciait.

— Ce n'est pas parce que je ne me suis pas réfugiée chez ma famille que je ne peux pas accepter qu'on m'aide.

Elle marqua un silence.

— Et tu es mal placé pour parler d'aller vers les autres, toi qui vis en solitaire et qui filtres les appels de ta propre famille. Pourquoi serais-tu le seul à avoir besoin d'indépendance ?

— Hé, calmons-nous un peu.

A quel moment le sujet avait-il dérivé sur lui ? La dernière chose qu'il voulait, c'était qu'on s'ingère dans sa tête ou dans sa vie.

— D'accord, je me suis trompé, concéda-t-il. Mais au moins j'essaie d'agir pour le mieux.

Elle leva les yeux au ciel, avant de poser sur lui un regard d'acier.

— Tu peux dire qu'il ne s'agit pas de Kevin, mais je n'en suis pas si sûre. Le jour de ton arrivée, tu as dit toi-même que tu essaierais d'être un père de remplacement. Soit. Mais ce n'est pas si simple.

Elle recula d'un pas.

— J'ai changé depuis l'année dernière, reprit-elle. Ma vie et mes priorités ont changé. Hier soir, tu embrassais l'ancienne Gabrielle. Tu ne connais même pas la femme que je suis aujourd'hui.

Elle tourna les talons et rentra dans la maison, le laissant sans voix.

Et très excité par la femme pleine de caractère qu'il apprenait à connaître, et qu'il avait de plus en plus de mal à considérer comme l'ancienne fiancée de son meilleur ami.

*
* *

Comment était-elle passée de l'excitation à la colère envers Hank en si peu de temps ?

Gabrielle referma son ordinateur, ayant fini de travailler pour aujourd'hui, et s'adossa dans son fauteuil. Il lui avait été difficile de se concentrer sur la conception de ses sites web — ou sur quoi que ce soit d'autre —, car la dispute de ce matin s'était rejouée inlassablement dans son esprit. Elle était déjà sur des montagnes russes émotionnelles depuis la mort de Kevin, mais le retour de Hank l'avait embarquée dans un looping interminable qui ne lui laissait aucun répit.

Elle n'aurait pas dû s'emporter ainsi. Certes, Hank était allé trop loin en engageant une nounou sans la consulter, mais elle aurait aimé exposer son point de vue de manière plus posée. Le problème était qu'il avait touché un point sensible, étant donné la manière dont elle avait laissé sa mère diriger sa vie durant tant d'années. Elle avait dû mettre un océan entier entre elles deux, simplement pour suivre des études sans que sa mère aille voir ses professeurs.

Même s'il lui coûtait de l'admettre, l'aide que Leonie lui apportait avait été un réel cadeau aujourd'hui. Gabrielle lui avait simplement demandé de surveiller son fils pendant sa sieste, mais le seul fait de savoir qu'elle n'avait pas besoin de rester en alerte, et que Leonie lui amènerait Max à son réveil, lui avait donné plus de temps pour rattraper son retard dans son travail et ses cours. A présent, elle était — enfin — à jour.

Peut-être aussi parce que Hank était resté loin d'elle toute la journée. Comment lui en vouloir ? Elle l'avait vu partir dans sa voiture juste après leur dispute. Bien sûr, il n'avait pas besoin de la tenir informée de ses allées et venues. Cependant, elle se demandait où il pouvait bien être. Lui avait-elle fait peur pour de bon ? Elle ne pouvait concevoir qu'il soit parti sans même un au revoir, même après leur dispute. Ce n'était pas son genre.

Mais quel genre d'homme était Hank Renshaw, Jr., en fin de compte ? En dehors d'être le meilleur ami de son défunt fiancé. En dehors d'avoir une illustre famille. Qui était-il vraiment, sous son uniforme de commandant ?

C'était un homme bien, qui essayait par tous les moyens de les aider, elle et son fils, alors qu'ils n'étaient pas sous sa responsabilité. Il avait passé ses quelques jours de congé à lui tenir la main pendant l'opération de son Max. Il cherchait des façons de lui faciliter la vie. Certes, il avait dépassé les limites, mais elle ne devrait pas s'attendre à ce qu'il comprenne le métier de parent, puisqu'il n'avait pas d'enfant.

A présent que sa colère était retombée, elle se rendait bien compte qu'elle lui devait des excuses.

Elle quitta le bureau improvisé qu'elle avait installé dans sa chambre et alla dans la pièce voisine.

— Leonie ?

Assise sur une banquette près de la fenêtre, son amie leva les yeux de son magazine à scandales.

— Que puis-je faire pour vous, ma petite ? Et s'il vous plaît, ne me dites pas « rien ». Je n'ai quasiment rien fait de la journée, et je vais commencer à me sentir coupable d'avoir accepté le généreux salaire que votre charmant commandant me paie.

— Généreux à quel point ?

Comment diable allait-t-elle rembourser Hank ?

— D'une générosité indécente, ma chère. Il m'a dit de considérer cela comme sa contribution pour soutenir l'économie locale.

Gabrielle roula des yeux, puis posa les mains sur le berceau de son fils. Cela lui réchauffait le cœur de le voir dormir si paisiblement, à présent qu'il gardait mieux ses repas. Il y avait tant de choses pour lesquelles elle devrait être reconnaissante, et au lieu de cela elle avait piqué une colère.

Leonie s'éclaircit la gorge.

— Il est rentré il y a une heure.

Gabrielle ne prit pas la peine de demander de qui son amie parlait.

— Je ne l'ai pas vu arriver.

— Donc, vous le guettiez par la fenêtre.

Leonie s'avança jusqu'à elle, et posa la main sur la sienne.

— Allez profiter du reste de la soirée, je m'occupe de Max. J'ai dormi presque toute la journée, et le peu de temps que j'ai été éveillée, je n'ai fait qu'admirer cette splendide demeure.

— Merci, Leonie.

— De quoi ?

— D'aimer mon fils.

La vieille dame lui tapota la joue.

— Je tiens à vous aussi. Maintenant, allez vous détendre. Profitez de votre jeunesse.

— Merci encore.

Gabrielle déposa un rapide baiser sur le front de son fils et tourna les talons.

— Euh, Gabrielle ? Vous devriez aller vous rafraîchir.

Elle regarda son T-shirt froissé, et son jean déchiré parsemé de taches de café. Ce serait agréable de s'habiller, pour une fois, et de choisir une autre coiffure que son habituelle queue-de-cheval. En souriant, elle courut dans sa chambre et ouvrit sa petite valise. Il n'y avait pas beaucoup de choix, mais tout serait mieux qu'une tenue déchirée et tachée.

Quinze minutes plus tard, elle avait l'impression d'être redevenue la Gabrielle d'autrefois, dans sa petite robe noire et ses leggings rouges, avec ses cheveux lâchés sur ses épaules. Chaque caresse de ses boucles le long de son cou lui rappelait les rêves qu'elle avait passés dans les bras de Hank.

Avait-elle décidé de s'excuser pour pouvoir retrouver ces fantasmes, et peut-être les réaliser ? Possible. Une chose était sûre, pour la première fois de l'année, elle avait retrouvé… l'espoir.

Ses doigts dansaient sur la rampe en acajou verni quand elle descendit l'escalier. Le cliquetis de casseroles et d'ustensiles l'attira vers la cuisine. Près de la cuisinière à six brûleurs intégrée dans un îlot central, Hank soulevait des couvercles et mélangeait trois casseroles en même temps. Son tablier blanc parsemé de sauce rouge était délicieusement incongru sur son corps d'athlète, comme la petite serviette posée sur son épaule. Il picorait dans un plateau où se côtoyaient des fraises, des morceaux de fromage et des crostinis. Des parfums alléchants de mets italiens flottaient dans l'air. Elle saliva d'envie, charmée autant par la cuisine que par le cuisinier.

Tout en goûtant une sorte de sauce tomate, Hank la regarda par-dessus sa cuillère.

— Avant que tu ne perdes ton sang-froid, je cuisine pour moi, pas pour toi.

— Ah, vraiment ?

— Oui, je ne voudrais que tu penses que je te force la main ou quoi que ce soit.

Il posa la cuillère dans l'évier de céramique.

— Tu peux baisser les armes, dit-elle. Je viens en paix.

Elle s'appuya contre la porte, et savoura le regard appréciateur de Hank sur ses jambes. Le pouvoir féminin qu'elle détenait sur lui lui donnait des frissons de plaisir.

Mais il fallait procéder dans l'ordre.

— Hank, je suis navrée de t'avoir crié dessus tout à l'heure. Je m'en tiens à ce que j'ai dit, mais pas à la façon dont je l'ai dit.

— D'accord. Et je m'excuse de ne pas t'avoir demandé ton avis.

— Tu avais raison en disant que j'aurais refusé ton offre, concéda-t-elle.

Elle lui devait bien ça.

Il s'essuya les mains sur la serviette. L'îlot central les séparait toujours.

— Et tu avais raison, fit-il à son tour. Peut-être que ce

n'était pas le meilleur moment pour te faire cette surprise, puisque c'était la première nuit de Max à la maison.

— Tu es pardonné.

Une lueur étrange passa dans ses yeux bleu cobalt, mais si fugace qu'elle ne put l'interpréter.

— Alors, tu restes ? demanda-t-il.

— Oui, c'est mieux pour Max.

Etait-ce mieux pour elle ? En tout cas, cela la changeait de son quotidien rassurant et prévisible.

Pourquoi ne pourrait-elle pas s'accorder une liaison sans lendemain avec Hank ? songea-t-elle soudain. Certes, sa vie était différente à présent. Mais quelle importance, si c'était pour du court terme ? Le seul fait de penser à tout ce qui pourrait se passer ce soir lui donnait des picotements d'excitation. Elle s'approcha du comptoir de granit.

— Je dois l'avouer, je suis frustrée de ne pas pouvoir offrir à mon fils tout ce dont il a besoin, mais je reconnais qu'un hôtel et une mère épuisée ne sont peut-être pas ce qu'il y a de mieux pour lui.

Il passa la serviette d'une main à l'autre.

— Est-ce que cela veut dire que Leonie peut rester aussi ?

— Elle a besoin d'argent.

— Et tu as besoin de son aide, non ?

— Ne pousse pas le bouchon.

Elle saisit la serviette au vol et s'en servit pour lui donner un coup sur la hanche.

Lorsqu'il avança vers elle, l'air se chargea d'une tension électrique et brûlante.

— Je ne veux certainement pas gâcher mes chances d'avoir de la chance, murmura-t-il.

Elle en resta bouche bée. Hank en profita pour glisser une fraise charnue entre ses lèvres. Quand elle mordit dedans, l'explosion de saveurs charma ses sens déjà exacerbés. La vie semblait plus intense, plus piquante avec lui.

Elle reporta son attention sur le plat pour se donner le temps de rassembler ses pensées.

— Je suppose que c'est le dîner ?

— Un dîner qui se terminera très tard.

Sa voix semblait chargée de sous-entendus. Mais peut-être imaginait-elle des choses qu'elle voulait voir se réaliser.

— Ça tombe bien, je meurs de faim.

Hank regardait Gabrielle, assise à table face à lui. Leurs dîners sous la véranda étaient devenus une habitude. Une habitude très agréable. Il avait passé l'après-midi à tout organiser pour elle, en espérant se faire pardonner. Des guirlandes électriques pendaient des arbres, comme chez les voisins. Il avait mis de la musique classique, car Kevin lui avait parlé des concerts auxquels il avait assisté avec elle, uniquement pour lui faire plaisir.

Le sourire de Hank s'évanouit.

Gabrielle avait raison, tout revenait toujours à Kevin. Bon sang, il avait besoin de fabriquer des souvenirs qui ne les concerneraient que tous les deux ! S'il n'y arrivait pas ce soir, alors il ferait mieux de partir.

Il était encore terriblement reconnaissant à Gabrielle de lui avoir pardonné, et d'avoir accepté de dîner avec lui la veille. Elle avait même semblé apprécier sa sauce maison à la tomate et au basilic. Ses talents en matière de cuisine n'étaient guère étendus, mais puisque les cadeaux dispendieux n'avaient pas eu l'effet escompté il avait opté pour quelque chose de plus personnel. Comme elle avait grandi dans une famille aux moyens modestes, il s'était dit qu'il pourrait la séduire en lui montrant qu'il venait d'une famille plus simple que leur statut médiatique actuel ne le laissait croire.

Elle fit tourner sa cuillère dans son sorbet au citron, le seul mets qu'il n'avait pas préparé lui-même. Concocter un dessert maison était au-delà de ses capacités.

— Encore ? demanda-t-il.

En poussant un gémissement, elle posa sa cuillère.

— Non, je suis calée. Tu t'es surpassé, et tu me fais me sentir coupable.

— Tu étais très accaparée par Max, alors j'ai pensé que ça te ferait du bien que l'on s'occupe de toi.

— Eh bien, je dois l'avouer, c'était une soirée exceptionnelle.

Elle joua avec le bougeoir en cristal.

— J'ignorais que tu étais si doué pour la cuisine et la décoration.

— Mes sœurs et moi dressions la table à tour de rôle. Quant à la décoration sommaire — il tapota le bougeoir, entouré de quelques colliers de perles et de masques de carnaval —, le vent les a ramenés du jardin des voisins.

— Qui eût cru qu'un millionnaire pouvait être si économe ?

Milliardaire, en fait, mais le souligner la ferait plutôt fuir que l'inverse. Ce qui ne la rendait que plus attirante à ses yeux.

— Ma famille n'a pas toujours été riche. Mon père était un homme normal, qui s'est engagé dans l'armée. Il a gravi les échelons grâce à son mérite.

— Tu dois être très fier de lui.

Son commentaire le surprit. Les gens lui demandaient si souvent ce que son père pensait de lui. Personne n'avait jamais songé à poser la question dans l'autre sens.

— Oui, je le suis. C'est un homme étonnant. Quand il était commandant d'escadrille à Guam…

— Guam ? Tu as vécu sur l'île de Guam ?

— C'est un endroit fantastique, aussi joli qu'Hawaii, mais sans l'afflux incessant de touristes.

Il préférait s'en souvenir de cette façon, et non pas songer aux jours plus sombres qui avaient suivi la mort de sa mère.

— J'aimerais t'y emmener un jour, conclut-il.

— On dirait que le passé te manque, quand les choses étaient plus simples pour ta famille.

Un autre commentaire perspicace, mais il remarqua

qu'elle avait esquivé le fait qu'il veuille voyager avec elle. Il naviguait en territoire dangereux, en parlant de son passé. Beaucoup de souvenirs douloureux pourraient le terrasser. Pourtant, s'il voulait aller plus loin avec Gabrielle — et c'était le cas —, il devrait faire cet effort pour elle.

— La vie était plus facile autrefois, c'est indéniable.

— Quand est-ce que tout a changé ?

Elle jouait avec un masque à plumes orné de perles mauves.

— Es-tu sûre que tu n'es pas parente avec Sigmund Freud ? demanda-t-il en riant. Tu es à moitié allemande, après tout.

Elle prit le masque et le plaça sur ses yeux.

— Je suis une femme pleine de mystère.

Son sourire fit naître en lui une sensation délicieuse. Même si faire l'amour avec elle ne pouvait les mener qu'à une catastrophe, il la désirait. Très fort.

Elle baissa le masque, et afficha un sourire contrit.

— Mais non, je ne suis pas freudienne, juste curieuse de savoir qui tu es. Tu ne cesses de construire des murs autour de toi. Je me rends compte que tu préférais laisser Kevin parler.

— Que veux-tu savoir ?

— Quand les choses ont-elles changé pour toi ? Qu'est-ce qui t'a fait passer de l'admiration pour ton père à l'éloignement ?

Ce n'était pas si facile d'identifier un événement spécifique.

— Ça s'est fait par étapes, je crois. La mort de ma mère a bien évidemment changé toute la dynamique familiale. Elle était un roc pour nous tous, et nous soutenait au gré de tous ces déménagements. En même temps, c'était la personne la plus facile à vivre et la plus joyeuse de la famille.

Elle toucha sa main avec douceur.

— Comment s'appelait-elle ?

— Jessica. Tout le monde pense que mon père a toujours

été l'époux de Ginger, et pour être honnête je suis heureux qu'il se soit remarié…

Il fixa la flamme de la chandelle jusqu'à ce que sa vision se brouille.

— Mais personne ne se souvient de ma mère.

— Tes parents étaient heureux, à l'époque ?

— Je n'ai pas beaucoup de souvenirs, en fait. Je me souviens que ma mère était la seule personne capable de tenir tête à mon père, qui a une carrure impressionnante. Ma sœur aînée dit qu'ils se disputaient assez fort pour faire trembler les vitres, et qu'ils se réconciliaient très vite.

Ensuite, sa mère envoyait ses trois enfants acheter du soda et des bonbons. « Et prenez votre temps, mes chéris », disait-elle en faisant un clin d'œil à son père.

Il lui semblait que c'était il y a un siècle. Sa sœur aînée Alicia avait grandi, et était devenue pilote de chasse. Elle avait gagné deux médailles pour sa bravoure au combat. La petite Darcy, quant à elle, pilotait des avions de transport militaires tout autour du monde.

— Alors que j'étais en primaire, maman est morte quelques semaines après Noël, d'une rupture d'anévrisme. Personne n'aurait pu le prévoir. Certains ont dit que c'était une chance qu'elle ne se soit doutée de rien.

— Cela a dû être dur pour toi, de ne pas avoir la chance de lui dire au revoir.

— En effet.

Cela dit, il avait été présent pour dire au revoir à Kevin, et cela n'avait pas rendu son deuil plus facile pour autant.

Il ramassa un collier de perles sur la table et l'enroula autour de ses doigts comme il le faisait quand Darcy lui demandait de jouer à des jeux de ficelle. Il aurait fait n'importe quoi pour sa sœur, après ce qu'elle avait vécu lors de leurs années à Guam…

— La notoriété de mon père n'était pas liée à sa fortune ou à son mariage avec Ginger. Il a attiré l'attention pour ce qu'il était. Comme nous.

De mémoire, il créa une figure avec les perles.

— Quand nous vivions à Guam, ma sœur Darcy a été kidnappée.

Il vit Gabrielle se figer, puis poser lentement le masque sur la table. Il lui sembla que même les insectes s'étaient tus et que la circulation de la rue avait ralenti.

— Un groupe extrémiste, qui exigeait que la base militaire évacue l'île, l'a enlevée pendant une fête hawaïenne.

Pendant qu'elle était avec lui.

— Ils l'ont gardée une semaine. Elle n'a pas été violentée, Dieu merci, mais ce genre d'épreuve vous marque à vie.

— Ça marque toute la famille, j'imagine.

Il laissa les perles glisser de ses mains.

— Je ne sais pas trop pourquoi je te raconte tout ça.

— Parce que je te l'ai demandé.

Elle alla s'agenouiller devant lui, le masque toujours dans sa main.

— Je me demande pourquoi je n'ai jamais posé de questions quand nous nous sommes connus, fit-elle doucement.

— Arrêtez l'analyse, docteur Freud. Il n'y a pas de sens caché là-dedans.

Il prit le masque de sa main et le glissa dans la poche de sa chemise.

— Juste des faits, ajouta-t-il.

Elle embrassa sa paume, puis l'appuya contre sa joue.

— Des faits qui expliquent pourquoi c'était si effrayant pour toi de laisser une femme être trop proche de ton…

Pour la faire taire, il la prit par les coudes et l'embrassa. C'était une chose de replonger dans les souvenirs douloureux de son passé. C'en était une autre de voir Gabrielle mettre en miettes toutes les défenses qui lui restaient.

Sans hésitation, elle entrouvrit ses lèvres. Elles portaient encore la saveur du sorbet au citron. Lorsqu'il l'attira contre lui, elle ne résista pas. Alors, il posa ses mains avides sur elle, et parcourut son dos, le flanc de ses seins généreux, le creux de sa taille et la courbe de ses hanches. Il avait attendu si longtemps pour la toucher qu'il appréciait chaque seconde.

Il remonta sa robe jusqu'à sa taille et, enfin, caressa sa peau nue et soyeuse.

Sans protester le moins du monde, elle glissa ses doigts dans ses cheveux, tout en frottant son corps contre le sien. Une vague de chaleur monta en lui. Cette attirance irrésistible entre eux n'était pas le fruit de son imagination, ou d'une mémoire défaillante. Elle était bien réelle, et intense.

Et ils allaient enfin lui laisser libre cours.

8

Ils passèrent de la véranda à la chambre de Hank dans un tourbillon de baisers et de caresses avides. Et lorsque la porte se referma derrière eux ils se retrouvèrent dans un espace intime, coupés du monde extérieur.

Le souffle court, Gabrielle se pressa tout contre lui. Cela faisait si longtemps qu'elle rêvait de le toucher, d'explorer chaque centimètre de son corps musclé. Elle avait essayé de réprimer ses désirs si longtemps qu'elle avait peine à croire qu'enfin elle allait les assouvir. Juste pour ce soir, ou pour le temps que Hank passerait à La Nouvelle-Orléans, elle pouvait enfin s'abandonner à la passion qui s'était emparée d'eux.

Elle enroula une jambe autour de la sienne. Il sentait bon l'origan et le basilic. Les plats qu'il avait concoctés lui-même, les guirlandes dans les arbres et les décorations de la table l'avaient plus touchée que n'importe quel repas trois étoiles.

Il blottit son visage dans son cou. Son souffle était presque aussi chaud que sa peau était en feu.

— Es-tu sûre que ça ne va pas trop vite pour toi ? fit-il d'une voix rauque.

Elle tenta de reprendre sa respiration. Son cœur battait à tout rompre.

— La façon dont je t'ai embrassé hier ne te donne pas ta réponse ?

— J'avais bon espoir, mais rien ne nous presse.

Il caressa son cou, ses épaules, prit ses seins entre ses mains, dans un geste à la fois audacieux et tendre.

— Nous attendions cela depuis longtemps, dit-elle.

Mais la simple mention du passé, des sentiments conflictuels qu'elle avait éprouvés un an plus tôt la firent trembler, menaçant de voler ce magnifique moment.

— Concentrons-nous sur l'instant présent, murmura-t-elle.

Il referma ses bras puissants autour d'elle.

— J'ai toujours su que tu étais une femme intelligente.

Elle embrassa sa mâchoire rugueuse et dériva jusqu'au lobe de son oreille.

— Cette soirée a été fabuleuse.

— J'espère qu'elle le sera encore plus.

Il remonta sa minirobe, et glissa les pouces sous la taille de ses leggings. Un délicieux frisson glissa sur elle au contact de sa main sur sa peau nue.

— Je dirais que c'est un espoir raisonnable.

Elle laissa retomber sa tête en arrière, lui donnant libre accès à sa gorge.

Il explora ses nouvelles courbes, s'attardant avec une infinie tendresse. Il lui donnait le sentiment d'être encore plus belle et sexy depuis sa grossesse. Elle savoura la sensation de ses cuisses fermes appuyées contre elle, de ses reins plaqués contre ses hanches.

Il enfouit son visage sous le col de sa robe, et mordilla ses épaules, la faisant frissonner.

— Allons sur le lit, sinon je vais te prendre ici même, contre la porte.

— Serait-ce si mal ?

Elle sortit sa chemise chambray de son pantalon de toile et l'empoigna pour l'attirer vers elle.

— Pas du tout, dit-il en remontant jusqu'à son visage, sauf que j'ai attendu trop longtemps pour me précipiter.

Sa voix suave était pleine de promesses, songea-t-elle tandis que, les mains jointes, ils marchaient à reculons vers le lit à baldaquin.

C'était la première fois qu'elle entrait dans cette chambre. En la voyant si peu meublée, Gabrielle mesura tous les efforts que Hank avait fournis pour elle et Max. La spacieuse suite ne contenait que le lit, une armoire massive et deux fauteuils, face à la cheminée. L'espace était à l'image de Hank : spartiate dans sa présentation, mais d'une grande valeur.

Et dire qu'elle allait vraiment passer une nuit avec Hank ! se dit-elle quand ses jambes heurtèrent le matelas. L'anticipation et la nervosité se mêlaient en un tourbillon enivrant de sensations. Avec des doigts fébriles, elle ouvrit sa chemise, la lui arracha puis la lança sur le lit, le masque à plumes volant de sa poche.

Elle l'avait déjà vu torse nu, en maillot de bain. Mais cette fois, c'était différent, et intime. Elle s'accorda le plaisir de le contempler, simplement. D'admirer son torse sculpté et hâlé…

Une cicatrice barrait sa clavicule.

Intriguée, elle suivit de l'index la trace de trois centimètres environ.

— Que t'est-il arrivé ?

— Un éclat de bombe, dit-il d'un ton évasif.

Il embrassa son poignet et s'attarda le long de son pouls battant.

— Rien de grave, ajouta-t-il.

Rien de grave ? La cicatrice semblait profonde, et se trouvait tout près de sa veine jugulaire. A un centimètre près, elle l'aurait perdu lui aussi. Son cœur tressauta à cette idée.

Cela lui était-il arrivé quand Kevin avait été tué ? Cette pensée lui glaça le sang.

Hank prit son visage entre ses mains.

— Cesse d'y penser. C'est le passé. Reviens à l'instant présent.

Il caressa ses joues avec ses pouces, jusqu'à ce qu'elle se détende de nouveau.

— Fais-moi oublier, Hank, s'il te plaît.

— Il n'y a rien que je désire davantage.

Il posa sur ses lèvres sa bouche chaude et désormais familière.

Ses mains audacieuses et confiantes retroussèrent sa robe. Il interrompit le baiser juste une seconde, le temps de lui ôter le vêtement. Ses yeux se firent brûlants, tandis qu'il déposait un baiser entre ses seins, et qu'il s'agenouillait devant elle pour continuer de la déshabiller. Il termina par sa culotte de dentelle, qu'il lança sur la pile grandissante de leurs vêtements.

Elle n'avait couché avec personne depuis Kevin — depuis sa grossesse — et son corps était différent, à présent. Elle ne se considérait pas comme superficielle ou vaniteuse. Mais c'était la première fois qu'elle exposait ses vergetures et ses quelques kilos supplémentaires, songea-t-elle, la bouche sèche.

A son grand soulagement, Hank la parcourut d'un regard admiratif, et saisit ses hanches en grondant de plaisir.

— Tu es encore plus belle que je l'avais imaginé. Et crois-moi, je t'ai imaginée ainsi un nombre incalculable de fois.

Il la caressa de nouveau, avec…

Elle baissa les yeux. Avec le masque à plumes, il traçait un chemin de soie sur sa jambe, sur sa hanche…

Déjà pantelante d'excitation, elle se hâta de déboucler sa ceinture, et d'ouvrir sa fermeture Eclair. Jusqu'à ce qu'il enlève son pantalon de toile et son boxer. Alors, elle fit glisser ses doigts le long de son ventre ferme, de ses reins étroits, puis les referma sur son sexe en érection. Quand elle le vit mordiller sa lèvre, elle frémit de plus belle.

Le visage tendu, il ferma les yeux un instant, avant d'attraper son poignet pour l'immobiliser. En un éclair, il la saisit par la taille et la fit s'étendre sur le lit.

Il s'allongea sur elle, tout en puissance retenue. Il avait encore le masque dans sa main. Il passa les plumes sur son cou, avec juste assez de pression pour la tenter sans la chatouiller. C'était si inattendu, si délicieux.

Elle pencha la tête sur le côté pour l'inviter à poursuivre. Heureusement, il comprit le message et continua le long de son épaule, d'avant en arrière, jusqu'à ce qu'elle soit parcourue de frissons. Il fit dériver la soyeuse plume autour de ses seins, l'un après l'autre. Elle dut se mordiller la lèvre pour s'empêcher de crier de plaisir.

Il effleura un de ses tétons dressés, puis l'autre. D'avant en arrière, il dessina des figures sur sa peau pendant qu'elle murmurait un mélange de suppliques et d'ordres.

Les plumes passèrent le long de son ventre, puis autour de ses cuisses, tout près du cœur de son désir. Son pouls résonnait dans ses oreilles, sa respiration s'était faite saccadée.

Et puis, les doigts de Hank remplacèrent les plumes. Ses lèvres remplacèrent ses mains. Elle s'accrocha à ses épaules pour lui intimer de continuer. Dans son esprit, elle imagina toutes les façons dont elle pourrait le satisfaire à son tour, au cours de la nuit.

Les caresses subtiles et douces de sa langue sur son sexe attisaient son désir. Bientôt, elle ne put penser à rien d'autre qu'aux sensations exquises qu'il faisait naître en elle, la conduisant de plus en plus près de l'extase…

Mais elle ne voulait pas la connaître seule. Hank en avait déjà fait tant pour elle, et lui avait tant donné. Elle avait besoin qu'ils soient égaux dans le plaisir, au moins.

— Hank, souffla-t-elle en le ramenant vers elle. Je veux tout de toi. Maintenant.

Elle plaqua ses hanches contre son sexe tendu de désir. Elle n'avait plus qu'une envie : l'avoir en elle, ne faire plus qu'un avec lui…

Oh ! non ! Elle enfonça les ongles dans ses épaules.

— Les préservatifs… Comment ai-je pu oublier ?

Elle ne regrettait absolument pas la naissance de Max, mais sa grossesse avait été un accident, le produit d'une nuit d'ivresse et d'un oubli de contraception.

— Tu n'as pas oublié, puisque tu viens d'en parler, dit-il en lui caressant la joue. Et je m'en suis chargé.

Roulant sur le côté, il ouvrit un tiroir de la table de chevet. La boîte était encore scellée. Ainsi, il les avait achetés spécialement pour *eux*.

A la fois nerveuse et excitée, elle se redressa sur ses coudes, et le regarda dérouler la protection sur son sexe. Une fois que ce fut fait, elle le ramena vers elle. Elle avait besoin de tout oublier dans ses bras, et elle était sûre d'y parvenir. L'excitation qu'elle ressentait chassait ses derniers doutes.

Elle enroula ses jambes autour de lui, et dans un mouvement aussi lent que délicieux il s'enfonça en elle. Elle ferma les yeux pour lutter contre les larmes d'émotion qui menaçaient de couler. Enfin, il était à elle, après tant de temps passé à s'interroger, à le désirer. Et la sensation de leurs deux corps réunis était encore plus grisante qu'elle ne l'avait imaginé. Plus époustouflante qu'elle ne l'avait craint, aussi. Parce qu'une alchimie aussi extraordinaire lui faisait reconsidérer toute sa vie.

Pour l'heure, la dernière chose qu'elle voulait, c'était faire des projets d'avenir. Elle voulait savourer ce moment d'intimité avec lui. Son parfum à la lavande se mêlait à l'eau de toilette de Hank, créant une fragrance unique. Elle roula des hanches pendant que Hank allait et venait en elle, leurs corps s'unissant dans un rythme qui n'appartenait qu'à eux.

Le son de sa voix accompagnait le glissement de leurs corps nus l'un contre l'autre. A plusieurs reprises, il la conduisit au bord de l'orgasme, jusqu'à ce qu'elle n'en puisse plus. Elle s'accrocha à lui, pour lui enjoindre de la libérer enfin et de…

Des déferlantes de plaisir la submergèrent, avec une intensité décuplée par une si longue attente. Un cri monta dans sa gorge, que Hank captura dans sa bouche — ou peut-être étouffait-il le cri de sa propre jouissance ?

Enfin, il s'effondra sur elle, tandis que des spasmes voluptueux les secouaient tous les deux, prolongeant leur fusion pour quelques instants encore.

Petit à petit, elle revint sur terre, caressée par les bouffées d'air frais d'un ventilateur de plafond qu'elle n'avait même pas remarqué avant. Elle passa les mains sur le corps de Hank, allongé sur elle. Le masque était coincé entre eux, mais elle ne pouvait se résoudre à faire le moindre mouvement pour le retirer.

Les masques étaient tombés, littéralement et symboliquement.

Pour l'heure, Hank était dans ses bras. Elle l'étreignit, effrayée à l'idée de le perdre et de souffrir si elle s'attachait trop à lui. Car elle avait déjà eu le cœur en lambeaux. Aurait-elle assez de courage pour prendre le risque de ressentir une telle douleur une seconde fois ?

Etendu sur le lit, Hank essayait de reprendre son souffle après le deuxième round avec Gabrielle. Elle s'était révélée aussi douée que lui pour jouer avec le masque et le tourmenter.

Et pour le satisfaire.

Cette première nuit avec elle avait été aussi époustouflante que ce qu'il s'était imaginé. A présent, il devait tout faire pour s'assurer qu'elle ne fuie pas. Car déjà il voyait le doute et la peur passer dans son regard.

Blottie contre lui, elle jouait avec le masque à plumes.

— Je ne t'aurais pas cru si joueur, mais c'est une agréable surprise.

— Content de l'entendre.

Il passa ses phalanges dans le creux de son dos, juste au-dessus de sa chute de reins.

— Tu es différent ici, loin de ton escadrille. Je te trouve plus ouvert.

Peut-être parce que l'ombre de son père n'était pas tapie dans chaque coin, prête à lui tendre une embuscade.

— Tout le monde porte un masque dans une certaine mesure, fit-il valoir.

— Etre à nu, et vulnérable, c'est effrayant.

Lorsqu'elle frissonna, il remonta la couverture de satin sur elle.

— Je ne vais pas te faire souffrir, dit-il en la serrant contre lui.

Elle laissa échapper un rire étranglé.

— Personne ne peut faire cette promesse. La vie nous fait souffrir.

Il lui prit le menton pour qu'elle le regarde dans les yeux.

— Est-ce que tu souffres, en ce moment ?

— Non, bien sûr que non. Je suis heureuse, sexuellement satisfaite et un peu effrayée, mais je ne souffre pas.

— Bien… très bien.

Il l'embrassa, longuement, jusqu'à ce qu'elle pousse un soupir.

— Voyons si je peux prolonger ton état. J'ai un cadeau pour toi.

— Un autre ? s'étonna-t-elle. Tu vas devoir demander à ton associé d'inventer un nouveau jeu, si tu veux garder cette cadence.

— Fais-moi confiance.

Elle semblait embarrassée, comme si elle avait peur qu'il lui offre un présent totalement inapproprié après leur nuit d'amour. Au fond, elle ne le connaissait pas vraiment. Mais il comptait bien remédier à cela.

Il se dirigea vers l'armoire et en sortit un paquet provenant d'une parfumerie du quartier français. Elle le regarda avec curiosité, les bras posés sur les draps de coton égyptien. Il lança le sac doré au centre du lit.

Aussitôt, Gabrielle le saisit. Elle retira le papier de soie rouge et or, puis regarda à l'intérieur. Un lent sourire se dessina sur son visage.

— Du bain moussant ! cria-t-elle.

Elle sortit une bouteille, puis une autre, et fouilla dans le sac empli de différents produits et d'accessoires de bain, avec une joie manifeste.

— Tu as mentionné que tu ne prenais plus que des

douches rapides depuis la naissance de Max. Il y a des avantages à nous avoir, Leonie et moi. Tu peux rester dans ton bain aussi longtemps que tu le souhaites.

Elle dévissa un flacon d'huile parfumée et en respira la fragrance.

— Divin, dit-elle dans un soupir.

En riant, il lui passa une longue boîte plate.

— Je sais que ce n'est pas aussi joli que des diamants, mais je me suis dit que tu refuserais des bijoux, de toute façon.

— Tu as eu raison. D'ailleurs, ces perles de bain sont plus précieuses que les vraies, parce que c'est vraiment ce dont je rêvais.

— Alors, si tu allais les essayer maintenant ?

— Tout de suite ?

— Bien sûr. La salle de bains est juste là.

Elle se mit sur ses genoux et l'embrassa avant de rassembler ses savons, ses gels et tous ses accessoires. En manquant de trébucher sur le drap dans son enthousiasme, elle courut droit vers la salle de bains.

Hank s'adossa contre la tête de lit, et l'écouta fredonner pendant qu'elle remplissait la baignoire. Même s'il avait très envie d'elle, de nouveau, il n'allait pas interrompre son premier long bain depuis la naissance de son fils.

N'était-ce pas insensé qu'il se sente aussi bien ici, à l'écouter chantonner, que lorsqu'il lui avait fait l'amour ? Le son de sa voix était une aussi douce caresse que celle de ses mains.

Bon sang ! C'était peut-être Gabrielle qui était dans la baignoire, mais c'était lui qui était dans des eaux dangereuses.

A présent qu'il l'avait possédée, il était hors de question pour lui de la laisser partir.

Gabrielle rouvrit le robinet d'eau chaude pour la troisième fois, afin de réchauffer son bain.

Il devait y avoir une place réservée au paradis pour l'inventeur du chauffe-eau instantané. Ce bain d'une heure avait détendu des endroits noués de son corps dont elle n'avait même pas eu conscience.

Mais elle ne pouvait pas attribuer tout le mérite au bain à remous. Les cadeaux attentionnés de Hank y étaient pour beaucoup. Ils apaisaient son âme et touchaient son cœur. Il aurait pu lui offrir des bijoux, qu'elle aurait refusés..

Mais Hank avait prêté attention à ses besoins, et au parfum qu'elle portait.

Elle s'enfonça plus profondément dans la baignoire assez grande pour deux, et admira la décoration aux teintes bronze et crème.

Peut-être terminerait-elle par une douche ? Avec les jets massants qui bordaient tous les angles, c'était sans doute un autre plaisir. Il y avait même un écran plat, dans un coin, s'il lui prenait l'envie de regarder un film.

Cet endroit était le paradis des mamans. Elle ne s'était jamais considérée comme matérialiste, mais elle ne verrait pas d'inconvénient à s'accorder ce genre de plaisirs tous les soirs.

Hank l'attendait-il dans la chambre ?

Ils venaient de franchir une immense étape ce soir, elle en était consciente. Elle avait beau vouloir se convaincre que ce n'était qu'une aventure, elle savait bien qu'elle n'était pas du genre à collectionner les histoires sans lendemain. Elle était toujours la même personne — la fille qui avait rêvé d'avoir les enfants les mieux habillés et les plus heureux du quartier.

Ce qui la ramenait droit à ces peurs qui l'avaient glacée après avoir fait l'amour à Hank.

Sa dernière histoire romantique n'avait pas été si fantastique, même avant la mort de Kevin. Sa dernière dispute avec lui ne cessait de se rejouer dans sa tête. Il avait voulu qu'elle vive près de lui, et elle avait résisté.

Etait-elle folle d'envisager un avenir avec Hank, maintenant ? Au fond, il était encore plus attaché à la vie militaire que Kevin. Comme si leur passé commun avec le père de son fils ne compliquait pas suffisamment les choses !

Elle ferma le robinet. Le bain ne pourrait jamais être assez chaud pour chasser le froid glacial qui s'était infiltré en elle.

Ecouter Gabrielle prendre un bain était une pure torture pour Hank. Néanmoins, même s'il rêvait de se glisser dans l'eau avec elle et d'explorer chaque centimètre de son corps, il était décidé à lui laisser ce moment d'intimité.

Pour s'écarter de la tentation, il enfila un pantalon de jogging et se dirigea vers la chambre de Gabrielle. Il pourrait permettre à Leonie de prendre une pause si elle était réveillée. La maison semblait avoir adopté un rythme propre, leurs vies étant organisées autour de Max.

Et c'était bien normal.

Il entra dans la chambre, et chercha du regard l'Interphone. La voix de Leonie chantant une berceuse résonnait dans l'écouteur. Un souvenir jaillit dans son esprit : sa mère chantant faux tout en décorant le sapin de Noël, et son père qui la prenait par la taille en demandant pitié pour ses pauvres oreilles. Tous deux riaient ensemble.

On lui répétait souvent qu'elle avait été une mère formidable, et d'après les vidéos qu'il avait vues, c'était vrai. Son père n'avait guère parlé d'elle au cours des années, disant juste qu'elle avait été une femme extraordinaire, qui s'était occupée seule des enfants la majeure partie du temps, puisqu'il était très pris par sa carrière militaire.

Hank passa la main sur le bureau improvisé de Gabrielle. Elle avait installé son ordinateur portable sur la table basse, près du canapé, et avait ramené un fauteuil du couloir. Etait-elle occupée par son travail ? Ou ses cours ? Ou les deux, pendant qu'elle prenait soin de son fils ? Gabrielle portait la charge de trois femmes. Il se laissa tomber dans le fauteuil, triste à l'idée de ne pas pouvoir la soulager davantage.

Ses yeux se posèrent sur deux scrapbooks, au-dessus d'une pile de livres universitaires. Il prit le premier album et l'ouvrit.

Tel un coup de poing venu d'outre-tombe, le visage de Kevin le fixa soudain.

Hank étudia la photo de Kevin et Gabrielle, à un bal militaire de Noël, ornée d'une rose rouge séchée qui ressemblait à une tache de sang. Le portrait ne montrait pas grand-chose, hormis le fait qu'il avait été pris pendant une fête. Il tourna la page, et découvrit une photo d'eux trois à un match de base-ball des Shreveport Captains. Gabrielle portait un pull et une casquette, et sa queue-de-cheval blonde flottait au vent. Kevin avait son bras autour de ses épaules. Ils semblaient heureux. Très heureux.

Il regarda son double et… mince !

Pas étonnant que Kevin ait deviné ses sentiments pour Gabrielle. N'importe qui pouvait voir, après un seul regard sur cette photo, que Hank avait le béguin pour elle. Il la dévorait littéralement des yeux.

Pourtant, Gabrielle n'avait rien deviné. Elle avait semblé sonnée quand il l'avait embrassée, ce soir-là. Ou alors, c'était elle qui l'avait embrassé, comme elle ne cessait de le répéter. En tout cas, une fois qu'ils avaient commencé, le baiser avait été partagé.

Dépasserait-il jamais son sentiment de culpabilité ? Même maintenant, le poids de ses remords ne le quittait jamais.

Il leva les yeux pour fuir le regard de Kevin, et découvrit Gabrielle à la porte de la chambre, vêtue d'un simple peignoir de satin. Par endroits, l'étoffe collait à sa peau humide, et son visage était encore rougi par la vapeur chaude. Elle avait relevé ses cheveux, et des mèches échappées effleuraient sa nuque. Le seul fait de la voir réveilla son désir. Il serra le poing sur la photo.

— Je croyais tu viendrais me rejoindre dans le bain, dit-elle en s'asseyant sur le canapé.

— Je croyais que le but du jeu c'était que tu aies ce moment pour toi seule, non ?

— J'ai adoré ce bain, c'est vrai. Je crois même que je me suis assoupie.

— Bien.

Elle posa le regard sur le scrapbook ouvert.

Il le referma promptement.

— Je n'aurais pas dû le regarder sans te demander la permission.

Elle rouvrit le livre.

— C'est idiot de conserver un ouvrage comme celui-ci et ensuite de ne jamais laisser personne le regarder. Je suis navrée que ces photos de Kevin t'aient perturbé.

— En fait… — il alla à la page en question —, j'étais surtout perturbé par moi.

— Je ne suis pas sûre de comprendre.

Il tapota la photo du match de base-ball.

— Ça se voit vraiment, non ?

— Je ne me doutais de rien.

Sur la photo, elle passa l'index sur sa mâchoire, et il crut presque ressentir sa caresse.

— Je veux dire, je savais que tu m'attirais, mais j'ignorais que tu éprouvais la même chose, et surtout que c'était durable.

— La façon dont je t'ai embrassée ne t'a pas mis la puce à l'oreille ?

— Je me disais que c'était moi qui m'étais jetée à ton cou, et que tu avais agi sur une impulsion. Ce qui ne faisait qu'accroître ma culpabilité, car j'avais peur d'avoir mis en danger ton amitié avec Kevin.

— Une impulsion, tu parles.

Il s'adossa dans son fauteuil et croisa les mains.

— Je dirais plutôt, une frustration.

Elle alla s'asseoir sur le bras du fauteuil. Ses doigts

parfumés par le bain effleurèrent sa mâchoire, pour de vrai cette fois.

— Nous avons environ une semaine et demie pour te faire oublier ta frustration.

Une semaine et demie avant qu'il ne retourne à sa base militaire.

Et Gabrielle, resterait-elle à La Nouvelle-Orléans ?

Elle n'avait pas été disposée à déménager pour Kevin. Donc, il était fort peu probable qu'elle le suive simplement parce qu'ils avaient partagé une nuit de sexe effréné. Il devait utiliser le temps qui lui restait avec sagesse, afin de la persuader qu'ils vivaient une relation rare. Au diable la culpabilité, il ne pouvait pas la laisser sortir de sa vie.

Il la prit sur ses genoux et lui mordilla l'oreille.

— Que dirais-tu si je te portais dans ma chambre ?

— Je pense que tu devrais me porter dans la baignoire, pour que je puisse prendre un deuxième bain — avec toi.

9

S'habituer à partager un lit de nouveau était plus facile à dire qu'à faire. Surtout que Hank avait une sérieuse tendance à monopoliser la couette.

En bâillant, Gabrielle tenta de s'orienter, ayant été tirée d'un sommeil profond par un brusque souffle d'air sur son corps. Elle tapota le lit dans l'obscurité, en quête d'un coin de couette à agripper.

Cela faisait une semaine qu'ils dormaient ensemble — depuis leur incroyable nuit — et elle avait vite constaté qu'il avait le sommeil agité. Ce qui était d'autant plus gênant qu'elle-même avait le sommeil léger, après tant de mois à guetter le moindre son émis par son fils.

Mais il y avait beaucoup de bonnes choses pour compenser la fâcheuse habitude qu'avait Hank de tirer la couverture à soi. La semaine qu'ils venaient de passer ensemble avait été émaillée d'autres repas délicieux et de nuits fabuleuses. Ils étaient même sortis avec Max, pour une promenade en voiture, une balade à pied autour du lac Pontchartrain, ou un concert dans le parc. Les gens les prenaient pour une famille.

Quoi d'étonnant, alors qu'elle-même avait l'impression qu'ils formaient une famille ?

Elle cligna des yeux pour les acclimater à l'obscurité. Le clair de lune filtrait par la lucarne, projetant un rayon jaune pâle sur le lit. Alors qu'elle roulait sur le côté pour trouver au moins un bout de drap, elle vit Hank se redresser.

Il avait les yeux ouverts, mais il dormait, elle en était sûre. Il avait jeté les couvertures par terre. Ses lèvres bougeaient, et marmonnaient des mots incompréhensibles, comme s'il n'arrivait pas à sortir les sons de sa gorge.

Il était de toute évidence en plein cauchemar. Un terrible cauchemar, à en juger par les tendons qui saillaient sur son cou. La douleur, la peur et une émotion sombre émanaient de lui, telles les vapeurs d'un nuage toxique.

Comment pouvait-elle le réveiller sans lui faire peur ?

Elle n'osait pas le toucher. Il ne lui ferait bien sûr pas de mal de façon délibérée, mais il semblait prêt à bondir. Un simple contact pourrait le rendre fou.

Doucement, elle recula et elle alluma la lampe de chevet, en espérant que cela pourrait apaiser les terreurs nocturnes qui l'assaillaient. Il tourna la tête, mais ne se réveilla toujours pas. Les mots se déversaient de sa bouche, certains intelligibles, d'autres moins.

Attention. Dieu. Non. Kevin. Tiens bon.

Et alors, elle comprit. Le nuage toxique s'étendait pour la contaminer aussi. Hank rêvait de la mort de Kevin.

Elle sentit sa poitrine se serrer. Elle n'avait qu'une envie, enfiler son peignoir et fuir loin, très loin. Mais elle ne pouvait pas le laisser seul dans cet enfer. Il l'avait déjà vécu une fois, et c'était une torture que personne ne devrait endurer.

— Hank, dit-elle d'une voix douce et néanmoins ferme. Réveille-toi. Tu es avec moi, Gabrielle. Tout va bien. Ce n'est qu'un rêve. Tu m'entends ?

Il cligna des yeux de plus en plus vite, et respira de manière saccadée. Enfin, il se tourna vers elle.

— Gabrielle ?

Du bout des doigts, elle lui toucha le bras.

— Est-ce que ça va ?

Il passa ses mains sur son visage.

— Bon Dieu, non.

Sa voix était râpeuse comme du papier de verre.

— Donne-moi une seconde.

— Tu rêvais du Moyen-Orient, n'est-ce pas ?

Il hocha la tête en guise de réponse.

— De Kevin ?

De nouveau, il opina, en reculant pour s'asseoir sur le bord du lit. Si elle laissait le silence s'installer entre eux, il partirait. Il l'exclurait pour composer avec sa douleur en solitaire.

Après tout ce qu'il avait fait pour elle, elle ne pouvait pas le laisser porter ce poids tout seul. Hank avait construit des murs épais autour de lui. Il était temps que quelqu'un ait assez de persévérance pour les faire tomber.

Elle s'agenouilla derrière lui, et appuya la joue contre son dos.

— C'est sans doute le fait de nous voir, Max et moi, qui a tout fait remonter à la surface. Et puis, on ne peut pas dire que tu aies pris du repos depuis ton retour.

Elle caressa son bras de bas en haut, encore et encore, jusqu'à ce que ses muscles tendus se relâchent.

— Cela aurait peut-être été mieux pour toi si tu n'étais pas venu ici directement, avança-t-elle.

— Tu ne vas pas te sentir coupable, tout de même ?

D'un geste brusque, il saisit sa main.

— Même en regardant une simple pièce de monnaie, je pourrais penser à Kevin et à ce jour…

— Peux-tu me dire ce qui s'est passé ? demanda-t-elle.

Elle n'était pas certaine de vouloir vraiment savoir, mais elle ne pouvait pas abandonner Hank maintenant.

Il se tourna vers elle, le clair de lune projetant des ombres dures sur son visage.

— Les parents de Kevin ne t'ont pas raconté ? Ils ont reçu le rapport officiel.

— Je sais ce qui lui est arrivé, et je sais que tu étais là.

Mais les grands-parents de Max n'avaient pas été très disposés à lui communiquer d'autres détails. A ce jour, elle n'avait toujours pas bien compris pourquoi son fiancé avait été attaqué au sol. Avant sa mort, elle avait toujours pensé que, si le pire survenait, ce serait dans les airs. Et qu'elle pourrait perdre à la fois Kevin et Hank, ce qui l'avait doublement remplie d'effroi.

— Je veux savoir ce qui t'est arrivé à *toi*.

Il demeura muet si longtemps qu'elle crut qu'il ne répondrait pas.

Enfin, il poussa un soupir.

— Nous étions à un point de contrôle. Tout le monde devait sortir du bus pour montrer ses papiers. Cela n'aurait dû être qu'une formalité, car nous n'étions pas dans une zone particulièrement dangereuse.

L'oreille collée à son omoplate, elle entendit son cœur battre plus vite. Elle glissa les bras autour de lui, à la fois pour le réconforter et pour s'assurer qu'il ne fuie pas. Elle l'étreignit sans rien dire, et attendit.

— Un sniper a tiré sur Kevin deux fois, avant que je puisse le couvrir.

Ce n'étaient que quelques mots, mais si chargés de douleur qu'ils la transportèrent là-bas. Elle pouvait presque respirer l'air âcre, sentir crisser le sable dans sa bouche, parce qu'elle aurait poussé des cris. Comment ne pas crier en pareil moment ?

— J'ai porté Kevin dans le bus.

Elle le serra plus fort, la cicatrice sur sa clavicule lui paraissant soudain plus terrible.

— C'est de là que vient ta cicatrice ?

— Oui.

Elle ferma les yeux, ravalant une montée de larmes. Lui aussi avait été touché. Elle aurait pu les perdre tous les deux.

Mais pour l'heure elle devait penser à Hank, qui avait été là pour Kevin comme il avait été là pour elle.

Il s'éclaircit la gorge avant de poursuivre.

— Dans le bus, j'ai appelé les médecins sur la radio, mais la fréquence était déjà surchargée. J'ai enlevé à Kevin son gilet pare-balles et sa chemise.

Dans son esprit, elle se représenta les derniers moments

de son fiancé, dans un bus militaire froid, en terre étrangère. Combien d'autres avaient été touchés aussi ? Elle pouvait presque entendre les voix, les cris, imaginer l'odeur de la mort et du désespoir.

Avant de rendre son dernier souffle, Kevin avait dit qu'il savait que Hank et elle avaient des sentiments l'un pour l'autre. La culpabilité la submergea de nouveau. Aurait-il pu trouver une forme de réconfort, en sachant qu'elle attendait son enfant ? Elle détestait se souvenir qu'elle n'avait pas partagé la nouvelle avec lui. Elle avait cru que cela le distrairait, alors qu'il avait besoin de rester concentré au combat, mais en fin de compte il était mort quand même. Elle refoula ses larmes, car elle devait être forte pour Hank.

— Je suis sûre que tu as fait tout ce que tu pouvais, assura-t-elle.

Elle savait qu'il l'entendait à peine, car ses yeux étaient perdus dans le vague. Dans sa tête, il était sans doute agenouillé près de Kevin, dans ce désert infernal.

— J'ai fait la seule chose à laquelle je pouvais penser.

Les mots sortaient de plus en plus vite.

— J'ai placé mes mains sur les trous formés par les balles pour essayer d'arrêter l'hémorragie. Il m'a demandé de m'occuper de toi, et ensuite j'ai vu la vie quitter son regard.

Son cœur se brisa lorsqu'elle songea au désarroi qu'il avait dû ressentir.

Soudain, il se leva. Il enfila son jean et, sans se retourner, sortit de la pièce. Tandis que la porte se refermait derrière lui, elle se rendit compte de l'égoïsme dont elle avait fait preuve. Elle avait été si inquiète à l'idée que Hank la fasse souffrir qu'elle n'avait jamais songé qu'il puisse souffrir d'être avec elle.

Même si elle parvenait à dépasser sa culpabilité et transformer cette liaison en une véritable relation, Hank ne le pourrait peut-être pas.

***

Hank gagna la cuisine d'un pas alerte.

Il avait besoin d'une bière, mais aurait pris n'importe quelle autre excuse pour sortir de cette pièce pleine de souvenirs. Le cauchemar avait déjà été difficile, mais revivre le jour où Kevin était mort l'avait vidé de toute énergie. Il avait fallu dix mois pour qu'il accepte ce qui s'était passé. Mais en étant ici avec Gabrielle, c'était comme s'il devait réapprendre à composer avec la mort de son ami.

En marmonnant un juron, il entra dans la cuisine et s'arrêta net.

Leonie était installée au comptoir, et mangeait une part de tarte aux noix de pécan, tout en lisant un magazine à sensation. A côté d'elle, Max dormait dans son transat.

— Bonsoir, commandant.

Elle descendit du tabouret pivotant et serra la ceinture de son peignoir par-dessus son pyjama.

— Puis-je vous servir une part ? Il en reste encore beaucoup.

— Non, merci, ça va.

A dire vrai, ça n'allait pas. Il était d'humeur massacrante, et aurait préféré être seul. Il sortit du réfrigérateur une brique de jus de fruits et but directement au goulot, comme il le faisait dans son appartement. Au diable les bonnes manières.

— Je suis contente que vous ayez réglé vos problèmes avec Gabrielle. J'avais des doutes au départ.

— Pourquoi ? dit-il en se tournant vers elle.

— Vous avez engagé une nounou sans la consulter, le jour même où son fils est sorti de l'hôpital, dit-elle avant de tapoter les coins de sa bouche avec sa serviette. N'importe quelle femme aurait été contrariée.

— Alors pourquoi avez-vous accepté le poste, si vous saviez que ça allait la mettre en colère ?

Il ne comprendrait jamais les femmes.

— J'avais besoin d'argent, et elle avait besoin de repos, dit-elle en souriant.

Elle lissa la couverture de Max avec tendresse.

— Et j'adore ce petit bonhomme.

— Vous auriez pu me prévenir, ça nous aurait évité une dispute.

— Dire quoi faire à une personne, ça ne marche jamais, à long terme.

Elle posa son assiette dans l'évier.

— Les vraies leçons de la vie, on les apprend de ses erreurs, en les réparant soi-même. C'est ainsi que se bâtissent les relations amoureuses.

— Les relations amoureuses ? dit-il en grimaçant.

— S'il vous plaît, ne faites pas semblant d'être un de ces hommes allergiques à l'engagement.

En poussant un soupir, elle s'appuya contre le comptoir de granit.

— Je pensais que vous valiez mieux que ça.

Lui qui était juste venu chercher quelque chose à boire, et s'isoler pour se reprendre, voilà qu'il était attaqué de toutes parts par une femme qu'il connaissait à peine.

— Pourquoi me malmenez-vous ainsi ?

— Parce que vous n'avez pas de maman, et que, pour une raison que j'ignore, vous n'avez guère de contacts avec votre famille. Qui d'autre va vous dire ce que vous avez besoin d'entendre ?

Il haussa un sourcil, pour imiter l'air supérieur de son père. Eh bien, lui qui voulait éviter de lui ressembler, il suivait ses traces dans bien des domaines.

— Vous lisez trop de ragots.

— J'adore les journaux à scandales, dit-elle avec un sourire malicieux. Les nouvelles sur votre famille font vendre.

Il jeta un œil au magazine. Un gros titre annonçait :

> Mamie Ginger achète un poney
> à sa petite-fille.

Le reste de l'article détaillait un anniversaire supposément luxueux, que sa belle-mère avait organisé pour sa dernière petite-fille — dont la mère était une princesse illégitime. La liste d'invités incluait des enfants de stars de cinéma et d'ambassadeurs.

Puisque les e-mails qu'il avait reçus comportaient des détails et des photos de la fête, il savait que quatre-vingt-dix-neuf pour cent de ces informations étaient fausses. Sa belle-mère avait loué un poney, et la très longue liste d'invités pour le premier anniversaire de sa petite-fille ne comportait que des membres de la famille. Si ces personnes se révélaient être des Renshaw, des Landis et des membres de la famille royale Medina, quelle importance ? Mais apparemment ce type d'incursions dans la vie des gens riches et célèbres faisait vendre du papier.

Un doute horrible le saisit.

— A quel point avez-vous besoin d'argent ?

Le sourire de Leonie s'évanouit.

— Pas au point de faire le moindre mal à Gabrielle ou à ce petit ange, et j'arracherais les yeux de quiconque s'en prendrait à eux.

Il sonda son regard, et n'y vit que de l'honnêteté.

— Bien, nous sommes sur la même longueur d'onde.

— Alors, vous songerez à ce que je vous ai dit ?

— A quel propos ?

Elle avait dit tant de choses qu'il avait perdu le fil.

— Les hommes, marmonna-t-elle en prenant le siège de Max.

Hank agrippa la poignée.

— Je vais m'occuper de lui.

— Non, ça ira, commandant, dit Leonie en tapotant sa main.

— J'insiste. Allez faire une sieste ou lire vos potins. Ça ne doit pas être facile de passer à un travail de nuit du jour au lendemain.

— Dans ce cas, d'accord.

Elle sortit un hochet de sa poche.

— C'est vous le patron, dit-elle avant de s'éloigner.

Il posa le jus de fruits sur le comptoir, et s'assit en face du bébé endormi. L'enfant de Kevin. Le fils de Gabrielle.

Secouant le hochet en forme de vache devant lui, il crut voir les visages des deux personnes qu'il aimait le plus dans les joues du bébé et dans son menton obstiné. Mais, quand le nourrisson le fixa de ses petits yeux bleus, Hank ne vit plus qu'un être unique.

Max.

Comme le bébé commençait à crier, il le sortit de son transat et le cala au creux de son bras. Il secoua de nouveau le hochet devant lui, car il semblait aimer ça. Max s'agita, son petit poing heurtant le sien. Ses minuscules doigts s'enroulèrent autour de son pouce, et le serrèrent fort.

— Hé, mon gars, dit-il doucement, nous allons bien nous amuser tous les deux. Tu aimes le base-ball ? Avec une telle poigne, je parie que tu seras un très bon lanceur. Toi et moi nous serons…

Quoi ? Il ne savait même pas ce que serait son rôle auprès de cet enfant. Que montreraient les scrapbooks de Gabrielle, quand elle ajouterait des photos de lui avec Max ? Il ne voulait pas être un père de remplacement. Il voulait être un vrai père pour Max. Et un époux pour Gabrielle.

Cependant, il ne voulait pas oublier Kevin.

Or, il ignorait comment cohabiter avec un fantôme.

Gabrielle se réveilla et constata qu'elle avait les couvertures pour elle seule.

Alors, pourquoi n'était-elle pas contente ?

Elle toucha l'espace vide à côté d'elle. Les draps n'étaient même pas chauds. Hank n'était pas revenu se coucher après son cauchemar. Elle avait cru que parler de la mort de Kevin l'aiderait à se sentir mieux. Mais si elle avait eu tort ? Elle avait peut-être fait empirer les choses, en le poussant à se confier à elle alors qu'il n'était pas prêt.

Que faire à présent ?

Peut-être devrait-elle cesser de le pousser, et lui laisser de l'espace. Kevin avait toujours dit que Hank gardait ses distances avec sa famille, car il tenait à sa vie privée. Aujourd'hui, il devait être particulièrement vulnérable — même si elle ne pouvait le lui dire en face, de crainte qu'il ne se braque. Il n'était pas du genre à reconnaître ses propres besoins émotionnels, alors elle s'en occuperait pour lui.

Cela lui ferait sans doute du bien à elle aussi d'avoir un peu d'espace. Les choses s'étaient passées si vite — le déménagement, l'opération de Max, le début de leur liaison. Elle appuya une main contre son cœur douloureux. Si seulement la vie pouvait être simple, pour une fois.

Mais certaines choses étaient élémentaires, heureusement. Comme les besoins de son fils. Elle enfila son peignoir, puis lâcha ses cheveux et alla chercher Max pour lui donner sa tétée matinale.

Elle ouvrit la porte de la chambre d'enfant. Leonie était assise près de la fenêtre, en train de lire un magazine. Elle la regarda par-dessus ses lunettes.

— Max est en bas avec le commandant. Il a insisté pour s'occuper de lui, et qui suis-je pour me disputer avec un bel homme qui prend soin d'un bébé ? Et puis, je trouve ça tellement sexy.

— Merci pour le compte rendu, Leonie.

Gabrielle sentit son cœur se serrer à l'idée que Hank ait revécu la mort de son ami et qu'ensuite il ait eu son enfant juste devant les yeux. En fait, il était si occupé à penser aux autres — à elle, à Leonie — qu'il se faisait passer en dernier.

Avec un peu de chance, elle pourrait nourrir Max rapidement, puis aller faire une balade avec son fils. Peut-être même qu'elle pourrait relire ses cours dans le parc.

Il lui fallait prendre ses distances un moment, pour réfléchir à sa vie.

Elle fouilla chaque chambre de l'étage, mais aucune trace de Hank ou de Max. La cuisine était également vide. Elle ne vit qu'un plat dans l'évier et une brique de jus de fruits sur le comptoir. En retournant dans le couloir, elle ferma le col de son peignoir, en regrettant de ne pas avoir pris le temps de s'habiller, ou au moins de mettre une nuisette.

Enfin, elle trouva Hank dans la bibliothèque. Les rideaux étaient tirés et la pièce était sombre, mais la lumière du jour qui filtrait suffisait amplement pour qu'elle le distingue. Il était étendu sur le canapé de cuir, endormi.

Et Max dormait sur son torse.

Leonie avait raison, il n'y avait rien de plus sexy que la vue de son bébé dormant sur le torse nu de Hank. Sa large main tenait l'enfant, et elle ne doutait pas une seconde que, si Max bougeait un tant soit peu, Hank le maintiendrait en place et l'empêcherait de tomber.

Il avait déjà eu un geste plein d'attention et généreux en engageant une nounou. Mais le voir tenir son fils et veiller sur lui pendant son sommeil la fit presque chanceler d'émotion.

Un son attira son attention vers la petite table près du canapé. C'était le téléphone de Hank qui vibrait.

Hank tendit le bras vers l'appareil et coupa la sonnerie. Il ouvrit les yeux et la fixa, le regard clair, comme s'il avait été éveillé tout le temps.

— Depuis combien de temps es-tu là ?

— Juste une minute. Je dois allaiter Max.

Au son de sa voix, son fils s'agita, étendit ses petits bras au-dessus de sa tête et bâilla. Elle s'avança pendant que Hank se redressait, en tenant Max comme s'il avait fait cela toute sa vie.

— Bien sûr, dit-il en lui tendant son fils sans croiser son regard.

Le silence s'étira entre eux, chargé de tension. Elle serait volontiers remontée dans sa chambre, mais Max s'agitait et cherchait son sein.

Alors, elle s'assit sur le canapé, ouvrit son peignoir et plaça Max contre son sein. Il s'agita frénétiquement pendant quelques secondes, avant d'attraper le mamelon avec un soupir affamé. A l'autre bout du canapé, Hank se frottait la nuque.

Son téléphone vibra de nouveau. Cette fois, il l'éteignit avant de le ranger dans sa poche. Pour un homme qui venait de dormir si paisiblement, son humeur avait pris un virage à cent quatre-vingts degrés.

Dès que Max aurait fini sa tétée, elle laisserait à Hank de l'espace. Elle prendrait même Leonie avec elle, pour qu'il ait la maison pour lui seul. Justement, elle entendait Leonie dans l'escalier, ce qui lui donnait une excuse parfaite.

— Hank, je crois que…

A cet instant, le carillon retentit.

D'instinct, Gabrielle posa la main sur la tête de Max. Hank se leva d'un bond.

Des voix leur parvinrent depuis le hall, celle de Leonie, et d'autres qu'elle ne reconnut pas.

Elle serra son bébé un peu plus fort.

— Des étrangers ont réussi à passer le portail malgré le gardien ?

Hank se laissa retomber sur le canapé, en marmonnant un juron.

— Ce ne sont pas des étrangers. C'est ma famille.

10

Gabrielle avait envie de fuir. Peu importait où. Elle voulait juste être loin des quatre adultes qui la dévisageaient, bouche bée. Certes, elle ne pouvait guère leur en vouloir. Si seulement elle avait été prévenue un peu à l'avance, elle aurait pu courir à l'étage et enfiler des vêtements plus convenables. Mais elle avait été si absorbée par Max et Hank, voulant s'assurer qu'ils allaient bien tous les deux, qu'elle n'avait pas entendu les Renshaw Landis arriver.

Elle avait lu suffisamment d'articles sur eux pour reconnaître le petit groupe. Le père de Hank, général de l'Air Force, était accompagné de sa seconde épouse, Ginger. Un couple plus jeune les suivait. Si les quatre fils de Ginger se ressemblaient, Gabrielle était presque sûre de reconnaître le plus jeune d'entre eux, l'architecte qui réalisait des rénovations de maisons anciennes — et qui se trouvait aussi être l'époux d'une femme de sang royal. Son épouse portait un bébé sur sa hanche, une petite fille d'environ un an.

Que devaient-ils penser, tous ?

Inutile de se poser la question. Elle savait exactement ce que n'importe quelle personne sensée supposerait d'après les apparences. Hank était torse nu, et particulièrement sexy dans un jean qui tombait bas sur ses hanches. Elle, de son côté, regrettait de n'avoir qu'un peignoir sur le dos. Et elle aurait aimé être n'importe où ailleurs que sur le canapé en train d'allaiter son fils.

Si elle retirait Max de son sein, elle risquait de se dévoiler davantage devant le quatuor déjà frappé de stupeur. Et puis, Max se mettrait à hurler si elle raccourcissait son repas.

Etaient-ils en train de la juger ? De se demander si elle profitait de Hank ? Elle se demandait la même chose, à vrai dire. Elle scruta leurs regards, et n'y vit que de la curiosité.

Beaucoup de curiosité.

Elle implora Hank des yeux, juste au moment où il avançait vers sa famille.

— Comme vous pouvez le voir, nous n'attendions pas de visite. Si nous allions dans le couloir pour donner à Gabrielle et à son fils un peu d'intimité ? Les présentations peuvent attendre.

Il les conduisit hors de la pièce, et ferma la porte derrière lui.

Des voix filtraient, qui bombardaient Hank de questions. Son fils continuait de téter paisiblement, inconscient que le monde était chamboulé autour de lui.

Quelques minutes plus tard, lorsque la porte s'ouvrit de nouveau, Gabrielle se tendit. Mais ce n'était que Leonie.

— La cavalerie à la rescousse. Je vous ai apporté de quoi vous habiller.

Elle brandit les vêtements, au grand soulagement de Gabrielle.

— Je suis prête à prendre le petit bonhomme quand vous aurez fini, annonça Leonie en s'asseyant à côté d'elle.

Max semblait ralentir sa succion. Gabrielle le retira doucement de son sein.

— Il faudra que vous lui fassiez faire son rot.

— Bien sûr.

Leonie prit le bébé contre elle et lui tapota le dos.

— Je n'arrive pas à croire qu'une ancienne secrétaire d'Etat soit sous le même toit que nous. Et une princesse, aussi ! s'exclama la vieille dame.

Gabrielle soupira.

— Et pourtant, ils sont bien là.

Elle aurait juste aimé qu'ils préviennent de leur arrivée. Elle qui avait voulu laisser de l'espace à Hank, ses plans tombaient à l'eau.

En se cachant derrière le peignoir, elle enfila ses sous-vêtements, un jean, une chemise blanche, et une paire de sandales.

Voilà qui était mieux.

Peut-être pourrait-elle monter dans sa chambre pour se refaire une beauté. Elle entrouvrit une porte pour voir si la voie était libre.

Pas de chance. De l'autre côté du couloir, dans la salle à manger, Hank parlait avec ses invités surprise. Dès qu'elle sortit, tous les regards se braquèrent vers elle. Leonie la suivit et emmena Max à l'étage, ce qui détourna l'attention de Gabrielle un instant.

Elle releva la tête, prête à enter dans l'arène. Hank s'approcha et la prit par la taille.

— Je ne leur ai rien dit, lui murmura-t-il à l'oreille. Je voulais attendre que tu arrives, quoique personne ne nous croira si nous affirmons qu'il n'y a rien entre nous.

Lorsqu'il déposa un baiser sur sa joue, elle ne prit même pas la peine de protester. Il y *avait* quelque chose entre eux et, si elle le niait, cela ne ferait que rendre la situation plus embarrassante encore.

— Ginger, papa, je vous présente Gabrielle.

Hank Renshaw Sr. hocha la tête en silence. C'était une version plus âgée et plus grisonnante de son fils, et tout aussi réservée. Il n'avait pas besoin d'un uniforme pour avoir l'allure d'un général. Même dans un pantalon de toile et un polo de golf, il émanait de lui une autorité toute militaire, au point que Gabrielle dut se retenir de faire un salut.

Ginger Landis Renshaw lui tendit la main avec un sourire qui semblait sincère.

— Pardon d'arriver à l'improviste. Nous aurions dû téléphoner.

Ses cheveux blond cendré, qui lui arrivaient aux épaules,

étaient si impeccables que Gabrielle eut envie de passer la main dans sa crinière en désordre. Elle savait que Ginger allait sur ses soixante ans, mais elle portait bien son âge. Vêtue d'un jean et d'un pull rose pâle agrémenté d'un collier de perles, la belle-mère de Hank lui semblait bien moins intimidante qu'elle ne l'avait imaginée.

Gabrielle l'avait souvent vue à la télévision — toujours posée, intelligente, parfois dure et déterminée. Aujourd'hui, elle montrait une facette plus douce de sa personnalité.

— Je m'appelle Ginger, et je suis enchantée de vous connaître, Gabrielle. Même si je ne sais pas exactement qui vous êtes, puisque Hank ne nous a rien dit hormis votre prénom.

Ainsi, il lui avait laissé le soin de dire ce qu'elle voulait. Elle le remercia par un sourire.

— Je suis ravie de vous rencontrer, madame. Comme vous l'avez peut-être deviné, je suis une amie très proche de votre beau-fils.

Elle afficha un sourire gêné, et son interlocutrice serra sa main pour l'encourager.

— Il m'aide à m'occuper de mon fils, puisque mon fiancé est décédé.

Voilà. A présent, elle laissait à Hank le choix de partager ce qu'il voulait avec sa famille, concernant Kevin et leur relation. Elle savait à quel point il appréciait son intimité.

Le soupir de soulagement collectif qui parcourut le groupe la surprit.

— Alors, le bébé n'est pas de Hank, déclara Ginger.

Bonté divine, ils avaient cru que… ?

Evidemment qu'ils l'avaient cru, et ils avaient dû être peinés par le fait que Hank ait eu un enfant sans le leur dire.

Il avait sans doute deviné ce qu'ils pensaient. Et pourtant, il les avait laissés dans l'ignorance pendant qu'elle s'habillait ? Son côté secret était presque maladif.

Hank désigna le jeune couple.

— Voici mon plus jeune demi-frère, Jonah, et son épouse, Eloisa. Et leur petite fille, qui s'appelle Ginger.

Il lança un regard à Jonah.

— Lèche-bottes, ajouta-t-il avec un sourire.

— C'était l'idée d'Eloisa d'appeler notre fille comme maman, objecta Jonah. Je ne peux rien refuser à mon épouse. Ni à ma fille, d'ailleurs.

Hank lança un regard noir à son demi-frère.

— Et c'est par Jonah que je suis passé pour louer cette maison. Aussi, c'est sans doute à lui que nous devons cette visite surprise.

— C'est Eloisa qui m'a tiré les vers du nez, se défendit-il en prenant sa femme par la taille. Je ne peux pas lui résister, je viens de te le dire.

Ginger posa la main sur le bras de Hank.

— Nous sommes navrés d'arriver sans prévenir, mais *Architectural Digest* va réaliser une séance photo de cette maison, afin de promouvoir le travail de Jonah. C'est une grande chance pour sa société.

— Tu ne m'as pas parlé de ça non plus, grommela Hank.

— Je n'en ai pas eu le temps, marmonna Jonah. Maman a organisé ça hier soir, afin d'avoir un prétexte pour venir ici. Et d'ailleurs, tu ne répondais pas au téléphone. Voilà ce qu'on récolte quand on ignore sa famille.

Le général eut un petit rire.

Gabrielle était encore bloquée sur les mots *séance photo*.

— Ils vont prendre la maison en photo ?

— Et notre famille, précisa Ginger avec un sourire fier. En plus d'être une formidable publicité pour le travail de Jonah, c'est une chance merveilleuse pour moi de montrer quelques membres de ma famille sans m'inquiéter que des paparazzis perchés dans les arbres nous volent des images et les vendent à des journaux à scandales.

Gabrielle sourit. Eh bien, Leonie ferait mieux de cacher sa pile de magazines si elle voulait avoir l'approbation de Ginger !

— Nous avons remarqué que si nous organisons de temps en temps des séances photos à nos propres conditions, renchérit le général, on nous laisse tranquilles quelque temps.

Ginger prit le bras de Gabrielle.

— Alors, vous vous joindrez à nous pour les photos ? Les amis sont toujours les bienvenus.

— Je ne suis pas sûre de savoir quoi dire.

Toute cette situation la dépassait.

— Pas besoin de vous décider tout de suite. Vous aurez tout le temps d'y penser pendant que nous défaisons nos valises. Messieurs, voulez-vous bien sortir les bagages de la voiture ?

Gabrielle sentit la panique l'envahir. Elle regarda Hank. Dans ses yeux, elle lut de la frustration et de la résignation.

Sa famille allait séjourner ici.

— Alors, ça ne te dérange pas que nous restions ici ? demanda son père.

Hank sortit les valises du coffre de la Mercedes à moteur hybride.

— Non, général, bien sûr que non.

— *Fiston…*

Au cours de sa carrière, son père avait géré des conflits mondiaux explosifs sans perdre son sang-froid. Mais cela le hérissait toujours quand ses enfants l'appelaient général.

— Oui, *papa* ?

— Voilà qui est mieux.

Le général opina, et marcha à côté de lui, avec des valises étonnamment nombreuses pour un séjour aussi court. Même si la moitié semblait appartenir au bébé de Jonah et Eloisa. Une seconde voiture était garée derrière celle de Hank Sr. et de Ginger, une berline noire discrète, avec à son bord deux hommes en costume — des gardes du corps. Son père et Ginger étaient suivis par un garde du corps en toutes circonstances quand ils étaient loin de chez eux, et le garde du corps supplémentaire était sans doute là pour les membres royaux de la famille.

Malheureusement, Gabrielle et lui ne pourraient plus s'embrasser sous la véranda.

Le pas de son père était réglé sur le sien.

— Est-ce que le bébé est de toi ?

Hank s'arrêta net devant les marches du perron. Son père était-il en train de le traiter de menteur ?

— Tu as entendu Gabrielle, il n'est pas de moi.

— A-t-elle menti pour te couvrir ?

Le regard de son père était scrutateur, comme autrefois, quand il s'occupait seul de ses trois adolescents.

Hank avait bien envie de tourner les talons. Déjà à seize ans, il avait eu du mal à supporter d'être mis sur le gril. Mais que son père remette en question son honneur était encore plus difficile à avaler.

— Personne ne me « couvre », et surtout pas Gabrielle. Si Max était mon fils, tu le saurais déjà.

— Tu n'es pas réputé pour être bavard avec la famille, observa son père d'un ton sec.

— C'est vrai, concéda-t-il. Mais pas au point de cacher une paternité. Même si j'avais décidé d'attendre pour vous le dire, il est certain que je n'aurais pas laissé Gabrielle affirmer que l'enfant était d'un autre.

Le doute dans les yeux de son père se dissipa.

— Bien sûr. J'aurais dû le savoir. Tu es un homme d'honneur.

— Merci de me reconnaître ça, au moins.

Il commença à monter les marches du perron.

— Tu es aussi un homme secret, et cela doit être dur pour toi de nous voir débarquer…

— Non, qu'est-ce qui te faire dire ça ? ironisa Hank.

Son père se fendit d'un rire, et Hank rit à son tour.

Cela faisait du bien de relâcher un peu la pression, il devait l'avouer. Ces dix derniers jours avaient été éprouvants. Il y avait eu de bons moments — comme lorsque le médecin avait dit que Max allait bien, et toutes ces nuits avec Gabrielle. Mais les blessures du passé étaient encore trop fraîches.

— Alors, si le bébé n'est pas de toi, qui est le fiancé décédé dont elle a parlé ? Je suppose que c'est lui le père.

— Mon ami Kevin, un pilote de mon escadrille. Il est mort en service, en Irak.

Même ces quelques mots réveillaient les souvenirs à peine enfouis de ce cauchemar.

— Es-tu sûr de ce que tu fais, fiston ?

Ce n'était vraiment pas le moment de lui poser ce genre de questions inquisitrices.

— Papa, je ne t'ai pas demandé ton opinion.

— Ça ne m'a jamais arrêté autrefois, rétorqua-t-il en souriant. On ne va jamais nulle part, si l'on attend que l'on nous demande quoi que soit.

— D'accord, dans ce cas, je ne vais pas te demander si ça t'ennuie que je te laisse.

Il tourna les talons, prêt à faire tout le tour de la maison pour emprunter l'autre entrée.

— Son fiancé n'est pas décédé depuis longtemps, certainement ?

Hank se figea.

— Dix mois, dit-il sans se retourner.

L'odeur des explosifs et du sang lui revenait avec tant de force qu'il eut l'impression de revivre cet enfer une fois de plus.

Son père s'approcha de lui, projetant son ombre imposante sur lui, comme toujours.

— Mon fils, es-tu sûr qu'elle a fait son deuil ? Je ne dis pas que ce n'est pas la femme qu'il te faut. Je dis juste que c'est peut-être trop tôt.

L'ombre disparut quand le général recula, mais ses paroles avaient jeté une autre sorte d'ombre sur lui. Même si Hank s'efforçait de mener sa propre vie, l'héritage de son père le suivait partout. Etait-ce la génétique qui le conduisait à faire si souvent les mêmes choix que lui, alors même qu'il s'évertuait à être différent ? Son père était même tombé amoureux de la veuve de son meilleur ami.

Cela signifiait-il que lui aussi devrait attendre une décennie avant de suivre ses sentiments ?

Ne sachant plus que penser, Hank resta sur les marches du perron bien après que son père eut empoigné ses valises et fut entré dans la maison.

Alors que les autres défaisaient les bagages de Ginger, Gabrielle était assise avec elle dans le solarium. La petite Ginger jouait à côté d'elles, tandis que Max faisait une sieste dans son transat. L'instant lui semblait intemporel. On aurait pu les prendre pour une famille. Si elle avait dû sélectionner des photos pour un magazine, elle aurait capturé ces moments plutôt que ceux d'un dîner formel.

C'était la vie dont elle rêvait.

Du moins, sans les gardes du corps qui surveillaient le périmètre et qui s'échangeaient des informations par les radios accrochées à leurs poignets.

Les mains tremblantes, elle serra le bras du canapé en rotin.

— N'êtes-vous jamais fatiguée d'avoir des gardes du corps qui vous suivent partout ?

Ginger regarda par la baie vitrée, comme si elle avait oublié où ils se trouvaient.

— Si, bien sûr, mais j'essaie de me souvenir que cela fait partie du travail que j'ai eu la chance d'exercer.

Elle prit sa petite-fille dans ses bras.

— Même si être grand-mère est le meilleur travail qui soit.

— Est-ce mieux que d'être secrétaire d'Etat ?

— Sans conteste.

L'enfant ne tarda pas à gigoter, aussi Ginger la reposa-t-elle par terre.

— C'est un bébé agréable, déclara-t-elle en touchant le

petit pied de Max. J'espère que vous ne m'en voudrez pas de vous poser la question… que sont ces petites incisions sur son ventre ?

— Il a subi une opération cette semaine, par laparoscopie, afin de corriger une anomalie de son système digestif. Il va bien maintenant.

Et elle en remercia le ciel une nouvelle fois.

— C'est pour ça que je suis ici, poursuivit-elle. Dans la maison de Hank, je veux dire. Il m'aide, car Max est le fils de son ami. Il joue les pères de substitution, en quelque sorte.

Ginger vint s'asseoir à côté d'elle.

— Même s'il est évident que Hank est votre ami aussi ?

Posait-elle la question par curiosité, ou par inquiétude ?

— Nous nous connaissions auparavant…

Embarrassée, elle retira une écharde sur le bras du canapé.

— Alors, oui, nous sommes amis aussi.

— Je connais Hank depuis qu'il a l'âge de votre fils.

— Vraiment ? Je croyais que vous aviez épousé le général bien plus tard.

Elle se rendait compte qu'elle savait peu de choses sur Hank, en dehors de ce qu'elle avait lu dans les journaux. Et peut-être que beaucoup d'informations étaient fausses.

— Mon mari — mon premier mari — était dans l'aviation avec Hank Sr.

Ses yeux bleu foncé, de la même couleur que ceux de son fils, se teintèrent de nostalgie.

— Benjamin n'était pas militaire de carrière comme Hank, poursuivit-elle. Il voulait juste servir son pays pendant quelques années. Lorsqu'il a quitté l'armée, il s'est engagé en politique.

Gabrielle se souvenait avoir lu que Ginger avait terminé le mandat de son premier mari après sa mort, et qu'elle s'était révélée être une politicienne encore plus rusée et efficace que son époux. Sa carrière avait décollé à partir de là. Aujourd'hui, elle était ambassadeur dans un pays d'Amérique du Sud. Il était difficile de ne pas être intimidée par autant de puissance et de succès. Gabrielle était impressionnée par sa réussite, et se demandait dans quel but Ginger lui racontait sa vie. Sans nul doute, cette ancienne secrétaire d'Etat devait être tout aussi tenace pour protéger sa famille que lorsqu'elle négociait pour le compte de son pays.

— Pendant que nous étions dans l'armée — et je dis bien « nous », parce que l'épouse d'un militaire fait beaucoup de sacrifices —, nous étions amis avec Hank et Jessica. Nos enfants jouaient ensemble. Quand Jessica est morte, j'ai aidé Hank à élever ses enfants. Et il m'a aidée à élever mes garçons après la mort de Benjamin.

Elle regarda par les vitres du solarium et cligna des yeux pour réprimer un chagrin ancien qu'apparemment même le temps n'avait pas apaisé.

— Il n'y a jamais rien eu entre nous tant que nos conjoints étaient en vie, rien. Croyez-moi, cela nous a choqués tous les deux quand notre amitié s'est transformée en une relation plus profonde.

Gabrielle s'efforça ne pas laisser paraître la honte qui la tenaillait encore d'avoir échangé un baiser avec Hank, alors que Kevin était encore en vie. Son fiancé leur avait peut-être pardonné dans son dernier souffle, mais elle ne pouvait pas se pardonner à elle-même.

Elle regarda les pelouses verdoyantes de Garden District à travers les vitres, cherchant quelques-unes des réponses que Ginger avait aussi semblé chercher un instant plus tôt. Mais ce fut Hank qu'elle vit. A grandes enjambées, il se dirigeait vers un garde du corps posté à l'ombre d'un chêne. Il avait enfilé une simple chemise par-dessus son jean, et des chaussures bateau. Pourtant, il ne semblait pas moins impressionnant que dans son uniforme.

Tout comme son père.

Ginger s'essuya le coin des yeux, puis sourit.

— Mais nous parlions du petit Hank.

— Le *petit* Hank ?

— Que voulez-vous, dit Ginger avec un sourire affectueux en direction de son beau-fils. Pour moi, il sera toujours ce petit garçon qui fait du tricycle sur le trottoir. Il adorait être dehors. Déjà à l'époque, c'était un meneur. Mais il était toujours loyal, trop loyal.

Gabrielle détacha son regard de Hank et se concentra sur la conversation.

— Comment peut-on être trop loyal ?

Ginger posa les coudes sur ses genoux et la fixa d'un regard franc. Apparemment, la conversation allait prendre un tour plus sérieux.

— Il fait passer les autres avant lui, parfois à ses dépens.

— Etes-vous en train de sous-entendre que je me sers de lui ?

— Non, bien sûr que non. Je dis juste qu'il s'efforce tant d'être un type bien qu'il pourrait ne pas vous dire ce qu'il pense. Demandez-lui ce qu'il veut, ne supposez pas. Demandez, et demandez encore, jusqu'à ce qu'il vous réponde vraiment.

Y avait-il des questions qu'elle devrait poser à Hank qu'elle ne lui avait pas posées ? Etait-il possible qu'il ne reste avec elle que pour être un type bien ? Il avait affirmé que leur relation n'avait rien à voir avec sa dette envers Kevin. Malgré tout, même avant de parler avec Ginger, elle avait eu des doutes.

Hier, il lui avait ouvert son cœur, les laissant tous deux si émotionnellement à vif qu'il avait eu besoin de prendre ses distances, et qu'il était allé voir Max plutôt que de retourner au lit avec elle. A l'évidence, il n'était pas d'humeur à partager d'autres souvenirs douloureux, et pour être franche elle ignorait combien d'autres révélations elle pourrait supporter.

Et Ginger lui enjoignait de creuser encore plus ?

Au lieu de l'aider, ces conseils ne lui faisaient que craindre davantage qu'elle ne soit pas la personne idéale pour Hank. Elle avait reçu beaucoup de lui depuis qu'il était revenu dans sa vie. Il méritait quelqu'un qui puisse lui donner en retour, quelqu'un qui pourrait faire une brèche dans ces murs qu'il avait érigés autour de lui. Quelqu'un qui pourrait prendre soin de lui.

Hélas, plus les secondes passaient, plus la possibilité d'un avenir avec Hank lui semblait compliquée, et improbable.

Ginger se leva et lissa les plis de son jean.

— Assez de propos sérieux pour aujourd'hui. Allons nous amuser un peu.

— Je vous demande pardon ?

— Une boutique de la ville nous fait livrer des vêtements pour la séance photo.

Gabrielle était ravie de parler d'un sujet léger et neutre.

Ginger prit ses mains dans les siennes et l'aida à se lever.

— Chaque jeune mère mérite de se faire pomponner pendant tout un après-midi.

11

Hank traversa le hall avec une discrétion apprise durant ses entraînements de survie militaires. Il avait l'impression d'avoir quinze ans, tandis qu'il marchait à pas de loup pour que son père ne l'entende pas entrer dans la chambre de Gabrielle. Depuis l'arrivée de sa famille, il n'avait pas réussi à voler ne serait-ce que cinq minutes avec elle. D'abord, Ginger l'avait enlevée tout l'après-midi pour des essayages, puis le dîner s'était étiré durant des heures, sa famille alternant entre les questions subtiles à Gabrielle et les discussions sur la séance photo du lendemain.

Jamais il n'aurait cru que ses parents deviendraient de tels oiseaux de nuit.

C'était sa maison, pour l'amour du ciel ! Du moins, sa maison de location, pour encore quelque temps. Mais cela n'avait pas empêché les membres de sa famille de s'installer dans les chambres d'amis. Il avait perdu l'habitude de les avoir sur le dos. Et le fait de se sentir observé lui donnait de l'urticaire, encore plus qu'à l'accoutumée.

L'œil scrutateur de son père était encore plus gênant qu'un objectif d'appareil photo. Et si le général avait raison, et que Gabrielle n'était pas remise de la mort de Kevin ? Si elle ne cessait jamais de l'aimer, et ne se remettait jamais de sa perte ?

Il était resté aux abords de la vie de Gabrielle une fois déjà, et cela avait été un véritable enfer pour lui. Il ne se sentait pas capable de revivre cela, pas après avoir fait l'amour avec elle. Maintenant qu'il l'avait possédée, il ne pouvait imaginer sa vie sans elle. Le temps se chargerait de régler leurs difficultés.

Il frappa une fois à la porte de sa chambre avant de se glisser à l'intérieur. Son lit était vide, et non défait.

Car elle était affalée sur son bureau, endormie.

Travaillait-elle souvent jusqu'à l'épuisement ? L'après-midi passé à essayer des robes avec Ginger avait dû lui faire prendre du retard. Il ferma les portes qui donnaient sur le couloir et la chambre d'enfant. Quiconque voudrait la voir devrait frapper auparavant. Son père et sa belle-mère étaient de braves gens, mais avaient une fâcheuse tendance à contrôler la vie des autres « pour leur bien ».

Avec prudence, il glissa les bras sous son dos et sous ses jambes. Les mains de Gabrielle glissèrent du bureau, et il remarqua que ses ongles courts étaient recouverts d'un vernis rose pâle. L'œuvre de Ginger, sans nul doute. Si sa belle-mère était une femme pragmatique avant tout, cela ne l'empêchait pas d'apprécier les manucures.

Il porta Gabrielle contre son torse, son peignoir de satin s'entrouvrant pour dévoiler une nuisette. Après ce qui s'était passé ce matin dans la bibliothèque, elle ne se ferait plus surprendre à demi nue.

Quel dommage — tant qu'il était le seul spectateur.

Gabrielle s'agita soudain dans ses bras.

— Hank ?

— Chut… rendors-toi. Je te porte dans ton lit pour que tu sois plus à l'aise.

Elle enroula le bras autour de son cou, les yeux vitreux.

— Attends. Pose-moi. J'ai presque fini le devoir que je dois rendre.

— Est-ce que tu dois le rendre pour demain ?

Si tel était le cas, il resterait à côté d'elle, et le relirait, si elle avait besoin de lui.

— Non.

Son regard brumeux s'éclaircit. Elle posa la main sur son torse, et suivit le tracé de son col en V.

— Alors, tu peux le finir plus tard, dit-il.

— Tu as raison. J'ai le temps.

Elle ouvrit un bouton, puis un autre.

— Pour ça.

Elle prit son lobe entre ses dents et le mordilla.

Comme une décharge de désir affluait en lui, il resserra son étreinte. Elle sentait bon la lavande, un parfum qui lui était devenu familier. Il réprima l'envie de prendre possession de son corps sur-le-champ.

Il la posa sur le lit. Ou plutôt, il la laissa tomber et recula d'un pas, en faisant de son mieux pour se comporter en gentleman.

— Tu devrais vraiment dormir.

— J'ai beaucoup dormi cette semaine, grâce à toi et à Leonie.

Elle retira prestement son peignoir et sa nuisette.

— Fais-moi confiance pour savoir ce dont j'ai *besoin.*

Ce serait égoïste de céder à son désir, alors qu'elle était épuisée, il le savait. Mais tandis qu'il la regardait, allongée sur le lit, ne portant qu'une fine culotte de dentelle, il ne put se résoudre à lui dire non.

— De quoi *exactement* as-tu besoin ?

Il retira sa montre et la posa sur la table de chevet avec une précision délibérée, puis sortit un préservatif de son portefeuille. Il tenait à ce qu'elle sache qu'il la protégerait toujours, de toutes les façons possibles.

— C'est toi que je veux, ici, et je veux que tu fasses tout ce que je te dirai.

— Oh ! vraiment. Tu veux…

— Le contrôle. Est-ce que tu as un problème avec ça ?

La lueur de défi dans ses yeux verts attisa son excitation. Son corps serait ravi de lui obéir.

— Non, aucun problème.

Sans plus attendre, il retira ses vêtements et se glissa dans le lit à côté d'elle.

— Que vas-tu faire de moi, maintenant que je suis à ta disposition ?

Le prenant par les épaules, elle l'étendit sur le dos, et monta à califourchon sur lui.

— Il faudra que tu patientes.

— Et combien de temps devrais-je attendre ?

Son sexe s'était durci au contact de sa culotte de satin.

— Patience…

Elle s'agita juste assez pour le tenter sans le faire exploser de plaisir. En ravalant un gémissement, il ferma les yeux, prit sa taille et lui fit accélérer sa cadence.

Lorsqu'elle se pencha sur le côté, il se redressa pour la retenir. Mais elle n'allait nulle part. Elle tira sur la ceinture de son peignoir tombé par terre et la fit glisser sur son torse en empruntant un chemin sinueux. Un sourire malicieux passa sur son visage, avant qu'elle ne…

Bonté divine, elle était en train de lui bander les yeux.

Elle enroula la ceinture deux fois et la noua derrière sa tête. Puis, elle plaqua ses poignets contre le matelas. Bien entendu, il lui était facile de se libérer et d'enlever le bandeau, mais il n'en avait aucune envie. Si Gabrielle voulait prendre le contrôle, il le lui laissait volontiers.

En se forçant à se détendre, il s'enfonça dans le lit. Elle poussa un soupir d'approbation contre son torse, son souffle chaud lui brûlant la peau. Elle se servait de ses mains, de ses lèvres, de ses cheveux pour lui prodiguer des caresses aussi légères que celles dont il l'avait couverte avec le masque à plumes. Elle promena ses mèches soyeuses sur ses épaules et son torse, jusqu'à ce que tout son corps se tende de désir.

Le parfum de lavande de Gabrielle imprégnait la ceinture de satin, et taquinait ses sens à chacune de ses respirations. Elle alla plus bas, et encore plus bas, jusqu'à… Le contact de ses cheveux sur son sexe en érection menaça de le faire exploser avant même qu'ils n'aient commencé.

Bientôt, ses mains remplacèrent sa chevelure, le rendant presque fou de désir. Puis, ce fut sa bouche qui se referma sur lui. Il serra les draps pour s'empêcher de crier de plaisir.

L'exquis supplice devenant insupportable, il tendit les bras pour la soulever, mais elle résista et continua l'exploration intime de son sexe avec ses lèvres et sa langue habiles.

C'en était trop. Il arracha le bandeau de ses yeux.

— D'accord, tu as gagné. Si je ne te touche pas tout de suite, je vais devenir fou.

Elle déposa un baiser contre son ventre et ronronna de plaisir.

— Je suis toute à toi.

Dieu merci.

Il l'aida à se redresser puis l'étendit sur le dos. Il enfila un préservatif en un temps record, avant de s'enfoncer en elle.

Tout en maintenant les mains de Gabrielle au-dessus de sa tête, il ondula en elle, encore et encore. Sur son visage, il lisait le désir qu'il lui inspirait – un désir comparable au sien. Il y avait un je-ne-sais-quoi en elle qui lui faisait oublier la raison, et mettait son monde sens dessus dessous.

Elle le regardait, les pupilles dilatées et la poitrine rougie de plaisir, signes qu'elle était au bord de l'extase, elle aussi. Pourtant, il se retint encore, sans la quitter des yeux. Enfin, il la vit atteindre l'orgasme.

Alors seulement, il s'autorisa à s'abandonner en elle d'un coup de reins puissant. Un plaisir intense déferla sur lui, lui offrant la libération tant attendue.

Mais il n'était pas rassasié d'elle. Et il ne le serait jamais. Il fallait que Gabrielle devienne sa femme, et au diable tout le reste.

Il avait bien l'intention de la convaincre rapidement, avant qu'il ne la perde.

*
* *

Face au miroir de l'armoire, Gabrielle se battait avec la fermeture à glissière de sa nouvelle robe, craignant de tirer trop fort et d'abîmer un vêtement qui valait plus que ce qu'elle gagnait en un mois. Elle n'aurait jamais cru qu'une séance photo autour d'un dîner familial nécessiterait une tenue de soirée, une manucure et un passage chez le coiffeur.

Si elle avait apprécié la mise en beauté, elle s'était en revanche sentie mal à l'aise lorsqu'elle avait appris que sa tenue de créateur avait été portée par Reese Witherspoon lors d'une cérémonie des oscars. Ginger l'avait rassurée en lui disant que toutes les robes seraient offertes à une œuvre caritative. Sa conscience légèrement apaisée, elle avait accepté le prêt pour la séance photo de ce soir.

L'étoffe de satin couleur prune glissa sur sa peau, lui rappelant toutes les façons dont Hank et elle s'étaient servis de la ceinture de son peignoir, la veille. Les jeux de pouvoir avaient continué presque jusqu'à l'aube, les laissant tous deux haletants et pleinement satisfaits.

Mais leur nuit n'avait fait qu'accroître sa confusion. Comment allaient-ils parvenir à mêler leurs deux existences ? Il était impossible de ne pas remarquer le sérieux dans les yeux de Hank, et l'engagement dont il faisait preuve dans chacun de ses actes. Tout allait très vite. Elle avait voulu prendre plus de temps pour réfléchir à leur situation, avant qu'ils n'affichent leur relation en public, mais l'arrivée de la famille de Hank l'avait privée de cette option.

On frappa à sa porte.

— C'est moi, fit Hank. Tu es prête ?

Maintenant la robe en place tant bien que mal, elle alla lui ouvrir, décidée à lui dire qu'elle ne voulait plus figurer sur les photos, ce qui serait une façon de rendre leur relation publique, quoi qu'en dise Ginger.

Mais, lorsqu'elle vit Hank, elle resta sans voix. Dans son uniforme de commandant, il était d'une beauté à couper le souffle. Une rangée de médailles brillait sur son torse, par-dessus laquelle ses ailes d'argent étaient épinglées. Elle l'avait déjà vu en uniforme auparavant, mais toujours en compagnie de Kevin, aussi avait-elle tenu les sentiments qu'il lui inspirait à distance.

A présent, Hank lui était tout à fait accessible.

— Tu es magnifique, dit-elle en posant une main au-dessus de son cœur.

— C'est moi qui devrais te dire ça, dit-il sans même regarder sa tenue.

Elle effleura sa cravate, puis son menton, et enfin sa bouche, qui lui avait procuré tant de plaisir durant la nuit. Si seulement ils pouvaient s'enfermer dans cette chambre. Mais ce n'était pas possible. Des gens les attendaient en bas, pour débuter les prises de vue.

— Peux-tu m'aider à fermer ma robe, s'il te plaît ?

— Tant que je peux l'ouvrir plus tard.

Tout en la faisant reculer à l'intérieur de la chambre, il ferma la porte d'un coup de pied. Il alla poser un objet en haut de l'armoire, puis revint vers elle. Avant qu'elle puisse le questionner, il embrassait sa nuque, tout en remontant la fermeture de sa robe. Elle laissa retomber sa tête en arrière, et il posa ses lèvres sur les siennes.

Mais bien vite elle interrompit leur baiser.

— Je ne suis pas sûre que je doive figurer sur ces photos. Et si les gens croyaient… plus qu'ils ne devraient ?

— Ils supposeront que tu es ma petite amie, ce qui est le cas. Ils supposeront même que nous sommes amants, ce qui est également vrai.

Il posa les mains sur ses hanches.

— Ou bien alors, ils supposeront que tu es un superbe mannequin engagé pour l'occasion.

D'un mouvement vif, il amena ses fesses contre son sexe déjà tendu de désir.

— Hank, es-tu sûr que nous ne pouvons pas éviter cette séance ? Leonie surveille Max pour la nuit. Nous pourrions nous enfermer ici, ou faire une balade autour du lac Pontchartrain, main dans la main.

— Les deux options me semblent infiniment plus excitantes que ce dîner. Si tu es sérieuse et que tu veux tout laisser tomber, alors c'est ce que nous ferons.

Elle était tentée, mais les mots de Ginger lui revinrent à l'esprit. Hank faisait toujours passer les besoins des autres avant les siens.

— Ta famille t'en voudra, et je ne veux pas te créer d'ennuis.

— Leur opinion ne m'a jamais empêché de faire quoi que ce soit.

Mais s'il esquivait le dîner — un dîner que sa belle-mère avait organisé uniquement pour prendre part à sa vie —, ce serait une profonde déception pour ses proches. Certes, Hank avait dû poser de nombreuses limites, mais il était évident qu'il tenait à sa famille, même s'il préférait la voir peu.

Elle posa ses mains sur les siennes, et lui sourit dans le miroir, en souhaitant que ses doutes et sa nervosité disparaissent.

— Allons dîner, et ensuite nous pourrons aller faire cette balade autour du lac.

— Si tu es sûre.

— Je le suis.

A peu près.

— Alors, c'est entendu. Et pour l'instant…

Il alla prendre l'objet qu'il avait déposé sur l'armoire.

C'était une boîte de velours noir. Lorsqu'il l'ouvrit, Gabrielle découvrit avec stupéfaction un large bracelet de diamants, accompagné de pendants assortis.

Elle retint son souffle, à la fois stupéfaite par tant de beauté et horrifiée par le prix que cela devait coûter.

— Hank, je ne peux pas…

— Porte-les pour les photos.

Il accrocha le bracelet à son poignet et lui tendit les boucles d'oreilles.

— Si tu as la moindre objection, vois ça avec Ginger.

Mais elle savait bien que c'était lui qui était derrière ces achats. Elle enfila une boucle, puis l'autre. Elles étaient si longues qu'elles effleuraient son cou.

— Et si j'en fais tomber une dans ma soupe ?

Il la fit pivoter vers lui.

— Gabrielle, ce ne sont que des boucles d'oreilles.

— En diamant.

Des tas de diamants.

— Je ne me suis jamais soucié de ma fortune, mais avec toi je me découvre l'envie de la dépenser, pour te rendre la vie plus facile et plus douce.

Elle caressa son visage anguleux. L'intensité de son regard la touchait bien plus que n'importe quel bijou.

— Merci, mais je n'ai pas envie d'être une femme entretenue.

— Ce pourrait être différent.

Il déposa un baiser sur ses lèvres.

— Emménage avec moi. La plupart de tes cours sont en ligne, de toute façon. Je peux t'aider à t'occuper de Max.

Une angoisse croissante la saisit.

— Hank, arrête. J'ai travaillé dur pour bâtir une vie ici, à La Nouvelle-Orléans. Ne précipitons pas les choses.

— Précipiter ? Je suis à moitié amoureux de toi depuis presque deux ans. Je n'ai pas l'impression de précipiter les choses. Nous étions amis, et à présent nous sommes amants.

Sa colère et sa tension perçaient dans sa voix.

— Bon sang, si cela se passait comme je le veux, nous nous marierions, tout simplement ! s'emporta-t-il.

Gabrielle sentit sa gorge se nouer, et ne trouva rien à répondre, tant elle était choquée et effrayée.

Sa demande en mariage indirecte la touchait, bien entendu, la tentait, même. Elle voulait être avec lui, et était sans doute à moitié amoureuse de lui aussi. Mais de là à se marier ? Certes, ils se connaissaient depuis longtemps, comme il l'avait souligné, mais le mariage était une étape trop importante pour être prise à la légère.

Il lui lança un regard glacial.

— Ton enthousiasme est débordant.

Sans le vouloir, elle l'avait blessé.

— Hank, dit-elle en serrant sa main, tu m'as juste surprise. Je ne sais pas quoi répondre.

Il se dégagea.

— Je vais te faciliter les choses pour que tu n'aies pas à te trouver des excuses. Mon père pense que je devrais te laisser du temps pour te remettre de Kevin. Est-ce que tu l'aimes encore ?

— Ce n'est pas si simple.

Son visage se ferma.

— Ça l'est pour moi.

Comment cette conversation était-elle devenue si incontrôlable ? Comment sa *vie* était-elle devenue si incontrôlable ? Elle chercha les mots pour désamorcer la situation.

— Kevin et moi avions des problèmes. Tu sais que nous nous sommes disputés avant son départ en mission. Il voulait que je quitte La Nouvelle-Orléans et que je vive plus près de lui. A présent, tu me pousses à prendre la même décision.

— Est-ce la vraie raison pour laquelle Kevin et toi vous êtes disputés ?

Son regard trop perspicace la transperçait, aussi baissa-t-elle les yeux.

— Bien sûr.

— Mais vous parliez de cela depuis des mois. Je ne sais pas pourquoi je n'y ai pas pensé avant, mais quelque chose d'autre a dû se passer ce jour-là, quelque chose de plus grave.

Sa clairvoyance la mettait mal à l'aise. Elle voulait laisser le passé derrière elle, mais ce ne serait jamais possible avec Hank. Leurs vies étaient trop enchevêtrées.

— Nous nous disputions parce que la seule fois où j'avais trop bu nous avions oublié d'utiliser un préservatif, d'accord ? Tu es content maintenant ?

Elle enfila ses escarpins argentés.

— Allons dîner.

Hank resta planté devant la porte.

— Je ne suis pas content, comme tu dis, mais je veux entendre toute l'histoire.

Qu'espérait-il obtenir en insistant maintenant ? Pourquoi ne pouvait-il pas simplement suivre le conseil de son père et lui laisser du temps ?

Mais elle tenait à Hank, oui, et l'idée de le perdre l'effrayait presque autant que l'idée d'avancer trop vite. Alors, elle n'avait plus le choix. Elle devait lui dire ce qui s'était passé entre Kevin et elle, et lui révéler des choses qu'elle avait gardées pour elle si longtemps.

— Ce jour-là, nous nous sommes disputés une fois de plus, parce qu'il voulait que je l'accompagne à une fête. Or, je voulais juste que nous restions ensemble, rien que nous deux, avant son départ. Peut-être que j'avais besoin d'être rassurée, car notre relation était déjà chaotique.

Le visage stoïque de Hank ne lui donnait aucune indication sur ce qu'il pensait. Elle avait été si concentrée à l'aider dans son chagrin d'avoir vu Kevin mourir qu'elle n'avait pas songé un instant qu'il puisse être jaloux. A présent, elle ne pouvait plus ignorer cette éventualité.

— Avant que je m'en rende compte, nous nous disputions. J'étais lasse de devoir toujours être la personne responsable dans notre couple. De devoir constamment être l'adulte… comme en ce qui concernait les fêtes et la contraception.

La suite allait être plus difficile à avouer.

— Je lui ai dit que je n'étais pas prête à fonder une famille. Je ne voulais pas être comme ma mère.

Et dire qu'à ce moment-là son précieux petit bébé grandissait déjà dans son ventre. Combien de fois elle s'était excusée auprès de Max de ne pas l'avoir désiré dès le départ !

— Quand j'ai découvert que j'étais enceinte, quelques jours plus tard, je n'ai rien dit à Kevin, car j'avais peur qu'il ne me renvoie cette dispute à la figure.

Hank se frotta la mâchoire, comme s'il ne savait que penser.

— Pourquoi ne m'as-tu pas dit tout cela avant ?

— Excuse-moi de ne pas t'avoir parlé en détail de ma vie sexuelle avec Kevin.

Elle n'avait jamais raconté la vérité à personne. La dispute avait été privée, entre elle et son fiancé, et peu importait ce qui s'était passé avec Hank à l'époque, Kevin méritait qu'elle soit loyale envers lui.

— Je veux dire, pourquoi ne m'as-tu pas dit que vous aviez des problèmes tous les deux, plus profonds que votre désaccord au sujet de ton emménagement éventuel chez lui ?

L'angoisse et la colère se mêlaient dans ses yeux.

— Sais-tu à quel point je m'en suis voulu de t'avoir embrassée ce soir-là ? ajouta-t-il.

— Je m'en suis voulu aussi. A aucun moment, je n'ai voulu trahir la confiance de Kevin en partageant quelque chose d'aussi personnel avec toi. Seulement, c'est arrivé. Et ensuite j'ai essayé de me persuader que ça ne comptait pas.

— Nous étions deux à nous embrasser, et nous sommes restés amis. Alors, si, ça comptait.

Les choses auraient-elles été différentes, si elle avait raconté la vérité à Hank ce jour-là ? Mais comment aurait-elle pu être honnête avec lui, alors qu'elle n'avait pas réussi à l'être avec elle-même ?

Puisque rien d'autre ne semblait fonctionner, elle tenta de ramener la conversation sur un terrain plus léger.

— Penses-tu que tu pourrais te contenter de m'attacher au lit, aujourd'hui ?

Ses épaules se tendirent.

— Ce n'est pas drôle. Et ce n'est pas le moment.

Malgré la colère qu'il affichait, elle n'était pas dupe. Elle avait vu la profondeur de sa peine, et elle n'avait pas la moindre idée de la façon dont elle pourrait le consoler.

Elle aussi souffrait, bon sang ! Pourquoi fallait-il qu'il lui fasse une scène maintenant ? Pourquoi la pressait-il si tôt ?

— Dis-moi ce que tu veux que je fasse, murmura-t-elle.

— Tu n'as pas à *faire* quoi que ce soit. Il ne s'agit pas d'avoir le contrôle au lit ou dans la relation que je croyais avoir commencée avec toi.

Il secoua la tête, et fourra les poings dans ses poches.

— Tu ne cesses de dire que tu ne veux pas être comme ta mère, poursuivit-il, mais tu te montres aussi rigide qu'elle. Tu t'épuises en essayant de prouver que tu n'as besoin de personne.

— Ce n'est pas juste.

Elle était venue dans cette maison avec lui. Elle l'avait laissé prendre soin de son fils, et d'elle-même. Que lui fallait-il de plus ?

— Mais c'est la vérité, assena-t-il.

Un froid glacial l'envahit.

— Si tu ne peux pas m'accepter telle que je suis, je ne vois pas comment cela pourrait fonctionner entre nous.

Elle ne pouvait tout de même pas renoncer à son indépendance si chèrement acquise simplement parce que Hank l'avait décidé. Oui, elle le désirait, et elle avait des sentiments pour lui. Mais cela ne signifiait pas qu'elle était prête à lui confier les rênes de son existence.

Le silence s'étira, et il lui sembla que des kilomètres les séparaient, à présent.

Et ce fut alors qu'elle comprit : il était impossible d'atteindre Hank. Son père avait essayé, et avec finesse — en vain. Hank pouvait bien affirmer qu'elle voulait tout contrôler, il avait l'habitude de décider de tout.

Elle attendit qu'il lui assure qu'il serait toujours là. Mais, tout comme Kevin avait pris ses distances quand elle n'avait pas répondu à ses attentes en matière de perfection, Hank était en train de l'abandonner.

Et le sentiment d'échec faisait encore plus mal, cette fois.

Quel terrible moment pour se rendre compte qu'il n'y avait pas de demi-mesure dans les sentiments de Hank Renshaw.

Car elle était tombée éperdument amoureuse de lui.

12

Depuis le jour où Hank avait croisé le regard de Gabrielle, il s'était demandé ce qui se serait passé, s'il l'avait rencontrée avant Kevin. S'il avait eu l'occasion de la conquérir.

L'occasion lui avait été donnée, et il l'avait gâchée en moins de deux semaines.

La main froide de la jeune femme nichée au creux de son bras, il descendait l'escalier pour la séance photo. Son père attendait dans le salon, portant le même uniforme que lui, ou presque. Celui du général avait des étoiles brodées sur ses épaulettes, et était couvert de tant de médailles que c'était à se demander comment il pouvait se tenir si droit. Ginger était à côté de lui, souriante et tout habillée de rouge. Elle avait organisé cette réunion en nourrissant de grandes espérances.

Hank soupira. L'arrivée de sa famille avait-elle fait empirer les choses, ou simplement mis au jour l'inévitable ?

A cet instant, il n'était plus sûr de rien.

Son monde était en train de se désintégrer, et il n'y avait absolument rien qu'il puisse faire pour l'éviter. Tout comme quand sa mère était morte, quand sa sœur avait été kidnappée, quand Kevin avait perdu la vie, rien de ce qu'il avait pu faire n'avait changé l'issue.

Dans le salon, le photographe faisait crépiter son appareil, en prenant des clichés à la vitesse d'une mitraillette, et Hank se remémora cet instant terrible, sur le champ de bataille, où il avait perdu Kevin.

Il ne pouvait pas obliger Gabrielle à accepter ce qu'il avait à lui offrir, songea-t-il, la bouche sèche. Il ne pouvait que continuer à mettre un pied devant l'autre, comme il l'avait fait durant toute son existence.

En toute autre circonstance, Gabrielle aurait apprécié ce dîner chic. Mais ce soir il lui faudrait rassembler toutes ses ressources pour affronter cet événement familial. Elle ne pouvait même pas goûter au plaisir de porter une magnifique robe et des bijoux somptueux. Pourtant, elle refusait de mettre Hank dans l'embarras en fuyant la maison en pleurs. Elle irait au bout de ce repas, puis déciderait où aller avec son fils.

Ravalant ses larmes, elle peignit un sourire sur son visage, tandis que des notes de Beethoven s'échappaient des haut-parleurs de la maison. La salle à manger avant été transformée comme elle l'aurait rêvé, si la maison avait été la sienne. Des végétaux avaient été disposés un peu partout pour habiller les coins trop vides. Le buffet était chargé de chauffe-plats en argent et de plats de service, et un serveur se tenait discrètement sur le côté.

Un candélabre duquel pendait un mélange de roses et de stephanotis trônait au centre de la table. Les verres en cristal, la vaisselle en porcelaine fine et les couverts étaient prévus pour — elle compta — seize convives.

Seize ?

Elle se tourna vers Ginger et le général, puis vers Jonah et son épouse. Qui d'autre était attendu, et pourquoi la belle-mère de Hank n'en avait-elle pas parlé ?

On sonna à la porte, et les vannes s'ouvrirent.

D'instinct, Gabrielle recula, et regarda le flot d'invités entrer dans le salon. Les trois autres fils de Ginger et les deux filles du général arrivaient avec leurs conjoints. Le groupe emplit l'espace dans un tourbillon d'uniformes, de robes de soirée et de bijoux onéreux. Les présentations lui tournèrent la tête, mais bientôt ils prirent tous place à la table majestueuse. Hank recula sa chaise pour elle, et elle sentit sa présence silencieuse et sombre derrière elle.

Si cet événement avait été orchestré pour que Ginger la rencontre, alors les invités étaient aussi là pour l'inspecter. Pas étonnant que Hank ait mis tant de distance avec sa famille.

Jonah se pencha vers lui tout en gardant un bras autour de son épouse.

— Ont-ils tous oublié de te prévenir qu'ils étaient conviés à la séance photo ? Rassure-toi, ils séjournent dans une autre maison qu'ils ont louée, à deux rues d'ici.

— *Tu* as omis de me prévenir, grommela Hank pendant que sa belle-mère s'extasiait devant la robe d'une des jeunes femmes. Ne me ressers pas l'excuse d'être un pantin entre les mains de ton épouse. Si j'avais su, je ne serais pas ici, en train de me soumettre à ce cirque.

L'épouse de Jonah se fendit d'un petit rire.

— Et tu te demandes pourquoi personne ne te dit rien, rétorqua Jonah. Cela dit, dans le cas présent, je peux honnêtement affirmer que je te croyais au parfum. Peut-être que ma mère a pensé que le général t'avait prévenu, et réciproquement.

— Tu n'y crois pas plus que moi. C'était un piège, tout simplement.

Gabrielle lui serra le bras.

— Dans quel but ? demanda-t-elle.

Il lui lança un regard ténébreux.

— Pour que tu puisses voir dans quoi tu t'engages, en t'impliquant dans cette famille.

— Ça semble un peu exagéré.

Elle regarda la tablée, et eut l'impression que tout le monde parlait d'elle.

— Exagéré ? fit Jonah en haussant les épaules. Peut-être. En ce qui me concerne, j'ai appris à suivre le mouvement.

C'était plus facile à dire qu'à faire, alors que sa dispute

avec Hank planait encore au-dessus de sa tête. Mais Gabrielle suivit le mouvement elle aussi, en répondant aux questions de cette grande famille. C'étaient des gens merveilleux, avec lesquels elle aurait été ravie de discuter, en d'autres circonstances. Mais si elle s'attachait à eux, cela ne la conduirait qu'à accroître son chagrin.

Elle goûta à peine aux tapas qu'on lui servit. Pendant ce dîner à cinq plats, elle ne pensa qu'à Hank. A sa demande en mariage. Et au fait que cette demande aurait été bien différente, six mois plus tard, quand ils auraient tous deux eu plus de recul par rapport à sa mission au Moyen-Orient, à l'opération de Max, et à la mort de Kevin.

Arrivée au dessert, elle était au bord de l'explosion, à force d'avoir retenu ses émotions de peur que le photographe ne capture ses sentiments pour Hank sur la pellicule. Alors, elle continua de sourire en écoutant les histoires concernant tous ses adorables neveux et nièces, jusqu'à ce que les chandelles soient presque entièrement consumées.

Soudain, le carillon perça les sons mêlés de la musique classique, des couverts qui s'entrechoquaient et des rires des convives. Un serveur alla ouvrir. Ginger sembla inquiète, même si personne n'aurait pu passer le portail de sécurité sans une identification en bonne et due forme.

Des voix se firent entendre depuis le vestibule.

Des voix familières.

Gabrielle regarda Ginger, incrédule.

— Vous avez invité mes parents aussi ?

Ginger ouvrit de grands yeux étonnés.

— Vos parents ?

Son visage se détendit, et elle envoya un regard appuyé au photographe avant de se lever.

— Quelle agréable surprise, dit-elle.

Jonah porta sa serviette à ses lèvres.

— Il va nous falloir une plus grande maison, lança-t-il.

— Gabrielle ?

La voix de sa mère se fit plus proche. Son accent allemand était léger, après tant d'années à vivre tout autour du monde.

— Où est le bébé ? Où est mon petit-fils ?

Les chaises grincèrent. Le général se tourna vers le photographe, sa stature imposante et son autorité militaire l'empêchant d'avancer.

Ses parents se tenaient dans le couloir entre le salon et la salle à manger. Sa mère semblait fatiguée par le voyage transcontinental.

Ginger alla à leur rencontre.

— Sergent et madame Ballard. Christine, Edward, bienvenue !

Evidemment, la belle-mère de Hank était bien informée et connaissait déjà le prénom de ses parents.

Gabrielle avança, consciente du silence qui était tombé sur la salle, et de la présence sombre de Hank, juste derrière elle. Elle n'en avait pas attendu moins de lui. Même s'il était en colère contre elle, il se comporterait toujours en homme d'honneur. Jamais il ne l'embarrasserait devant sa propre famille ou la sienne.

Elle étreignit ses parents tour à tour. Le parfum de gardénia familier de sa mère la réconforta, malgré toute la tension et le chagrin qui menaçaient de la terrasser.

Elle prit les mains de sa mère et murmura :

— Maman, qu'est-ce que vous faites ici, papa et toi ?

— Je suis navrée d'avoir interrompu ta fête.

Sa mère regarda sa robe et ses bijoux avec une pointe de désapprobation.

— J'ignorais qu'il y aurait tant de gens…

Hank leur tendit la main.

— Madame Ballard, sergent Ballard, je suis Hank Renshaw. C'est un plaisir de vous avoir parmi nous. Allons dans la bibliothèque pour discuter au calme, le temps que les serveurs préparent vos places.

Et le temps que Ginger envoie le photographe dehors, sans doute.

Troublée, Gabrielle ne savait plus où se mettre pour éviter les flashes. Comme si elles avaient deviné son malaise, l'épouse de Jonah et les autres femmes de la famille se réunirent en demi-cercle autour d'elle, créant un mur d'intimité entre elle et l'objectif de l'appareil. Toutes ayant appris à composer avec les médias, elles se mouvaient en parfaite synchronisation.

Tandis que Hank conduisait ses parents vers la bibliothèque, elle ne put s'empêcher de penser qu'hier à peine elle l'y avait trouvé endormi, avec son fils contre son torse. Le monde avançait à une vitesse vertigineuse.

Une fois les portes de la bibliothèque fermées, sa mère sembla se détendre.

— Nous sommes ici pour voir comment tu vas et pour t'aider, dit-elle en lui prenant les mains. Même s'il semble que tu aies déjà beaucoup de gens pour t'assister.

Elle regarda Hank puis revint vers Gabrielle, avec une curiosité manifeste.

— Tu disais que seul Hank t'aidait, et je sais que ce n'est pas politiquement correct de dire ça, mais un homme ne peut pas s'occuper d'un bébé de la même manière qu'une femme.

L'image de Hank endormi avec Max rejaillit dans son esprit, et elle faillit éclater en sanglots, ce qui aurait été la pire chose à faire devant ses parents à cet instant. Pourtant, elle avait l'impression d'avoir de nouveau cinq ans, et n'avait envie que d'une chose, tout raconter à sa mère autour d'un bon chocolat chaud.

De quoi Hank et son père pouvaient-ils bien discuter, dans le coin ?

Sa mère passa un bras autour de ses épaules.

— Nous séjournons dans un charmant bed and breakfast, juste en bas de la rue. Nous aurions voulu venir plus tôt, mais nous devions attendre que les touristes venus voir le carnaval aient quitté la ville. Nous avons pris une grande suite, au cas où tu aurais besoin d'un endroit où dormir pendant que ton appartement est en travaux. Nous ne savions pas exactement ce que tu avais prévu avec ton ami.

Parce que Gabrielle ne le lui avait pas dit. Elle s'était fermée à ses parents, ces dix derniers mois, encore plus qu'autrefois, de crainte qu'ils ne jugent sa manière de vivre, et sa décision d'avoir un enfant seule.

De peur de devenir de nouveau une enfant avec eux et de laisser sa mère prendre le contrôle.

Mais après sa dispute avec Hank elle ne pouvait plus séjourner ici.

C'étaient ses parents. Son cœur était en morceaux et, oui, elle avait besoin d'un endroit tranquille où dormir ce soir. Elle ne fuyait pas Hank, non. Elle voulait simplement prendre du recul pour s'éclaircir l'esprit, chose qu'elle ne pouvait pas faire avec une famille de presque vingt personnes dans la maison.

Et puis, elle devait bien ça à ses parents. Ils avaient fait tout ce chemin pour voir son bébé, son cher fils qui la maintenait debout malgré toute la douleur qui étreignait son cœur.

— Maman, Max et moi serions ravis de passer du temps avec papa et toi. Donne-moi dix minutes pour me changer et prendre quelques affaires.

— Tu ne crois pas qu'il est un peu tôt pour boire ?

Sous la véranda, Hank ignora la remarque de son père et avala une gorgée de bière. Les yeux rivés sur le jardin, il se revoyait danser avec Gabrielle sous les étoiles. Alors, c'était le moment parfait pour s'enivrer jusqu'à l'oubli.

La veille au soir, elle avait pris Max et était partie avec ses parents, en ne s'arrêtant que le temps de donner une accolade à Ginger. Lorsqu'il avait tenu Max pendant dix secondes pour lui dire au revoir, cela avait failli briser son cœur déjà endolori. Il avait cru entendre Gabrielle murmurer un merci plein de larmes, avant qu'elle ne sorte de sa vie. Mais qu'aurait-il bien pu faire pour l'empêcher de partir ?

Ce matin, il n'avait pas eu plus de réponses à cette question, aussi était-il allé dehors, pour ne pas faire subir son humeur massacrante à sa famille.

Il leva les yeux vers son père.

— Tu veux une bière ?

— Bien sûr.

Son père s'installa sur une chaise à côté de lui, et sortit une bouteille du seau à glace en cristal que Hank avait amené avec lui.

— Mais seulement pour que tu ne boives pas seul.

— C'est sacrément gentil de ta part.

— Estime-toi heureux. Je suis le seul volontaire pour supporter ta mauvaise humeur.

Hank posa sa bouteille avec une précision contrôlée, tandis que la colère montait en lui.

— Avec tout le respect que je te dois, je ne t'ai pas demandé de venir ici. Je ne t'ai pas demandé de conseils, et d'ailleurs ceux que tu m'as donnés ont échoué.

— Comment ça ?

— C'est toi qui disais qu'elle avait besoin de temps pour faire le deuil de son défunt fiancé. Je ne pense pas que le clan Landis-Renshaw lui ait donné beaucoup de temps en débarquant ici sans s'annoncer, non ?

— Alors, tu l'aimes ?

Comme Hank ne répondait pas, le général s'adossa contre sa chaise, le regard trop clairvoyant à son goût.

— Ça a dû être difficile pour toi, d'avoir des sentiments pour elle pendant qu'elle était avec Kevin.

— Qu'est-ce qui te fait croire que j'avais des sentiments pour elle à l'époque ? demanda-t-il d'un ton évasif.

— Tu es revenu depuis à peine deux semaines, et tu n'es pas du genre à tomber amoureux rapidement.

— C'est là que tu te trompes.

Il était tombé amoureux de Gabrielle dès leur première rencontre.

— Ah, vraiment ? dit son père, l'air narquois.

— Ah, je suis tombé dans ton piège à pieds joints, n'est-ce pas ?

— Je te connais, alors je n'ai aucun mérite.

De toute façon, il en avait assez de faire semblant. Il s'enfonça sur sa chaise, tandis qu'un étrange soupçon s'emparait de lui.

— Est-ce que tu avais déjà des sentiments pour Ginger quand maman était en vie ?

— Ginger et moi étions mariés, et tous deux amoureux de nos conjoints. Après leur mort, nous étions tous deux trop occupés à élever nos enfants pour songer à l'amour.

Une lueur étrange passa dans ses yeux. Etait-ce du chagrin… ?

— Je peux honnêtement dire que les sentiments sont venus plus tard. Nous avons perdu beaucoup d'années à les nier. C'est difficile pour un homme comme moi de l'avouer, mais j'avais peur, j'ai été très lâche. J'avais peur de perdre de nouveau une femme que j'aimais.

Pour la première fois, Hank regarda son père, si grand et si invincible, avec des yeux différents.

— Qu'est-ce qui a aidé Ginger à dépasser sa peur ?

Et cela pourrait-il aider Gabrielle ?

— Il faudra que tu le lui demandes.

— Désolé, papa, mais je me vois mal évoquer le sujet avec elle.

Ginger faisait partie de sa vie d'aussi loin que remontaient ses souvenirs, mais il n'excellait guère dans les effusions familiales.

— Crois-le ou non, elle a géré des cas bien plus épineux que le tien. C'est une excellente diplomate.

— Pour moi, les choses ne sont pas si simples. Il ne suffit pas de parler pour améliorer les choses.

— Peut-être que si.

— Et Kevin ? dit Hank en serrant plus fort sa bouteille.

Il laissa la douleur l'envahir, sans s'inquiéter que son père la voie dans ses yeux.

— Comment oublier que j'ai tenté une approche envers Gabrielle de son vivant ?

— Ça a dû être un sacré coup pour toi, de trahir ton code de l'honneur, déclara son père.

Il ne le jugeait pas, mais avait simplement exposé un fait indéniable.

— C'est dur de me pardonner à moi-même.

Or, tant qu'il ne le ferait pas, il ne voyait pas comment il pourrait continuer sa relation avec Gabrielle. Même s'il rêvait toujours d'être un père pour Max et un époux pour elle, il s'y était très mal pris pour faire sa demande en mariage. Il comprenait à présent qu'il devait d'abord composer avec sa culpabilité, sinon il continuerait de saborder leur relation, encore et encore.

A présent, il comprenait que sa dispute avec Gabrielle ne portait pas sur l'endroit où elle allait vivre, ou sur le fait de savoir qui contrôlait l'autre. Le vrai problème était que Kevin dirigeait leur relation, même depuis la tombe.

— Mon fils, il est temps que tu cesses de te punir pour avoir survécu à ton ami.

— Plus facile à dire qu'à faire.

La frustration se mêla à la colère, lui donnant envie de hurler.

— Excuse-moi si je suis lent à la détente, ajouta-t-il, mais en quoi cette conversation est-elle supposée m'aider ? Car, de mon point de vue, je suis assis ici, en train de ronger mon frein, et je n'ai toujours aucune solution.

— Tu ronges ton frein ? dit son père en lui tapotant l'épaule. C'est bien, tu es sur la bonne voie.

— Tu trouves cela bien que je sois à deux doigts de mettre mon poing dans un mur ?

Le général ne cilla même pas, et se contenta de le fixer

avec un regard avisé. Son visage commençait à porter le poids des nombreuses guerres qu'il avait vécues.

— Nous passons beaucoup de temps à nous préparer à la bataille. Nous devons croire que nous sommes invincibles pour faire certaines des choses que nous sommes appelés à faire dans l'exercice de notre devoir. Et il est difficile de retourner à la normalité, une fois que nous sommes rentrés.

C'était bien vrai. Et maintenant qu'il y réfléchissait, il avait abordé sa conquête de Gabrielle comme une mission.

Il se concentra sur les paroles de son père, cherchant quelque chose à quoi se raccrocher, avant que le chagrin et la rage ne le submergent.

— Ça me paraît sensé.

— Oublie ce qui est sensé ! tonna son père. Cesse de penser de manière logique. Cesse de fuir. Cela été très dur de perdre ton meilleur ami, encore plus d'avoir été là quand ça s'est produit. Il y a une seule façon de surmonter ce chagrin pour aller chercher le bonheur qui t'attend.

Chaque souffle brûlait sa gorge.

— Et comment dois-je m'y prendre ?

— Passe à l'attaque.

Les mots pleins de sagesse de son père abattirent ses dernières réserves. Il ferma les yeux pendant qu'une larme coulait sur sa joue. Son père posa la main sur son épaule et, enfin, Hank s'autorisa à pleurer.

13

Le silence lui paraissait assourdissant, après la soirée qu'elle avait passée avec la famille de Hank, la veille.

Gabrielle était recroquevillée sur une petite banquette de cuivre, dans la suite que ses parents avaient réservée, pendant que Max dormait. Ses parents étaient allés faire une balade avant le dîner. Etonnamment, sa mère n'avait pas posé de questions.

Avec un soupir, elle repensa à la façon dont elle avait quitté la maison de Hank, dans un tourbillon fou. Elle avait jeté des affaires dans son sac et pris son fils. Leonie avait été déroutée, mais Gabrielle l'avait laissée en compagnie des nièces et des neveux de Hank.

Elle avait simplement voulu sortir avant d'éclater en sanglots, ce qui avait bien failli arriver lorsque Hank avait porté Max pour lui dire au revoir.

Une fois au bed and breakfast, elle avait dormi, et dormi encore. Le sommeil était un moyen d'oublier qu'elle avait perdu Hank, car après leur dispute elle ne voyait pas vraiment comment ils pourraient se réconcilier.

Elle entendit la porte claquer. Ses parents étaient de retour. Son père, d'un naturel peu bavard, entra dans sa chambre avec une petite boîte blanche dans les mains. Il déposa un baiser sur son front.

— Je t'aime, Gabby.

Il posa la boîte sur la table de chevet, et s'en alla aussi vite. Comme lorsqu'elle était adolescente. Elle avait toujours été sûre que son père l'aimait, mais sa présence avait été rare. Elle l'entendit allumer la télévision, sans doute pour regarder une chaîne sportive.

Sa mère entra à son tour.

— Cela t'ennuie si je me joins à toi ? demanda-t-elle. Les chocolats que ton père a achetés sont un délice.

— Bien sûr, maman, sers-toi.

Elle avança la boîte vers sa mère.

Celle-ci s'installa sur une chaise fleurie près de la fenêtre, et prit un chocolat au caramel et aux noix de pécan. Elle le mordilla par petites bouchées. Pendant ce temps, Gabrielle se prépara au sermon auquel elle aurait sans doute droit. Mais il ne vint pas.

A la fin, l'attente devint insupportable.

— Vas-y, pose-moi la question, maman.

Sa mère sembla déroutée, et passa la main sur son carré blond.

— Quelle question ?

— Hank et moi. Tu as fait tout ce chemin, alors autant me donner ton opinion.

— J'ai fait tout ce chemin parce que mon petit-fils s'est fait opérer, et je serais venue plus tôt si je n'avais pas dû m'occuper de ta sœur. Et je voulais aussi rencontrer ce nouvel homme dans ta vie, qui est à l'évidence très important pour toi.

— Il ne fait plus partie de ma vie.

Elle fixa la boîte de chocolats, mais elle était trop tendue pour avaler quoi que ce soit.

— D'après ce que j'ai vu hier, tu comptes beaucoup pour lui et pour sa famille.

Gabrielle enroula les mains autour de ses genoux.

— Cette fête était une mise en scène, pour une séance photo destinée à un magazine.

— Je ne parle pas du dîner chic. Je parle de l'expression dans ses yeux quand il te regarde. Cet homme t'aime.

Le simple fait d'entendre ces mots lui serra le cœur.

— Maman, il a peut-être eu des sentiments pour moi, mais entre nous c'était perdu d'avance. Tout ce que nous aurions pu vivre aurait toujours été compliqué par sa culpabilité. Il me verra toujours comme la fiancée de son meilleur ami, et je ne peux rien faire contre ça.

— Est-ce que tu te vois toujours comme la fiancée de Kevin ?

La question la désarçonna.

— Bien sûr que non. Je sais que Kevin nous a quittés, et que je suis impuissante à changer cela.

— *Impuissante* ? C'est un bien étrange terme. Pourquoi te sentirais-tu impuissante ?

Sa mère posa son chocolat, et la regarda droit dans les yeux.

— Il n'y a rien que tu aurais pu faire pour Kevin. Tu n'es pas toute-puissante, justement.

Gabrielle se fendit d'un rire sombre.

— C'est drôle que tu dises ça, toi qui es l'incarnation de la toute-puissance. Tu donnes l'impression que tout est facile pour toi.

— Mais non, c'est ridicule, dit sa mère en s'asseyant à côté d'elle. La vie est tout sauf facile. La vie d'une épouse de militaire et d'une mère de famille est pleine de difficultés.

Gabrielle chercha sur son visage des signes qu'elle plaisantait, mais n'en trouva aucun. Sa mère ne se voyait donc pas comme la femme parfaite que tout le monde s'imaginait.

— Pourquoi n'as-tu pas demandé d'aide ?

— Et qu'est-ce que cela m'aurait rapporté de me plaindre ? Ma famille était de l'autre côté de l'océan. Mon mari se faisait tirer dessus dans un autre pays. Et j'avais cinq enfants à élever.

Elle marqua un silence.

— A vrai dire, je n'avais pas le temps de me plaindre.

Gabrielle comprenait tout à fait ce qu'elle voulait dire.

— S'il y avait eu de l'aide disponible, je l'aurais accueillie à bras ouverts, poursuivit-elle. Afin d'avoir plus de temps pour lire des livres à mes enfants. Ou même pour lire un livre pour moi, en prenant un bon bain chaud.

Gabrielle sentit sa gorge se nouer. Hank avait deviné qu'elle rêvait d'un long bain, avec des bulles parfumées à la lavande. Certains auraient pu voir cela comme un cadeau insignifiant. Mais c'était beaucoup pour elle. Dans la famille Ballard, l'écoute et l'entraide comptaient bien plus que l'argent, comme la présence de sa mère le lui rappelait.

— J'ignorais comment tout gérer à cette époque, fit sa mère en lui prenant la main. Tu ne te rappelles pas les repas brûlés, ou la fois où j'ai cassé la voiture parce que j'avais oublié d'aller chercher ton frère au jardin d'enfants, et que j'avais roulé bien trop vite parce que j'étais en retard.

Son accent allemand était plus fort quand elle était émue.

— Je ne suis pas plus parfaite maintenant, je suis juste mieux entraînée.

Sa mère pouvait-elle avoir raison ? Gabrielle avait-elle simplement oublié les jours moins glorieux ?

— Si tu as appris avec le temps, est-ce que je ne mérite pas la même chance ? dit-elle, pleine d'espoir.

— Si, bien sûr. Tu commences à comprendre.

Sa mère lui caressa les cheveux, comme elle l'avait fait des millions de fois. Sa mère aimante avait toujours été là pour elle.

— Je sais que j'interfère assez souvent. Comment appelle-t-on cela aux Etats-Unis… une mère avion ?

Gabrielle sourit.

— Une mère hélicoptère, toujours à planer au-dessus de ses enfants.

— Ah, ça semble plus logique. Je n'avais pas compris l'analogie avec l'avion.

En souriant, Gabrielle se blottit contre sa mère. Celle-ci glissa son bras autour de ses épaules.

— Est-ce que tu aimes cet homme ? Hank ?

Elle n'avait même pas à réfléchir pour connaître la réponse. Pourquoi fallait-il que l'amour fasse tant souffrir ?

— Oui, maman, j'aime Hank plus que quiconque, à l'exception de mon fils.

Pour une fois, elle ne se sentit pas coupable d'avouer qu'elle avait des sentiments plus profonds pour Hank que pour Kevin. Elle avait aimé Kevin, et avait fait de son mieux pour être une bonne fiancée pour lui. Mais peut-être lui avait-elle fait plus de mal que de bien, en restant auprès de lui trop longtemps, malgré les signes que leur relation n'était peut-être pas idéale.

Sa mère serra ses épaules.

— Alors tu n'as pas besoin d'avoir toutes les réponses tout de suite. Personne n'est parfait dès le début. Fais de ton mieux, n'abandonne pas, et le reste se réglera tout seul avec le temps, si tu es décidée à faire des efforts.

Le conseil de sa mère s'imprima dans son esprit. Il était si logique qu'elle se demanda pourquoi elle n'y avait pas songé elle-même. Elle n'avait pas à avoir toutes les solutions avant de commencer. Elle avait le droit d'aimer Hank et d'être auprès de lui pendant qu'ils résolveraient leurs problèmes, car, oui, elle voulait trouver un moyen de vivre avec l'homme qu'elle aimait. Pour toujours.

— Je suis décidée, maman. Très décidée.

— Alors qu'est-ce que tu fais encore ici ? Va retrouver Hank. Ton père et moi serons ravis de nous occuper de notre petit-fils.

L'amour illuminait le visage de sa mère. C'était un amour inconditionnel, comme celui que Gabrielle portait à Max.

— *Danke, mama*, dit-elle en la serrant dans ses bras. *Danke.*

Dire qu'elle avait failli renoncer à l'amour de Hank si bêtement. A présent, elle espérait seulement qu'il n'était pas trop tard pour lui avouer ses sentiments.

Deux dîners de famille à la suite.

Hank avait l'impression d'avoir établi un nouveau record.

Mais ses proches étaient venus jusqu'à La Nouvelle-Orléans pour *lui*. Il ne pouvait pas les chasser, tout de même. Alors il se mit à table, pendant que tout le monde parlait en même temps. Ils n'étaient pas là pour faire intrusion dans sa vie. Ils voulaient simplement faire partie de sa vie, le voir après son retour du Moyen-Orient, et lui témoigner leur affection.

Depuis sa conversation avec son père, il devait avouer qu'il commençait à apprécier la présence des Renshaw-Landis.

Il aurait fallu qu'il soit borné pour ne pas se rendre compte de la chance qu'il avait. Tous ces gens étaient là pour le soutenir, et feraient n'importe quoi pour lui.

Le repas de ce soir était moins formel que le dîner de la veille. A la place des robes de soirée, des uniformes et des smokings, tous portaient des jeans ou des pantalons de toile. Les enfants étaient présents aussi, et les chaises hautes étaient nombreuses autour de la table. Le menu allait des crevettes cajuns aux hot dogs en passant par les gratins de pâtes. Avec presque trente enfants et adultes autour de lui, la table lui semblait pourtant vide sans Gabrielle et Max.

Depuis sa discussion avec son père, il s'était creusé la tête pour trouver un moyen de la récupérer, tout en lui laissant le temps et l'espace dont elle avait besoin. Il lui fallait faire preuve de finesse, car tout son avenir était en jeu.

Il refusait d'accepter l'échec.

Alors qu'il avalait une crevette qui lui sembla insipide, le carillon retentit, et Leonie s'empressa d'aller ouvrir.

Intrigué, il posa sa fourchette. Le général eut un regard surpris, et deux de ses demi-frères se levèrent.

Qui cela pouvait-il bien être ? Il savait que personne ne passerait le portail de sécurité sans une identification en règle. Ce serait bien que sa famille commence à annoncer ses invités surprise, pour une fois.

— Hank ?

Son ouïe devait lui jouer des tours, car c'était la voix qu'il voulait entendre plus que tout.

Mais non, Gabrielle se tenait bien là, devant lui.

Il sentit son cœur s'emballer. Il se leva, ignorant le poids de tous les regards braqués sur lui. Il ne voyait que Gabrielle, avec ses joues rougies par le vent et ses longs cheveux blonds tombant en cascade sur ses épaules.

Et surtout il vit son magnifique sourire.

Une vague de soulagement déferla sur lui. Pour il ne savait quelle raison, elle était revenue vers lui, et qu'il soit maudit s'il faisait ou disait quoi que ce soit qui l'éloigne de nouveau. Il lui sourit, et attendit, la laissant mener la danse.

Elle avança d'un pas assuré.

— Navrée de vous déranger pendant le dîner. Cela vous ennuie-t-il si je vous vole Hank ? Je ne sais pas si je vous le rendrai bientôt. En fait, je vais peut-être le garder pendant très, très longtemps.

Les rires fusèrent autour de la table, et Hank ne manqua pas la remarque d'une de ses sœurs, qui cria à Gabrielle qu'elle pouvait le garder pour toujours.

Sa belle-mère alla serrer la main de Gabrielle.

— Je suis si contente que vous soyez revenue.

— Moi aussi, dit-elle avec un grand sourire.

Impatient d'avoir Gabrielle pour lui seul, Hank la prit par la taille et la conduisit dans le salon. Au début, il garda le silence. Il appréciait simplement la beauté de ce visage dont il avait rêvé si souvent lorsqu'il était au front. L'idée de ne plus jamais voir Gabrielle…

La gorge nouée, il la prit par les épaules, car il avait besoin de la toucher.

— Qu'est-ce qui t'a fait revenir ce soir ?

Elle posa les mains sur son torse.

— J'ai une surprise pour toi.

— Ton arrivée elle-même est une énorme surprise.

— Et ce n'est qu'un début. A présent, ferme les yeux, ordonna-t-elle.

Une lueur malicieuse brilla dans ses yeux émeraude.

— Fais-moi confiance, ajouta-t-elle.

Mais il lui faisait déjà confiance.

Il ferma les yeux, plein d'espoir pour la suite des événements. Une étoffe soyeuse passa sur ses doigts, sur son bras, et enfin sur ses yeux. Il comprit ce qui se passait juste au moment où Gabrielle nouait le bandeau derrière sa tête.

Oh ! oui.

Il saisit son poignet, et passa son pouce sur son pouls rapide.

— Je suppose que je vais garder mes vêtements pour l'instant, puisque ma famille se trouve dans la pièce à côté.

— Tu es tout aussi en sécurité entre mes mains que je le suis entre les tiennes.

Sa voix caressait ses sens, et ses mots étaient aussi satinés que l'étoffe qu'elle avait fait glisser sur sa peau.

En le prenant par le bras, elle le guida doucement vers l'arrière de la maison. L'air frais du soir l'enveloppait à présent.

Elle posa les mains sur ses épaules.

— Ma voiture est un peu plus petite que la tienne, alors fais attention à ta tête quand tu monteras dedans.

Elle voulait l'emmener quelque part ? Intéressant. Tout ce que faisait Gabrielle l'intriguait, et l'avait toujours intrigué.

— Nous pouvons prendre la mienne si tu préfères. Les clés sont dans la poche avant de mon pantalon.

— Mm… on dirait que tu me fais une proposition.

Elle glissa la main dans la poche de son jean.

— J'ai de l'espoir, Gabrielle, mais je ne prends rien pour acquis.

Il aurait pu jurer que ses lèvres s'étaient posées sur son épaule. Mais il n'eut guère le temps d'y réfléchir car, déjà, elle allait chercher ses clés au fond de sa poche avec ce qui devait être une précision délibérée. Puis, elle retira lentement sa main, en effleurant au passage son sexe déjà excité.

Un long gémissement gronda dans sa gorge.

— J'espère vraiment que nous sommes seuls ici.

— Le gardien nous tourne le dos, il surveille la rue.

— Je suis impatient de me retrouver seul avec toi dans la voiture.

— Patience, Hank. Je te promets que ça en vaut la peine.

Elle le conduisit vers son monospace et l'aida à monter avant de se mettre derrière le volant. Quelques secondes plus tard, ils étaient sur la route. Il avait beau être navigateur, il commença à perdre tout sens de l'orientation après quelques minutes de courbes et de virages.

Il résista à l'envie de s'accrocher au bras de son siège.

— Tu conduis comme une folle.

— J'ai passé mon permis en Allemagne.

La voiture prit un virage sec avant de s'arrêter d'un coup.

— J'ignorais ce détail.

— Nous avons beaucoup à apprendre l'un de l'autre, et je m'en réjouis à l'avance.

Lorsqu'elle ouvrit sa portière, le clapotis d'une étendue d'eau parvint à ses oreilles.

Le lac Pontchartrain.

Bien sûr.

Ils avaient prévu de venir ici après la séance photo. A présent, elle réalisait ce projet qui avait été annulé.

Elle lui ouvrit sa portière, et retira son bandeau. Comme il l'avait deviné, la silhouette de Gabrielle se détachait sur le lac, le soleil couchant jetant une lumière dorée sur son visage.

Il descendit du véhicule et la prit par la main. Le bandeau qu'elle avait utilisé, la ceinture de satin de son peignoir, dépassait de sa poche et flottait au vent.

Ils marchèrent main dans la main pendant dix bonnes minutes, en savourant le plaisir rare de communiquer sans même se parler.

Tandis que la nuit tombait et que les lumières de la ville s'allumaient, Gabrielle ralentit le pas, et porta son regard sur le lac.

— Hank, mon amour pour toi est comme ce lac, puissant et fluide. C'est une force naturelle que je ne peux nier plus longtemps.

Elle se tourna vers lui, l'air solennel.

— Je veux être auprès de toi pour toujours. Que ce soit à La Nouvelle-Orléans, à Bossier City, ou n'importe où ailleurs.

Sa déclaration dépassait toutes ses espérances, et il se sentit chanceler. A son tour, il allait lui dire des mots qu'il rêvait de lui dire depuis deux ans. Cette fois, il ne gâcherait pas tout.

Il la prit par les épaules.

— Gabrielle, je t'aime depuis notre première rencontre. Mais je suis disposé à vivre notre relation au jour le jour si c'est ce dont tu as besoin.

Elle prit son visage entre ses mains et lui donna un baiser fougueux et plein de promesses.

— Oh ! Hank, je t'aime, plus que je n'aurais jamais cru possible d'aimer quiconque. Je ne veux pas attendre. Je veux juste que nous soyons heureux ensemble, tous les jours, pour le reste de notre vie.

Il l'attira contre lui et laissa le soulagement déferler sur lui, jusqu'à ce qu'il soit capable de parler de nouveau.

— A propos de ma carrière militaire, si elle est rédhibitoire pour toi, j'y mettrai un terme. J'ai beaucoup discuté avec mon père depuis ton départ. Il m'a aidé à prendre du recul avec ce qui s'est passé là-bas, et à remettre beaucoup de choses en perspective. A présent, je sais ce qui est le plus important pour moi.

— Hank, dit-elle dans un souffle. Tu n'as pas entendu quand j'ai dit que je t'aimais, et que je voulais être auprès de toi, où que le destin nous mène ? Tu n'as pas à abandonner ta carrière pour moi.

— Laisse-moi finir. Oui, mon métier est important pour moi, mais tu l'es davantage, et je ne veux pas te perdre à cause de ma carrière. J'ai la chance de ne pas avoir à travailler pour vivre.

Elle le regarda droit dans les yeux.

— Je t'aime trop pour te demander d'abandonner quelque chose qui fait tant partie de toi. Tout ce que je demande, c'est que nous soyons des partenaires, et que nous continuions à travailler sur notre relation. Et que nous ayons un foyer où aller quand tu quitteras l'armée.

Elle semblait penser ce qu'elle disait, mais il n'allait pas risquer son avenir avec elle en se contentant d'accepter son offre sans y réfléchir avec prudence.

— Si nous procédions par étapes, concernant ma vie militaire ? Si tu changes d'avis, dis-le-moi. J'ai peut-être suivi les traces de mon père dans bien des domaines, mais je ne rêve pas du tout de devenir général.

— Mais tu pourrais le devenir, rétorqua-t-elle avec une foi en lui qui le toucha.

— En fait, je projette de créer une autre société avec mon associé, et je me disais que je pourrais installer les bureaux à La Nouvelle-Orléans. Si tu es d'accord, j'aimerais commencer par acheter la maison de Garden District. Ainsi, nous aurions notre foyer, que je reste dans l'armée de l'air ou non.

Elle rayonnait de bonheur.

— Ça me va très bien, tant que je suis avec toi.

— Et nos grandes familles envahissantes ? fit-il en lui caressant le cou. Nous devrions les inviter plus souvent dans nos vies, tu ne crois pas ?

— Je crois que nous avons de la chance de les avoir, dit-elle sans hésitation. En dehors du fait que ce sont des gens étonnants, ils sont aussi très disposés à jouer les baby-sitters.

Dans son esprit, il imagina des tas de manières d'occuper leurs soirées au bord d'un lac, au clair de lune.

— Es-tu en train de me faire une proposition indécente ? murmura-t-il.

Elle sortit le bandeau de sa poche.
— J'ai des projets pour toi, si tu es partant.
Il ouvrit grand les bras.
— Je suis tout à toi.

Épilogue

La Nouvelle-Orléans : un an plus tard

« Laissez les bons temps rouler ! »

Les acclamations en cajun résonnaient dans la tête de Gabrielle Ballard, tandis qu'elle se frayait un passage dans la foule venue assister au défilé de quartier de mardi gras. Elle était tout à fait d'humeur à faire la fête.

Mais elle devait d'abord transmettre un message à Hank, un message très personnel. Chercher l'amour de sa vie dans la foule — son mari depuis deux mois — mettait son cœur en joie.

Mue par l'excitation, elle avançait, pas à pas, parmi la masse de gens déguisés avec des chapeaux à clochettes, des masques et des colliers de perles multicolores. Seuls quelques réverbères rompaient l'obscurité. Le défilé avançait lentement, alors qu'un groupe de jazz jouait un morceau de Louis Armstrong et que des colliers, des fausses pièces d'or et même des bonbons pleuvaient sur la foule.

En fait, les gens amassés sur la pelouse de sa maison appartenaient tous à la même famille. Ce n'était pas le défilé officiel de la ville, mais un défilé plus modeste, organisé en collaboration avec une organisation caritative.

Elle adorait cette ville qu'elle considérait à présent comme son port d'attache. C'était ici qu'ils reviendraient toujours, quel que soit l'endroit où Hank serait envoyé.

L'année qui venait de s'écouler avait été intense et emplie

de joie. Hank et elle avaient trouvé des moyens de se voir pendant qu'elle terminait son diplôme, obtenu à Noël dernier.

Gabrielle effleura sa bague de fiançailles et son alliance incrustée de diamants, toutes deux d'un style épuré, qu'ils avaient choisies ensemble. Avec tous ces souvenirs merveilleux à consigner, ses talents en scrapbooking s'étaient beaucoup développés.

Ils s'étaient mariés lors d'une petite cérémonie, juste après les vacances, en présence de leurs familles respectives, dans la chapelle de la base militaire. Hank avait porté son uniforme officiel, et Max les avait accompagnés devant l'autel. Leur seule extravagance ? Un défilé aérien de B-52 pour saluer leur sortie de la chapelle en tant que mari et femme.

Même si Hank était toujours militaire, et qu'elle avait emménagé avec lui à Bossier City, elle avait insisté pour garder quelques-uns de ses contacts professionnels. Lors du dîner familial à Noël, elle s'était même retrouvée à échanger des idées avec le frère aîné de Hank — un avocat qui avait en charge la fondation Landis-Renshaw. Avant même qu'ils aient découpé la traditionnelle tarte à la citrouille, ils avaient rassemblé des idées pour mettre en place une bourse d'études, destinée aux enfants de militaires morts en service. Une bourse qui porterait le nom de Kevin.

Toutes les difficultés n'étaient pas résolues. Mais Hank et elle étaient en train de bâtir un avenir ensemble, tout en laissant une place à un homme cher à leur cœur, qui avait tenu une place si importante dans leur vie. Et à présent ils ne s'isolaient plus. Ils avaient appris à accepter, et à apprécier, la présence de leurs familles respectives dans leur existence.

Elle aperçut son fils, si précieux, si plein de vie, qui jouait avec ses cousins et cousines sous un chêne décoré de guirlandes scintillantes, aux couleurs de mardi gras — vert, mauve et or. Dans sa grenouillère, il courait sur la pelouse avec les autres enfants, sous l'œil attentif de Leonie. Son amie et ancienne voisine entretenait leur maison de Garden District quand ils étaient absents, et aidait les nounous durant les visites.

Enfin, Gabrielle parvint jusqu'à son mari. Dès que Hank l'aperçut, il prit congé de ses frères pour la rejoindre.

Il la prit par la taille et l'attira aussi près que les convenances l'y autorisaient en public.

— Bonjour, madame Renshaw.

— Bonjour, commandant.

Elle joua avec les boutons de sa chemise de chambray.

— Qu'a dit le médecin ? s'enquit-il. Et je te conseille de me répondre vite, parce que je trépigne d'impatience. J'aurais tant voulu être avec toi.

Puisqu'ils étaient en ville pour le carnaval, elle en avait profité pour prendre rendez-vous avec son ancien médecin. Hank avait voulu l'accompagner, mais elle avait insisté pour qu'il reste avec sa famille. Ayant eu peur d'être déçue, elle avait tenu à garder le rendez-vous secret tant qu'elle n'était pas fixée.

Eh bien, elle avait eu une excellente surprise. Elle n'aurait jamais cru qu'une telle félicité et une telle excitation puissent coexister.

— Cette famille a une autre raison de faire la fête ce soir car, oui, je suis enceinte de sept semaines. C'est arrivé durant notre lune de miel.

— Tu es heureuse ?

— Je suis aux anges ! Et toi ?

Mais elle voyait déjà la réponse dans ses yeux bleus brillants.

Il prit son visage entre ses mains puissantes.

— Max va adorer sa petite sœur.

— Ce pourrait être un garçon.

— Mais c'est une fille, rétorqua-t-il sans hésitation.

— On ne t'a jamais dit que tu étais autoritaire ?

— Dieu merci, j'ai trouvé une femme assez forte pour me supporter toute la vie.

Et leur vie de couple était plus fabuleuse que tout ce dont elle avait rêvé. Grâce à l'aide sa mère, elle avait pris conscience qu'elle n'avait pas à être une femme parfaite. Faire de son mieux, et accepter l'aide des autres, tels étaient les principes de leur belle et grande famille.

— Que dirais-tu de fêter la nouvelle ce soir ? murmura-t-elle contre sa bouche.

— Si nous la fêtions maintenant ?

Il la fit virevolter au moment où le défilé passait à leur hauteur.

— Comme on dit à La Nouvelle-Orléans, « laissez les bons temps rouler », ma chérie. En d'autres mots, savourons notre bonheur.

MAISEY YATES

Séduction à la française

GENTLEMEN

HARLEQUIN

Titre original :
THE HIGHEST PRINCE TO PAY

Ce roman a déjà été publié en 2018

1

Ella sentit son pouls s'accélérer. L'homme qui venait d'entrer dans la boutique était d'une beauté à couper le souffle. Très grand, large d'épaules, le teint mat et des yeux superbes — d'un brun velouté pailleté d'ambre. Un véritable don Juan.

Elle se reprit vite, car l'inconnu promenait autour de lui un regard hautain.

— Il n'y a rien d'autre ? demanda-t-il sans préambule.

Décontenancée, Ella dut faire un effort pour sourire.

— Ce sont les vêtements de la collection Ella Stanton. En ce moment, je propose vingt pour cent de remise afin de… euh… de fidéliser la clientèle.

Plus exactement pour faire rentrer rapidement des liquidités et payer les échéances ; mais cela, elle ne pouvait pas le dire…

Sans se départir de son air supérieur, l'homme avança d'un pas.

— Je venais voir ce que représentait mon dernier investissement.

— Que voulez-vous dire ? demanda Ella, interloquée.

C'était absurde ! Pourtant, le visiteur, malgré sa voix mélodieuse et grave, teintée d'un léger accent étranger, ne plaisantait pas, c'était évident. Ella eut soudain la chair de poule.

Il avança encore et c'est alors qu'elle le reconnut. Nicolas Chevalier !

Elle éprouva un choc si violent qu'elle dut faire appel à toute sa volonté pour n'en rien montrer. Nicolas Chevalier, homme d'affaires connu pour son flair et son absence de scrupules, riche comme Crésus, icône des journaux people, qui le disaient séducteur invétéré. En le voyant en chair et en os, on comprenait pourquoi : il était beau à se damner ! Il aurait pu être l'un de ces mannequins qu'Ella recrutait pour présenter ses collections. Avec un plus certain, cependant : il n'avait rien d'androgyne. Au contraire, sa haute stature, ses traits fermes superbement dessinés, lui donnaient une aura de force et de virilité à laquelle nulle femme normalement constituée ne pouvait rester indifférente…

Elle ne l'avait pas reconnu dès son entrée car les clichés de presse ne lui rendaient pas justice : il était beaucoup plus séduisant dans la réalité. D'autre part, en cet instant, il n'y avait chez lui nulle trace de cette insouciante légèreté caractéristique des play-boys. Elle avait devant elle un homme sérieux, concentré, irradiant une masculinité et une détermination qui la troublaient et la terrifiaient à la fois.

Il ouvrit le luxueux attaché-case qu'il avait à la main pour en sortir une chemise cartonnée, qu'il lui tendit : des documents officiels, de toute évidence, qu'Ella se mit à parcourir. Mais les mots dansaient devant ses yeux.

— Je ne suis pas habituée à ce jargon juridique, finit-elle par avouer. Pourriez-vous me traduire ?

— En termes simples, ces papiers signifient que la banque qui vous a consenti un prêt a été rachetée par un autre établissement financier, lequel a vendu ses créances. C'est moi qui les ai rachetées, et votre société se trouvait dans le lot. J'ai donc maintenant des droits sur tout ceci.

Nicolas Chevalier accompagna sa dernière phrase d'un ample geste du bras pour désigner la boutique et ce qu'elle contenait.

Ella sentit la transpiration perler à son front, comme chaque fois qu'elle pensait à l'énorme crédit qu'elle avait souscrit pour démarrer son affaire de prêt-à-porter. Prononcé par n'importe qui d'autre que Nicolas Chevalier, elle n'aurait pas cru au discours qu'elle venait d'entendre ; mais elle connaissait sa réputation, les papiers qu'il lui avait présentés portaient leurs deux noms et ils étaient certainement en règle. En vérité, elle se trouvait bel et bien dépossédée de sa jeune entreprise, qu'elle avait eu tant de mal à créer et qui représentait tout pour elle.

— Si je vous comprends bien, tout est à vous ici, finit-elle par articuler. Et ni moi ni ce que vous avez sous les yeux ne vous semblons dignes d'intérêt.

Nicolas Chevalier hocha la tête.

— C'est à peu près ça.

Rien ne pouvait arriver de pire. Ella serait volontiers tombée à genoux pour implorer le ciel de la prendre en pitié. Le sort ne l'avait pas épargnée jusqu'ici, pourquoi donc continuait-il à s'acharner sur elle ?

Mais pas question de perdre la face devant cet individu : cela ne servirait à rien, on le disait impitoyable. Dans sa partie — l'acquisition et la fusion de sociétés —, il avait, à en croire les médias, sacrifié des centaines d'emplois sans l'ombre d'un remords, ou plus simplement, fermé des entreprises jugées insuffisamment rentables.

Ella se demanda ce qu'il allait faire avec sa boutique, son atelier, son matériel — il possédait jusqu'à ses machines à coudre puisqu'elle avait tout donné en garantie pour obtenir son prêt.

— Quelles sont vos intentions ? interrogea-t-elle, redressant fièrement la tête.

— Mon métier est de faire de l'argent, mademoiselle, rétorqua le businessman. Votre boutique et les vêtements que vous créez ne rapportent pas assez pour couvrir vos frais et vous assurer un salaire décent.

— Il me faut un peu de temps. Dès mes premiers gains, j'investirai dans la promotion pour me faire connaître. Des boutiques et des grands magasins achèteront mes modèles et je serai présente aux grands salons de prêt-à-porter.

Puis, pourquoi pas, au côté des grands couturiers lors des *Fashion Weeks*. C'est ainsi qu'on crée une image.

Son interlocuteur haussa un sourcil narquois.

— Et après ?

Ella prit une inspiration : son plan de développement, elle le connaissait par cœur ; elle avait tout prévu, jusqu'à la robe avec laquelle elle ouvrirait la présentation de sa collection lors de son premier salon.

— Une fois que la marque Ella Stanton sera connue, tout sera plus facile : j'ouvrirai des boutiques à mon enseigne dans toutes les capitales, j'aurai des emplacements dans les grands magasins et mes vêtements se vendront sur internet. Dans mon portfolio, j'ai un *business plan* sur cinq ans. Si vous voulez le regarder, il est à votre disposition.

Nicolas Chevalier ne l'écoutait visiblement que d'une oreille ; pire, il avait le toupet d'afficher l'air de quelqu'un qui s'ennuie.

— Je n'attends jamais cinq ans pour qu'une entreprise dégage des profits, finit-il par déclarer d'un ton dédaigneux. Donc, vous non plus n'avez pas cinq ans pour réussir.

Ella faillit s'étrangler devant tant d'arrogance et d'inhumanité.

— Qu'attendez-vous de moi ? s'exclama-t-elle, se contenant mal. Que j'arpente les rues avec une banderole portant ma marque et l'adresse de ma boutique ? Vous savez bien qu'il faut du temps pour percer dans la mode. C'est un marché très concurrentiel.

— J'aurais pensé à des moyens de promotion un peu plus haut de gamme, rétorqua-t-il avec ironie. Une banderole, cela manque de classe, vous ne trouvez pas ?

Au regard qu'il porta sur elle, Ella comprit qu'il ne lui trouvait pas beaucoup de classe non plus. Gênée, elle passa une main nerveuse dans ses boucles. Des boucles en désordre, certes, mais c'était voulu. Elle ne laissait rien au hasard, même — et peut-être surtout — ce qui semblait l'être. Tout, depuis le savant fouillis de ses cheveux bouclés jusqu'à ses boots à talons aiguilles et à l'extrémité ajourée, était destiné à éveiller l'intérêt et la curiosité pour ce qu'elle faisait.

— J'improvise dans l'urgence, riposta-t-elle avec aigreur. Vous disiez que les profits n'attendent pas.

— En effet, mais j'imaginais que vous visiez une clientèle plus relevée que les routards et les hippies.

Ella se surprit à frissonner et se le reprocha aussitôt. Mais cet homme avait une voix merveilleuse, grave et mélodieuse, profonde aussi, que sa pointe d'accent français rendait plus sensuelle encore. Depuis qu'elle était à Paris, elle avait eu le temps de s'habituer aux clients qui venaient à la boutique acheter des vêtements pour leur femme ou leur petite amie, qui tous lui parlaient anglais avec un accent qui leur donnait un charme certain.

Mais chez Nicolas Chevalier, outre l'accent, il y avait le timbre, et une intonation qu'Ella n'aurait su définir mais qui évoquait des ciels lointains, exotiques et ensoleillés, des paradis où tout est facile, sensuel et agréable…

Pourtant, il était entré dans sa boutique en conquérant, pour entreprendre de lui démontrer que c'était bel et bien le cas.

— De toute façon, à quoi bon discuter promotion si vous comptez que je vous rembourse tout de suite un argent que je n'ai pas ? lança-t-elle, irritée.

— Qui a dit que c'était mon intention ? J'ai seulement fait valoir que vous n'avez pas cinq ans pour dégager des profits.

— Il y a donc une baguette magique dans ce bel attaché-case ?

— Pas besoin, rétorqua Nicolas Chevalier, ébauchant un sourire railleur.

Ella se doutait que, pour les gens comme lui, la magie n'existait pas : ils ne croyaient qu'à l'efficacité, aux chiffres. On disait que Nicolas Chevalier avait fait fortune en quelques années seulement, après s'être séparé de son père et de son frère, investisseurs eux aussi, pour se lancer seul dans les affaires.

— Seuls les faibles croient en la magie et au hasard, reprit-il, comme s'il avait lu dans ses pensées. Le succès vient à ceux qui agissent, influent sur le cours des choses.

— Et comment comptez-vous agir pour influer sur le cours de *ma* société ? ironisa-t-elle en reprenant ses mots, alors que la peur lui nouait l'estomac.

Car qu'allait-il lui arriver ? Au mieux, elle perdrait le contrôle de son affaire ; au pire, l'homme devant elle la mettrait en faillite, ou tout simplement l'obligerait à arrêter. Que lui resterait-il alors ?

Plus d'atelier, plus de boutique, elle perdrait même les quelques relations qu'elle s'était faites dans le milieu de la mode, grâce à la modeste position où elle s'était hissée à la force du poignet. Bref, elle retournerait au néant sans avoir rien prouvé à ceux qui n'avaient jamais cru en elle…

— Je ne connais pas grand-chose aux métiers de la mode, je l'admets. Mais depuis que j'ai racheté votre créance, je me suis un peu documenté sur le sujet : l'industrie du prêt-à-porter peut s'avérer profitable. Bien davantage en tout cas que je ne l'imaginais.

— Si vous savez utiliser vos atouts, en effet il y a de l'argent à gagner, confirma Ella, qui pourtant n'avait jamais eu en tête de faire fortune.

— Il faut jouer ses atouts à bon escient. Or, il se trouve que vous ne menez plus le jeu. C'est moi qui en suis le maître, désormais.

Ella sentit son cœur s'accélérer.

— Je connais le métier, plaida-t-elle. J'ai fait une école de stylisme et j'ai passé un diplôme de marketing et de gestion.

— Cela ne suffit pas.

— Que faut-il de plus, à votre avis ? demanda-t-elle avec une agressivité mal dissimulée.

— Des relations et de la trésorerie. Avec du cash, vous

ferez de la promotion et votre plan sur cinq ans deviendra un plan sur six mois.

— Vous rêvez !

— Non, Ella. Avec des moyens et le bon réseau, tout est possible. Je peux vous faire inviter dans les salons les plus prestigieux dès l'année prochaine ; entre-temps, vos modèles auront fait la couverture des plus grands magazines de mode français et étrangers. Commercialiser vos créations dans votre boutique est une chose, être distribuée dans le monde entier en est une autre : cela s'appelle la notoriété, et je peux vous l'obtenir.

Ella sentait presque physiquement le contrôle sur sa marque lui échapper. Elle serra les dents.

— Et qu'exigerez-vous en retour ? Mon âme, comme Méphistophélès avec Faust ?

Nicolas Chevalier éclata de rire.

— On m'a souvent reproché de ne pas avoir d'âme. J'ignore si c'est vrai, mais croyez bien que la vôtre ne m'intéresse pas. En retour, je veux gagner de l'argent, c'est tout.

L'argent ne laissait pas Ella indifférente, mais plutôt que de se lancer dans le milieu difficile de la mode, elle aurait pu trouver mille autres façons d'en gagner. Son affaire représentait bien davantage pour elle : un moyen d'exploiter sa créativité, un moyen surtout de prouver qu'elle était quelqu'un à des gens — ses parents en particulier — qui n'avaient jamais cru en elle. Aussi ne voulait-elle pas que quiconque interfère dans sa gestion et contribue à son succès. Elle tenait à réussir seule !

Cependant il fallait être stupide pour ne pas tenir compte des faits : elle avait emprunté beaucoup d'argent, qu'elle devait aujourd'hui à l'homme debout devant elle. Son affaire démarrait difficilement, comme prévu, et elle se trouvait actuellement dans l'impossibilité de rembourser. Pour y parvenir un jour, il fallait rapidement atteindre un chiffre d'affaires qui, pour le moment, restait du domaine de l'utopie.

— Vous croyez que c'est vous qui allez me dire ce que je dois faire ? demanda-t-elle dans un ultime sursaut de rébellion.

— Je ne le crois pas, j'en suis sûr. Mon droit de rétention m'autorise à surveiller que vous exploitez tous les moyens à votre disposition pour assurer le succès de votre entreprise. Or, pour le moment, j'émets quelques doutes.

En prononçant cette dernière phrase, il promena un regard condescendant sur ce qui l'entourait. Ella fut aussitôt hors d'elle. Ainsi, ce qu'elle avait fait jusqu'à ce jour n'était rien à ses yeux, et elle-même était nulle ? Ah, que ne pouvait-elle flanquer dehors cet abominable individu ! Hélas il était chez lui, comme il le lui avait clairement signifié. Elle sentit de nouveau la peur lui étreindre le cœur. Cette maudite peur qu'elle croyait avoir conjurée depuis si longtemps !

— Et si je refusais que vous interveniez dans la gestion de *mon* entreprise ? demanda-t-elle, se maudissant pour l'infime tremblement qui s'entendait dans sa voix.

— Dans ce cas, j'arrêterais les frais tout de suite. Je n'ai pas de temps à perdre avec un investissement qui n'est pas rentable, et il n'est pas dans mon caractère de rester les bras ballants.

— Mais si vous intervenez, vous prendrez les intérêts de l'argent investi, n'est-ce pas ?

— Evidemment. Vingt-cinq pour cent.

— C'est du vol ! s'exclama Ella dont la voix avait retrouvé toute sa fermeté.

— Pas du tout. Je vais travailler pour gagner cet argent, et j'attends que vous aussi.

— Mais vous attendez également que je me plie à vos décisions…

Nicolas Chevalier posa la main sur le dos d'une des chaises qui meublaient la boutique, et cette main longue, aux ongles soignés, à la peau cuivrée, troubla soudain Ella. L'homme était calme, on l'aurait facilement pris pour un gentleman. Mais sous cette apparence, malgré le costume superbement coupé et les élégantes chaussures italiennes, on percevait une dureté qui trahissait sa vraie nature de prédateur. Ella savait qu'il n'hésiterait pas à la neutraliser et à s'approprier sa marque si tel était son intérêt. Il ne garderait Ella que si elle lui était utile.

— Considérez que vous avez de la chance, rétorqua-t-il en guise de réponse. Normalement, je fais payer très cher mes conseils en gestion. Dans le cas qui nous intéresse, vous ne me donnerez de l'argent que si vous en gagnez. C'est équitable, il me semble.

Elle manqua de s'étrangler. Quel toupet !

— Vous attendez peut-être que je vous remercie pour cette prise de contrôle hostile ?

— Il n'y a rien d'hostile : ce sont les affaires. J'investis là où je pense que c'est rentable, et je ne perds pas mon temps quand ça ne l'est pas. La charité n'a pas sa place dans nos relations.

Ella promena son regard sur cette boutique qui représentait tout pour elle. Les vêtements qui s'y trouvaient, elle les avait dessinés ; la décoration, c'était ses idées, et elle les avait réalisées avec l'aide de deux amis. Ils avaient peint les murs, refait le plancher, bricolé de vieux meubles trouvés aux puces, choisi des éclairages pour donner à l'endroit un caractère intime et personnel… Pour elle, il s'agissait avant tout d'un investissement affectif : elle y avait mis son cœur et tous ses espoirs. Et voilà qu'un inconnu réduisait ses efforts à des ratios, des chiffres, des projections de rentabilité !

Et il ferait pire, elle n'en doutait pas. Outre sa réputation, l'expression de ses splendides yeux pailletés d'ambre et la dureté de son beau visage indiquaient qu'il ne plaisantait pas en matière d'argent.

— Vous êtes très mondaine, dirait-on.

Nicolas vit la jeune femme se tendre à ces mots ; sa jolie bouche au rouge à lèvres rose se pinça. Elle n'appréciait pas sa présence ici, c'était clair, et s'entendre traiter de mondaine lui plaisait encore moins.

Mais elle ne pouvait nier qu'on la voyait parfois dans les journaux people parce qu'elle assistait à telle ou telle soirée très sélecte. Il semblait d'ailleurs qu'elle était invitée partout où il se passait quelque chose à Paris. Du moins Nicolas en avait-il eu l'impression en effectuant sa petite enquête. Il est vrai qu'une jolie héritière américaine, dont l'histoire tragique avait fait le tour du monde, ne pouvait que séduire ceux qui faisaient la vie mondaine parisienne. Qu'Ella en profite, c'était de bonne guerre.

— Cela s'appelle la promotion, rétorqua-t-elle froidement. C'est bien ce dont nous parlions un peu plus tôt, n'est-ce pas ?

Elle était décidément très jolie, même quand elle sortait ses griffes. Silhouette fine, hautes pommettes, teint parfait, et d'immenses yeux bleus, rendus plus grands encore par un savant maquillage, un peu osé mais qui lui allait parfaitement. Elle portait une minirobe noire qui laissait voir de longues jambes ravissantes, et des petites boots, noires aussi, dont le bout ajouré faisait apparaître des orteils aux ongles vernis du même rose que sa bouche.

Nicolas sentit soudain le désir fuser en lui ; il le réprima durement. Il était venu parler affaires et depuis longtemps, il ne mélangeait plus vie privée et vie professionnelle.

— C'est de la promo, peut-être, mais elle manque d'efficacité, répliqua-t-il d'un ton sévère. D'accord, on vous voit dans les journaux ; mais être invitée à l'inauguration de restaurants ou de night-clubs n'élève ni votre image ni le standing que vous souhaitez donner à votre marque.

— Pour l'instant, je m'en contente. Je fais tout ce que je peux pour que la griffe Ella Stanton soit connue.

— Cela ne suffit pas. Je vais même plus loin : cela peut vous faire du tort.

Elle écarquilla ses grands yeux bleus, visiblement outrée.

— A vous entendre, on dirait que je me conduis mal en

société ! Je ne danse pas sur les tables en adjurant l'assistance à passer me voir à la boutique, savez-vous ? Où que je sois, je me comporte toujours en professionnelle.

— Je veux bien, mais vous ne sortez pas avec les gens qui peuvent vous être utiles. Dites-moi combien de ces personnalités que vous rencontrez sont susceptibles de venir ici acheter des vêtements ?

— Quelques-unes…

— Pas assez ! Il faut construire un réseau de relations d'abord dans l'industrie de la mode, ensuite dans la clientèle que vous visez.

— Je le sais, mais cela ne se fait pas si facilement, et il faut bien commencer. Les invitations ne tombent pas toutes seules dans ma boîte aux lettres, figurez-vous.

En parlant elle s'était légèrement cambrée pour poser la main sur sa hanche. C'est alors qu'il vit la cicatrice rose et brillante sur le dos de sa main à la peau veloutée. C'était ce qui l'avait rendue immédiatement populaire à son arrivée à Paris : une riche et jolie jeune fille américaine, portant à jamais les marques de la tragédie dont elle avait réchappé de justesse. Son histoire mélodramatique — l'incendie de sa maison, qui l'avait laissée brûlée en plusieurs endroits du corps —, voilà ce qui avait intéressé les médias. Ella Stanton elle en avait tiré le meilleur parti.

Nicolas, lui, n'avait pas de temps à perdre avec une jeune femme riche et gâtée, qui s'amusait à tenter sa chance dans un métier correspondant à l'idée du prestige. Au début, en découvrant sa créance dans le lot qu'il voulait acheter, il avait pensé s'en débarrasser au plus vite. Mais en étudiant les chiffres et les résultats, et après avoir parlé à certaines relations haut placées dans le milieu de la mode, il avait dû convenir qu'Ella Stanton ne manquait pas de talent. Elle ne jouait certes pas dans la cour des grands, mais elle était bonne à son modeste niveau et pouvait faire beaucoup mieux. De surcroît, elle travaillait dur. On pouvait donc la pousser davantage afin de la propulser rapidement dans les hautes sphères de sa spécialité.

— Eh bien moi, j'ai les réseaux qu'il faut pour vous faire inviter là où il faut, déclara-t-il, et je sais aussi en créer d'indispensables pour réussir. Vous avez certainement lu dans la presse qu'il m'arrive de fermer des entreprises qui ne sont pas rentables, mais je sais aussi en développer d'autres ayant un potentiel valable. La seule question est de savoir si vous préférez que je vous mette en faillite ou que je vous aide à vous développer. A vous de répondre.

La jeune femme ne le fit pas tout de suite. Ses yeux brillaient davantage, ce qui la rendait infiniment désirable.

— Que comptez-vous exiger de moi ? demanda-t-elle, parlant entre ses dents.

— Rien d'exceptionnel : que vous respectiez à la lettre les décisions que je serai amené à prendre.

— Vous voulez donc tout contrôler ? N'est-ce pas beaucoup demander ?

Elle avait parlé d'un ton égal, mais Nicolas sentait l'effort qu'elle s'imposait pour ne rien laisser paraître de ses émotions.

— Je veux donner à votre marque une notoriété mondiale. Qu'elle soit connue de tous et partout, qu'elle soit synonyme de chic, qu'on trouve vos vêtements à la fois dans des boutiques haut de gamme et certains grands magasins. Je veux que toutes les femmes, jeunes et moins jeunes, qui veulent être à la mode, aient envie d'acheter du Ella Stanton. Suis-je clair ? Si je dois prendre le contrôle des opérations pour y arriver, je le ferai.

— Et si je vous rachète ma dette ?

— Vous refuseriez l'opportunité que je vous offre ?

— C'est *mon* entreprise, et non une machine à faire du bénéfice, dit Ella, baissant les yeux.

— Qui vous prêterait de l'argent aujourd'hui ? rétorqua

Nicolas, pragmatique. Vous ne gagnez pas assez pour être crédible auprès d'un banquier digne de ce nom.

Ella avait l'impression que tout ce qu'elle avait construit jusqu'ici lui glissait entre les mains : des années d'efforts, un projet qu'elle avait élaboré seule, commencé à réaliser sans l'aide de personne — et certainement pas de sa famille ! Tant de sacrifices pour rien…

Perdre son indépendance, devoir partager avec quelqu'un les décisions stratégiques : son avenir ressemblait à un cauchemar. Mais tout perdre serait pire encore : elle ne parvenait même pas à l'envisager.

Prenant une courte inspiration, elle releva la tête pour regarder son interlocuteur droit dans les yeux.

— Je veux bien travailler avec vous au succès de notre entreprise, déclara-t-elle d'une voix ferme.

Nicolas Chevalier eut un lent sourire. Il voyait que son calme n'était qu'apparent et s'en amusait. Du coup, Ella redoubla d'efforts pour rester sereine.

— Soyez sûre que rien n'est dirigé contre vous dans ce que je propose, déclara-t-il. Une seule chose m'importe : le retour sur investissements. Si d'aventure votre affaire ne se révélait pas rentable, je renoncerais au projet.

Ella lui tendit la main, il la prit, et ce fut comme si elle touchait un fil électrique dénudé. Une violente décharge d'adrénaline la traversa, son cœur se mit à battre à coups redoublés et il lui sembla que ses jambes se dérobaient sous elle. Elle croisa le regard de son interlocuteur et vit dans ses yeux une intensité si brûlante que ses iris semblaient presque liquides. Il baissa les yeux sur leurs deux mains si dissemblables : l'une très grande et très mate, l'autre menue et blanche. Alors, il caressa du pouce la cicatrice qui cisaillait comme un éclair déchire le ciel le dos de la sienne.

Ella retomba brutalement sur terre, tandis que son cœur

n'était plus qu'un bloc de glace inerte et douloureusement lourd. Elle retira vivement sa main.

— Ce sera un plaisir de travailler avec vous, Ella, j'en suis certain.

2

Ella ouvrit la porte de son atelier et précéda Nicolas à l'intérieur.

— Voilà, dit-elle, maussade.

Depuis leur première rencontre, quelques jours auparavant, Nicolas en avait profité pour étudier les autres créances qu'il avait rachetées, ce qui l'avait conforté dans ses intuitions : la petite affaire d'Ella était possiblement rentable. Si ses renseignements étaient bons, sa marque de prêt-à-porter avait un excellent potentiel : il suffisait de le développer.

Quand il avait appelé la jeune femme ce matin pour visiter son atelier, elle n'avait pas caché sa mauvaise humeur. Et elle n'était guère plus détendue à présent, vu la façon dont elle évitait systématiquement son regard. C'était plutôt amusant, d'ailleurs, mais Nicolas n'avait pas de temps à perdre.

L'atelier était spacieux et aménagé avec originalité, tout en restant fonctionnel : plafond noir avec des poutres métalliques peintes de couleurs vives. C'était à la fois osé, et très chic. Tout comme la façon dont s'habillait Ella Stanton d'ailleurs : leggins noirs, ample chemise rose vif, ceinturée à la taille, dont le tissu souple soulignait ses formes sans les mouler. Quand elle le précéda jusqu'au fond de la pièce, Nicolas eut du mal à détacher les yeux de son ravissant fessier, bien visible malgré sa démarche raide.

— C'est ici que je range mes tissus, mes prototypes et

mon stock, expliqua-t-elle, montrant des portants chargés de vêtements et les étagères remplies de métrages d'étoffe.

— Vous avez beaucoup de stock, dirait-on.

— En effet, et il le faut malheureusement. Si on n'en a pas assez, on manque des ventes ; si on en a trop, c'est beaucoup d'argent immobilisé. Voilà pourquoi on a souvent l'impression de danser sur la corde raide. Sans parler des salons, même modestes, où il faut être présent et qui coûtent une fortune.

Nicolas était de nouveau attiré par sa bouche. Comme la première fois, Ella portait un rouge à lèvres rose assorti à sa chemise, un rose qui évoquait des bonbons à la grenadine. Ses lèvres étaient-elles sucrées et acidulées ? Ou avaient-elles un goût féminin, suave et capiteux ? Il chassa ces pensées absurdes et demanda :

— J'aimerais voir les comptes d'exploitation de la boutique.

— Si vous voulez, rétorqua sèchement Ella.

L'idée ne l'enchantait pas, elle n'en faisait pas mystère. Quand Nicolas voulut croiser son regard, elle détourna encore les yeux. Alors, s'approchant, il lui prit doucement le menton. Cette fois, elle le regarda bien en face, visiblement indignée.

— Qu'est-ce qui vous prend ? demanda-t-elle âprement.

— Rien, répondit paisiblement Nicolas. Simplement je veux que vous me regardiez quand vous me parlez. Maintenant, voyons ces comptes. Il faut que je sache où j'en suis.

Ella recula d'un pas, et baissant la tête, murmura un hâtif « excusez-moi » avant de sortir son petit ordinateur d'un immense sac besace en cuir souple. Elle le posa sur une des tables de coupe. Après l'avoir allumé, elle se pencha vers l'écran, tout en tournant distraitement l'anneau orné d'une grosse fleur rose à son doigt.

— Ce sera rapide et sans douleur, je vous le promets, dit Nicolas, pince-sans-rire.

Haussant un sourcil, la jeune femme lui lança un rapide regard de biais.

— C'est ce que vous dites aux femmes avec lesquelles vous sortez ?

A peine les mots avaient-ils franchi ses lèvres qu'Ella les regretta amèrement : elle était allée trop loin. L'expression de Nicolas changea imperceptiblement : sa bouche sensuelle se retroussa à peine en une moue de dérision, tandis que l'or de ses iris s'embrasait. Il s'approcha de la table et, sans quitter Ella des yeux, articula, détachant chacun de ses mots :

— Les femmes qui sortent avec moi savent qu'elles auront ce qu'elles attendent, et même plus. Elles n'ont pas besoin que je les rassure.

Il était si proche qu'Ella sentait son souffle sur sa joue. Un frisson lui échappa, tandis qu'une autre remarque cinglante lui venait aux lèvres. Heureusement, elle la retint.

Son sens de la repartie était connu des gens qu'elle fréquentait ; on la disait même parfois agressive. C'était faux. Ella attaquait pour se protéger et que nul ne soupçonne sa fragilité intérieure. Néanmoins, elle jouait souvent avec le feu : parfois les mots partaient trop vite, et certains pouvaient prendre à la lettre ce qu'elle lançait comme de simples boutades.

Gênée, Ella se concentra sur son ordinateur. Une fois ouvert le dossier demandé, elle tourna l'écran vers Nicolas. Celui-ci fit défiler quelques pages, toute son attention concentrée sur les chiffres qu'il lisait. Puis, très vite, il referma l'appareil.

— Vous vous débrouillez plutôt bien, admit-il.

Le cœur d'Ella s'allégea aussitôt. Pourquoi, en présence de Nicolas, avait-elle toujours l'impression qu'un couperet était suspendu au-dessus de sa tête ? Elle était tendue comme si, d'un moment à l'autre, il allait décider que son entreprise ne valait rien et qu'il voulait récupérer son prêt. En l'état actuel des choses, l'avenir de la marque Ella Stanton dépendait de lui, mais il semblait décidé à travailler avec elle. Ella n'ignorait pas qu'elle avait intérêt, que cela lui plaise ou non, à faire preuve de souplesse et d'esprit de coopération.

— Je fais de mon mieux, fit-elle. Ma boutique n'est pas bien grande, mais son emplacement vaut de l'or.

— Pourtant elle ne dégage pas encore de vrais profits.

— Je n'en tire pratiquement rien, hélas, mais c'est un métier qui demande qu'on réinvestisse sans arrêt. Maintenant qu'il y a davantage de clients, il va falloir engager une vendeuse, par exemple. Je ne peux pas passer ma vie à la boutique quand je dois travailler à l'atelier pour créer de nouveaux modèles.

C'était toujours la même chose : chaque cap franchi exigeait de nouvelles mises de fonds. Ella devait travailler davantage, embaucher plus de main-d'œuvre, acheter plus de tissus, de sorte que sa trésorerie ne s'améliorait jamais. Un bond en avant comme le voulait Nicolas était, dans les conditions actuelles, inenvisageable.

— En tout cas, d'après ce que j'ai vu, votre affaire est saine. Je suis prêt à investir pour la développer.

Il donna alors un montant qui laissa Ella pantoise. En partie d'ailleurs à cause du ton qu'il avait employé : à l'entendre, on aurait pu croire qu'il s'agissait de trois fois rien. Certes, s'il était aussi riche qu'on le disait, ce n'était sans doute pas grand-chose ; mais pour une femme endettée au-delà du raisonnable, et qui se contentait souvent d'un bol de soupe de pâtes en guise de dîner du soir, c'était beaucoup, beaucoup d'argent.

— Cela me semble énorme, murmura-t-elle.

— Ça l'est, mais je n'aime pas faire les choses à moitié. Pour réussir vite, il faut investir les sommes nécessaires et utiliser l'argent intelligemment.

Le terrain redevenait glissant. Cette fois, il ne s'agissait pas d'un prêt mais d'investissements. Nicolas aurait encore plus de pouvoir — et elle, d'autant moins.

Mais elle n'avait pas le choix : si Nicolas se retirait de la société, elle déposerait le bilan avant trois mois. Il fallait donc accepter qu'il investisse et pèse de tout son poids dans les décisions stratégiques. Et puis un jour, qui sait, quand sa marque serait célèbre et que ses vêtements seraient distribués partout, peut-être Ella pourrait-elle racheter sa liberté. Si jusqu'ici l'argent n'avait représenté pour elle qu'une contrainte, et non un but en soi, désormais, réussir financièrement serait un objectif puisqu'il lui permettrait de recouvrer son indépendance.

Vu sous cet angle, la situation lui parut moins humiliante. Aussi déclara-t-elle, sachant pourtant qu'elle ne disait pas exactement la vérité :

— Nous voulons donc tous les deux la même chose.

Un lent sourire éclaira le beau visage de Nicolas ; le cœur d'Ella frémit. Car le sourire de cet homme n'évoquait pas le plaisir ou le bien-être : c'était plutôt l'expression satisfaite d'un prédateur qui sait sa proie à portée de griffes. Et dans ce scénario, elle se savait davantage gazelle que tigre. Elle savait aussi d'instinct que passer à l'offensive ne déplaisait pas à l'homme devant elle ; au contraire, il y excellait. Un peu de sang sur les mains ne l'empêcherait pas de dormir : une fois son objectif défini, il fonçait et gare à qui se trouvait en travers de sa route.

Mieux valait en être avertie, mais ce n'était pas rassurant pour autant.

— Plus ou moins, articula-t-il sans hâte, son accent indéfinissable plus prononcé, sa voix infiniment sensuelle, malgré la réserve qu'il émettait. Notre but est en effet le même, mais les moyens d'y parvenir peuvent différer. Nous verrons bien.

Le timbre profond et grave à la fois troublait Ella au point qu'elle dut se ressaisir.

— D'où êtes-vous ?

A peine la question posée qu'elle la regrettait. Nicolas ne devait pas penser qu'elle s'intéressait à lui personnellement. D'ailleurs c'était faux. D'accord sa voix la troublait, mais cela ne regardait qu'elle.

— Je suis français, répondit-il sans détour, comme mon père et mon frère, qui sont eux aussi dans les affaires et réussissent magnifiquement. Mais j'ai passé une partie de mon enfance au Malawi avec ma mère.

— Elle n'habitait donc pas la France ?

Nicolas haussa nonchalamment les épaules.

— Quand mes parents ont divorcé, ma mère a voulu rentrer dans son pays.

Il avait parlé comme si ce qu'il disait était sans importance, un événement qui n'aurait pas compté dans sa vie. Pourtant, quitter la France enfant pour un pays d'Afrique n'avait pas dû être facile à vivre, de même qu'être séparé de son père. Encore que… Ella savait d'expérience que parfois, rompre les liens familiaux n'était pas une mauvaise chose.

Quoi qu'il en soit, ce qu'elle venait d'apprendre lui donnait à réfléchir. Mieux, elle ressentait une étrange tendresse pour le petit garçon qu'avait été Nicolas Chevalier. Un petit garçon très certainement tiraillé entre son père et sa mère.

Elle se ressaisit vivement. Plutôt que de penser au garçonnet qu'il avait été, mieux valait se concentrer sur l'homme qu'était devenu Nicolas Chevalier. Seul importait le travail qu'ils allaient devoir réaliser ensemble…

— Puisque c'est vous qui décidez, dit Ella, rompant le silence qui s'était établi entre eux, comment comptez-vous commencer ?

— Je pensais à la couverture du magazine *Look*.

— Quoi ? prononça-t-elle, médusée.

— Je connais Karen, la rédactrice en chef. Elle aimerait vous rencontrer et m'a dit que si vous aviez des photos de vos derniers modèles, elle les verrait volontiers pour, le cas échéant, en choisir une et en faire sa couverture.

— Mais… ce serait une publicité formidable !

— En effet. Je vous ai dit que je n'étais pas mauvais.

— Vous êtes même excellent, admit Ella en baissant les yeux.

Elle n'en revenait pas : *Look* était l'un des magazines féminins les plus lus par la clientèle qu'elle visait.

— Cela me paraît un rêve, soupira-t-elle. Et cette personne ferait la couverture de sa revue avec une de mes créations simplement parce qu'elle vous connaît ?

— Pas tout à fait. Elle a regardé votre site internet et votre travail lui a plu. Il n'y a donc aucun favoritisme.

— Mais… euh…, bredouilla Ella.

— Je vous ai dit que nous ferions en six mois ce que vous aviez prévu de réaliser en cinq ans. A ce propos, Karen aimerait peut-être aussi publier un article sur vous ; quelque chose dans le genre « portrait d'une créatrice dans le vent ». Vous seriez d'accord ?

C'était le type de coup de projecteur dont Ella rêvait, mais qu'elle redoutait aussi. Certes, il n'y avait pas meilleur moyen de se faire connaître professionnellement, mais elle devrait sans doute, en s'exposant de la sorte, lever un peu le voile sur sa vie privée. A une toute petite échelle, elle s'était déjà essayée à l'exercice. Il lui avait été facile de rire et sourire, de dire des banalités, et même d'exposer devant l'objectif certaines de ses cicatrices. Les lecteurs avaient eu ce qu'ils voulaient : les preuves du drame qu'elle avait traversé — dont elle racontait facilement certains aspects. Elle gardait néanmoins beaucoup de choses pour elle. Le pire, bien sûr, mais personne ne pouvait s'en douter.

Elle soupira, tiraillée. Elle pourrait survivre à une interview en forme de portrait. Si on l'interrogeait sur son passé, elle trouverait bien des anecdotes inédites relatives à l'incendie sans avoir à parler des éléments les plus sordides.

— J'en serai ravie, déclara-t-elle finalement à Nicolas, qui guettait sa réponse. Je ferai de mon mieux, je vous le promets.

— Je sais que vous adorez que les médias parlent de vous, rétorqua-t-il, sarcastique.

— J'aime surtout voir mes ventes progresser.

La riposte lui était venue spontanément car en vérité, Ella se moquait bien de la publicité personnelle dont elle faisait parfois l'objet. Seule lui importait la notoriété de sa marque.

— Avez-vous une idée de la robe qui pourrait faire la couverture de *Look* ?

Ella gagna le fond de son atelier, heureuse de s'éloigner physiquement de son… associé ? Que possédait-il donc qui la rendait si nerveuse ? Sa séduction ? Sa réputation ? Sans doute les deux additionnés contribuaient-ils à la fragiliser. Inconsciemment, peut-être avait-elle peur de succomber à son charme et de ne plus avoir la volonté, sinon l'envie, de lui tenir tête.

Pourtant, elle travaillait souvent avec des mannequins beaux comme des dieux, et il lui était arrivé une ou deux fois que son imagination dérive en présence de l'un ou de l'autre — elle était une femme, après tout. Cependant, jamais encore elle n'avait éprouvé le sentiment d'insécurité et le trouble que provoquait en elle Nicolas Chevalier. Il l'attirait, certes, mais la rendait fébrile et l'insupportait à la fois. Peut-être parce qu'il était un homme, un vrai, pas un jeune éphèbe trop peu consistant pour être assez viril. Et, à en croire les témoignages de certaines de ses conquêtes dans les tabloïds, il savait s'occuper d'une femme quand il l'avait dans son lit…

A cette pensée, Ella sentit le rouge lui monter au front ; se détournant vivement, elle feignit de passer en revue les robes suspendues à l'un des portants. Se concentrer sur son travail, voilà ce qu'elle devait faire, et non laisser son imagination vagabonder sur le beau Nicolas Chevalier. Elle n'avait pas de temps à perdre avec un homme, si séduisant soit-il, surtout quand il venait de prendre de façon hostile le contrôle de son entreprise.

D'ailleurs, elle imaginait déjà comment il réagirait si d'aventure elle lui laissait entendre que peut-être… pourquoi pas ?… Elle voyait son expression horrifiée en découvrant les marques dans son dos, celles qu'elle ne montrait à personne. Un homme qui sortait avec les plus belles femmes de la planète n'aurait que faire d'une marchandise défectueuse. Or, elle ne se sentait pas autre chose…

— Cette bleue me plaît bien, dit-elle, reportant son attention sur les robes.

Elle tendit à Nicolas une robe en taffetas bleu très courte, avec des manches longues et étroites travaillées en ruché.

— J'y ajouterais des chaussures dans le même ton et des collants noirs, et cela ferait une tenue superbe, poursuivit-elle.

Elle attendit la réaction de son partenaire avec anxiété.

— Si vous pensez que c'est bien, je suis d'accord, finit-il par lâcher.

— Vous ne voulez pas voir autre chose ?

Cette passivité la décontenançait, mais elle était soulagée qu'il ne la contredise pas dans son domaine d'excellence.

— Pourquoi le voudrais-je ?

— Parce que… parce que c'est vous qui décidez.

Nicolas s'approcha d'elle, fixant des yeux la robe bleue. Il effleura le tissu d'un geste très doux, presque sensuel, et Ella eut quasiment l'impression que c'était elle qu'il touchait ainsi — comme il l'avait fait quand il avait caressé de son pouce la cicatrice au dos de sa main. Personne jamais n'avait fait cela avant lui. Les brûlures qu'elle laissait délibérément voir lui servaient de protection pour dissuader les hommes de l'approcher trop près.

— Le goût et la mode ne sont pas de mon ressort, déclara-t-il enfin. Dans ce secteur, c'est vous le chef.

— Vous m'octroyez donc un pouvoir de décision ?

Nicolas releva la tête pour la regarder, et l'impact de ses yeux pailletés d'ambre frappa Ella comme un coup de poing.

— Si je m'installais à l'une de ces machines à coudre, reprit-il, vous n'obtiendriez rien de bon. Je n'ai pas l'intention d'interférer dans votre champ d'expertise ; en contrepartie, laissez-moi le mien.

Ella hocha doucement la tête. Elle n'en attendait pas tant ! Pourtant il avait raison : elle était aussi indispensable que lui à leur réussite commune. Sans elle, il n'aurait que des machines à coudre et un atelier qu'il ne saurait comment utiliser. C'était la première fois qu'elle en prenait conscience. Elle avait donc sous-estimé son poids dans leur rapport de force. Désormais elle saurait l'utiliser. A son avantage.

— N'y voyez surtout pas une forme de gentillesse à votre égard, reprit-il. Je vous l'ai dit : il n'est pas question de charité entre nous. Je vous laisse ce pouvoir parce que c'est l'intérêt de notre marque, donc celui de mon portefeuille. Rien de plus.

Le ton n'était ni railleur ni menaçant : Nicolas exprimait simplement des faits. Mais la petite lueur d'espoir qui venait de naître au cœur d'Ella s'éteignit brutalement, remplacée par un poids glacé.

— Je comprends, dit-elle, s'efforçant de faire contre mauvaise fortune bon cœur. Je m'en contenterai et tâcherai de me montrer à la hauteur de votre confiance.

Dieu qu'elle détestait cette nervosité qu'il provoquait en elle, qui la rendait si maladroite ! Elle en faisait trop quand elle voulait lui montrer sa bonne volonté. Pourquoi cette docilité proche de la flagornerie, chez elle d'habitude si autoritaire, elle qui n'avait pas la langue dans sa poche ? En présence de Nicolas Chevalier, elle perdait son assurance.

Elle serra les dents. Pour la retrouver, il suffisait de renforcer ses défenses, un mécanisme bien connu. Rester insensible au monde extérieur, ne plus rien ressentir, réprimer ses émotions, et on pouvait tout affronter. Ella le savait pour l'avoir souvent expérimenté.

— Vous avez une photo de cette robe ?

La voix de Nicolas la ramena sur terre.

— Bien sûr, comme de tous mes prototypes.

— Parfait. Envoyez-la-moi par courriel, je la ferai parvenir à Karen.

— Entendu.

Nicolas se détourna pour gagner la porte et sortit. Sans même dire au revoir, comme si le fait de s'en aller était en soi suffisant pour prendre congé de quelqu'un. Un comble : il était dans *son* atelier, il *la* quittait et Ella avait l'impression qu'il la congédiait !

Elle se laissa aller à un geste de dépit irrité. Puis elle rouvrit son ordinateur pour envoyer le message promis. Elle avait l'adresse électronique de Nicolas grâce aux documents notariés qu'il lui avait laissés — ces maudits papiers qui la mettaient à sa merci…

Une fois la photo sélectionnée dans son book, elle la mit en pièce jointe du courriel, sans rien écrire toutefois. Elle n'avait rien à dire à cet homme. Elle collaborerait avec lui, ferait ce qu'elle avait à faire et, dès que possible, lui rachèterait son prêt pour retrouver son indépendance.

Son regard se porta alors sur l'heure affichée dans la barre d'outils de l'ordinateur et une exclamation lui échappa. Il était déjà si tard ? Ce soir, elle était invitée à une fête d'anniversaire très sélect. Ce serait bien qu'on l'y remarque, tant pis si Nicolas Chevalier trouvait que c'était du marketing inefficace : elle voyait les choses différemment !

Et jusqu'à preuve du contraire, elle avait le droit de mener sa vie à sa guise.

3

Ella discutait avec un petit groupe de jeunes femmes. Elle riait, levant son pied pour leur montrer son escarpin à talon aiguille rose fuchsia. Elle savait focaliser l'attention sur elle, Nicolas devait le reconnaître.

Sa robe sans manches, ravissante, laissait bien visible la cicatrice à son avant-bras gauche. Apparemment, elle n'en éprouvait aucune gêne. On aurait dit qu'elle n'en avait pas conscience. Elle rayonnait littéralement, souriante, assurée comme Nicolas ne l'avait jamais vue. Il est vrai que, ne l'appréciant pas beaucoup, elle souriait rarement avec lui, et n'était jamais complètement détendue. Tant pis. Il s'y habituerait.

Il posa sur l'un des buffets la coupe de champagne à laquelle il n'avait pas touché et entreprit de traverser la salle pleine de monde pour rejoindre la jeune femme. Dès qu'elle le vit, ses grands yeux bleus s'écarquillèrent et son sourire disparut.

— Je ne m'attendais pas à vous retrouver ce soir, monsieur Chevalier, dit-elle feignant un ton mondain — il sentit son effort pour dissimuler sa contrariété.

— J'étais invité, mais je craignais de ne pas pouvoir venir.

De fait il avait décidé de se rendre à cette soirée quand il avait su qu'Ella y serait. Sinon, il n'en aurait pas pris la peine : ce genre de mondanités ne l'intéressait pas. Sauf quand il voulait une compagnie féminine pour la nuit.

Mais ces derniers temps, il se sentait peu d'inclination

pour les femmes. Après le départ de Marie, il avait usé et abusé de ces aventures d'un soir et trouvait le jeu lassant. Il s'était aperçu que le sexe était devenu pour lui une manière d'oublier et de banaliser ses relations avec les femmes. Il y était parvenu au point que désormais, l'idée même de faire l'amour pour le simple plaisir physique ne lui disait plus rien.

Une invitée posa à cet instant sur lui un regard qui ne trompait pas : s'il voulait finir la soirée avec elle, il n'avait qu'à le lui faire savoir. Quelques mois plus tôt, il ne s'en serait pas privé, d'autant que la jeune personne était ravissante. Ce soir, il ne l'envisagea même pas : il n'en avait pas envie. Pourquoi ? Il n'en savait rien lui-même.

— Mais vous voilà quand même, dit Ella, avec l'enthousiasme de quelqu'un qui s'apprête à aller chez le dentiste.

— Je savais que vous seriez contente de me voir, ironisa Nicolas du tac au tac.

La jolie bouche rose bonbon se retroussa en un sourire railleur et Ella croisa les bras, mouvement qui fit saillir ses jolis seins ronds. Nicolas sentit bouillonner dans ses veines un désir d'une rare intensité, inattendu, surtout quand l'invite de l'autre jeune femme, quelques instants plus tôt, l'avait laissé complètement froid.

— Je croyais que vous méprisiez ce genre de mondanités, reprit Ella, mordante.

— Je n'ai jamais dit cela.

Les jeunes femmes du petit groupe les observaient à présent, écoutant avidement leur échange.

— Suivez-moi, intima Nicolas.

— Pourquoi ? Je suis très bien ici !

— J'ai à vous parler.

— Eh bien faites-le.

— Pas en public, non.

Il lui prit la main, geste qui attira aussitôt l'attention de plusieurs invités, parmi lesquels deux journalistes que Nicolas avait déjà identifiés.

De nouveau, il passa un pouce caressant sur la cicatrice

au dos de la main de la jeune femme, pour en éprouver la douceur satinée. Et, comme la fois précédente, il sentit Ella se tendre tandis qu'elle entrouvrait sa bouche pulpeuse et que ses grands yeux s'agrandissaient. Elle était stupéfaite par cette caresse. Ses amants ne la touchaient donc pas ainsi ? Evitaient-ils les endroits de son corps que l'incendie avait marqués à jamais ? Et lui, comment réagirait-il s'il voyait Ella nue ?

A l'idée de voir la jeune femme dévêtue, un violent désir le fit vaciller, le laissant face aux exigences les plus primitives de sa nature. Il prit sur lui et, serrant sa main un peu plus fort, entraîna Ella. Elle se laissa faire de mauvaise grâce, marchant à sa suite comme un automate. Il la conduisit ainsi jusqu'à une petite alcôve à l'écart de la salle ; là, il l'obligea à s'adosser au mur. Elle voulut se dérober mais il l'en empêcha, la maintenant contre la paroi.

Elle le regardait de ses grands yeux bleus indignés ; Nicolas se fit l'effet d'un vilain garnement qui cherche à embrasser une fille qui ne veut pas. Mais Ella avait encore de la ressource et lança vertement :

— Qu'est-ce qui vous prend de m'entraîner ainsi contre mon gré ?

— Je veux vous parler. Nous attirions l'attention et je me suis dit : pourquoi ne pas en profiter ? Demain, les journaux parleront de nous deux. Avec un peu de chance, certains en feront peut-être leurs gros titres.

— D'accord, j'ai bien compris. Et de quoi vouliez-vous me parler ?

— Je fais mon *mea culpa* : à notre première rencontre, je ne donnais pas cher de vous ni de votre marque.

L'aveu surprit Ella.

— Comment cela ?

— Disons que je ne connaissais de la mode que ce que m'en avaient dit les mannequins passées dans ma chambre.

Ella étouffa un éclat de rire.

— J'imagine que sur l'oreiller, elles ne vous ont pas parlé des hausses du cours de la laine ou de la soie ?

— Non, en effet.

La jeune femme tourna légèrement la tête, et Nicolas vit que la cicatrice de son avant-bras remontait en travers du cou, jusqu'à la nuque. La peau était rose, lisse, comme fragile. Levant la main en un geste indépendant de sa volonté, il passa alors son index sur l'épiderme abîmé, légèrement, comme le frôlement d'une aile de papillon. La cicatrice était douce. Déjà Ella s'était raidie et, d'un mouvement brusque, s'écartait maladroitement, sa belle assurance envolée.

— Ne me touchez pas ! lança-t-elle d'une voix pleine de colère contenue avant de se détourner.

— Ne partez pas !

Nicolas avait saisi de nouveau sa main pour l'attirer vers lui. Elle se laissa faire, mais uniquement sans doute parce que tout le monde les regardait. Les médias adoraient décortiquer sa vie privée et les journalistes étaient toujours à l'affût de ses nouvelles conquêtes : toute femme avec qui il était vu passait pour sa nouvelle maîtresse — le plus souvent c'était vrai.

Ella s'était approchée tout près de lui.

— Ne me touchez plus comme si vous aviez des droits sur moi, murmura-t-elle, furieuse. Vous avez acheté ma créance, pas moi.

— Je ne l'avais pas oublié.

— Alors, pourquoi cette curiosité morbide ? Oui, j'ai des cicatrices d'anciennes brûlures. La maison où j'habitais a été détruite par un incendie et j'étais à l'intérieur. Je pensais que vous le saviez. Tous les journaux du monde en ont parlé. *Le Courier* a fait un article particulièrement croustillant sur le sujet. Vous devez pouvoir le retrouver sur internet.

*
* *

Le cœur d'Ella battait follement ; elle était nouée et se maudissait. Nicolas avait à peine effleuré ses brûlures, et voilà comment elle réagissait ! Toutes ses faiblesses resurgissaient, dont ce vieux sentiment d'insécurité, qu'elle croyait avoir vaincu et qui l'assaillait de nouveau, plus déstabilisant que jamais.

Car ses cicatrices la rendaient vulnérable. Elle haïssait ce qu'elle voyait quand elle se regardait dans une glace, haïssait ces balafres lisses sous ses doigts quand elle se savonnait dans son bain ; bref, elle détestait son physique.

Jamais personne n'avait touché ses marques, sauf un garçon, une fois, longtemps auparavant... L'humiliation qui s'en était suivie l'avait blessée à vie aussi sûrement que l'incendie. Et voilà qu'un homme, un ennemi de surcroît, puisqu'il avait pris sauvagement le contrôle de son entreprise, avait posé, par deux fois déjà, les doigts là où sa peau était abîmée. Cela lui avait fait l'effet d'une décharge électrique ; elle en avait été tétanisée. Pire : l'onde de choc continuait à vibrer en elle, bien que Nicolas ait retiré sa main depuis plusieurs secondes.

Elle leva les yeux sur lui ; la perfection absolue de ses traits fut comme un rappel de sa douloureuse imperfection. Ses cicatrices, même celles qu'elle laissait délibérément visibles, elle les ressentait comme autant de stigmates honteux.

Pour un peu, en dépit de tous les regards qui convergeaient sur eux, elle aurait pris ses jambes à son cou. Mais elle n'était pas lâche. Elle ne fuirait pas, garderait la tête haute et Nicolas Chevalier ne saurait jamais combien il l'avait déstabilisée.

Comme il ne réagissait pas à son éclat, Ella reprit avec hauteur :

— On dit qu'il vous arrive de prendre ce qui ne vous appartient pas, aussi ai-je eu peur un instant que vous ne recommenciez. Après tout, les affaires, les femmes, c'est un peu la même chose pour vous, non ?

Les yeux pailletés d'ambre se firent glacés, tandis que le beau visage se fermait.

— Je ne prends que ce qui est mal gardé, rétorqua Nicolas d'une voix de marbre. Ainsi, votre entreprise : si vous aviez été moins endettée, vous seriez restée maîtresse chez vous.

— C'est donc de ma faute ? Je vois. Et votre frère ? Il est responsable aussi que vous lui ayez pris sa fiancée juste avant le mariage ? On dit que vous avez couché avec elle chez lui.

— Je vois que vous vous êtes bien documentée, répliqua Nicolas sans perdre son calme.

Ella avait appris *via* internet que Nicolas Chevalier avait littéralement enlevé la future femme de son frère. Un scandale qui avait fait les choux gras de la presse à sensation, à l'époque. Cet incident donnait à Ella une bonne raison de mépriser cet homme qui, par moments, la troublait trop, et avec lequel elle devrait désormais travailler.

— Ce que vous avez fait ne dénote pas un très grand sens moral, rétorqua-t-elle sèchement. Vous n'avez donc pas d'honneur ?

— « Honneur », dites-vous, ironisa aussitôt Nicolas. C'est un concept qui ne manque pas d'intérêt ; mais dans la réalité, j'ignore ce que c'est.

Le pire était qu'elle aussi… Elle n'avait jamais vraiment rencontré de gens *honorables* dans sa vie. Quand elle était gamine, clouée sur un lit d'hôpital, l'honneur s'incarnait pour elle dans l'image du chevalier en armure, volant au secours de sa belle sur son splendide étalon. Autant dire un cliché romantique de gamine, qui avait perdu son attrait sitôt qu'elle avait quitté le lycée. Depuis, comme pour Nicolas Chevalier l'honneur lui était devenu un terme abstrait…

Elle leva les yeux et croisa le regard d'ambre. Aussitôt, une étrange chaleur l'envahit ; son cœur se mit à battre follement, le sang dans ses veines courait plus vite, chaud lui aussi, mais suave, sensuel. Et son indignation se muait déjà en une délicieuse langueur… Que lui arrivait-il ? Comment, par son seul regard, Nicolas lui donnait-il l'impression de n'être plus elle-même ?

Ella passa un bout de langue sur ses lèvres sèches et vit le regard de Nicolas suivre le mouvement de sa bouche. Alors surgit au plus profond de son ventre une sensation de béance exquise et douloureuse à la fois, une sorte de besoin intense, brûlant, exigeant… et infiniment délicieux. Elle l'identifia instantanément : le désir.

Un désir fou, irrépressible, et l'objet de ce désir était là, si près d'elle qu'elle pouvait le toucher, l'étreindre si elle le voulait ! Il fixait ses lèvres, à quelques centimètres seulement de son visage, et semblait comme hypnotisé.

Comment en vouloir à la fiancée de son frère d'être tombée sous son charme ? Nicolas Chevalier était la séduction, la tentation faites homme. Son regard, son beau visage, sa peau, tout en lui promettait à une femme des abîmes de plaisir.

Ella suffoquait de chaleur soudain, alors que la température n'avait pas changé. Ou peut-être que si… Y avait-il plus de monde dans les lieux ? Non, c'était Nicolas qui lui faisait tourner la tête.

Il se pencha à peine et elle ne broncha pas, figée, les yeux rivés aux siens. Le visage de l'homme qui la tenait ainsi sous son emprise se rapprochait, et se rapprochait encore… Nicolas s'immobilisa ses lèvres si près des siennes qu'elle en pressentit la tiédeur voluptueuse.

— Ne vous inquiétez pas, murmura-t-il de sa voix suave. Je n'ai pas besoin d'avoir le sens de l'honneur pour faire de vous une femme très riche. Ça ira même plus vite si je n'en ai pas.

Le charme était rompu, le désir d'Ella s'était enfui, la laissant froide et furieuse contre elle-même.

— Je m'en vais, annonça-t-elle sèchement en se dégageant.

— Et moi, je reste encore un moment, rétorqua paisiblement Nicolas.

Son regard parcourait déjà l'assistance. Il voulait sans doute trouver une jolie femme pour partager son lit ce soir, et les prétendantes ne manqueraient pas. Ella aurait dû s'en moquer ; or, elle en était révoltée.

— Amusez-vous bien, lança-t-elle en retour avant de tourner les talons.

4

— C'est le gros titre de la rubrique mondaine du journal ! Vous vous rendez compte ? Avec une photo de nous deux en plus !

Pour un peu, sous le coup de la stupéfaction, Ella aurait bégayé au téléphone. Mais Nicolas ne marqua aucune surprise :

— La presse porte un intérêt maladif à ma vie privée, rétorqua-t-il de sa voix merveilleusement sensuelle, même au téléphone.

Ella abaissa les yeux sur la photo qui les montrait tous les deux, leurs visages si proches que leurs bouches se touchaient presque. Quelque chose se noua en elle, tandis que la sueur perlait à son front. Elle dut fermer un instant les yeux tant l'image la troublait.

— En général, quand on me voit avec une femme, c'est qu'elle est ou sera rapidement ma maîtresse, reprit Nicolas.

Quelle odieuse assurance ! Cet homme, si séduisant soit-il, méritait qu'on le remette en place.

— Eh bien moi, je ne le suis pas, et ne suis pas en passe de le devenir non plus ! s'exclama-t-elle avec virulence.

— Peut-être. Mais hier soir, on nous a vus ensemble. On sait aussi que j'ai racheté votre créance, et beaucoup en déduisent que je l'ai fait dans le but d'aider la femme qui partage mon lit.

— Ces paparazzi font un travail minable, si vous voulez mon avis, riposta Ella avec une indignation réelle.

— Certes, mais ce genre de publicité ne peut pas faire de mal à la marque Ella Stanton.

Nicolas avait l'art de la contrer sur des points qu'elle pouvait difficilement contester. Mais Ella avait encore des arguments :

— J'avais cru comprendre que, de votre point de vue, des événements comme celui d'hier soir ne la valorisaient pas, précisément, parce qu'ils n'étaient pas assez chic.

— On vous y a vue en compagnie de qui il fallait, c'est ce qui compte.

L'arrogance de son interlocuteur la laissa sans voix quelques secondes.

— Votre ego est stupéfiant ! finit-elle par lancer.

— Vous croyez vraiment que mon ego est proportionnel à l'intérêt que me portent les médias ?

Cette fois, Ella ne sut que répondre. Certes, l'article, si inexact soit-il, était une excellente publicité, qu'elle devait à Nicolas. Personne n'aurait parlé d'elle si elle avait été seule à la soirée. Les médias aimaient Nicolas Chevalier parce qu'il était un play-boy représentant l'archétype de la réussite professionnelle. N'empêche qu'elle avait le droit de trouver cet article scandaleux, et le droit d'estimer aussi que Nicolas Chevalier avait un ego dévorant. C'était la vérité. Il fallait tout de même se croire tout permis pour voler la fiancée de son propre frère, puis la laisser tomber au bout de quelques mois !

D'un autre côté, Ella devait reconnaître une qualité à son insupportable associé : il faisait bouger les choses. Hier soir, il avait réussi un coup médiatique qui pouvait rapporter gros à la griffe Ella Stanton, sans débourser un sou. Alors pourquoi continuer à polémiquer ?

— J'avoue que toute seule, je n'aurais jamais eu un article pareil dans un journal à aussi fort tirage, finit-elle par reconnaître, faisant contre mauvaise fortune bon cœur. Vous avez bien fait d'attirer l'attention sur nous.

— Pas trop de compliments, mon ego va enfler ! ironisa Nicolas.

— Ha, ha, fit-elle mine de ricaner. Maintenant, je vais raccrocher, je vous ai fait perdre assez de temps. Euh… à bientôt.

Sans savoir pourquoi, elle était gênée soudain d'avoir appelé Nicolas sur son portable, dont il lui avait pourtant communiqué le numéro sans qu'elle le lui demande. Mais il lui semblait tout à coup avoir été familière.

A l'autre bout du fil, Nicolas fit observer :

— Nous discutons travail. Ça n'est jamais une perte de temps pour moi.

— Dieu du ciel ! Serait-ce un compliment ?

— Je vous l'ai déjà dit, Ella, il n'y a rien de personnel entre nous. Ce n'est pas *vous* qui m'intéressez. Je veux gagner de l'argent, et il se trouve que vous y trouverez aussi votre compte.

— Je sais oui, marmonna-t-elle.

Ella s'était levée de son siège pour s'approcher de la fenêtre de la cuisine, d'où l'on avait une vue imprenable sur le mur aveugle de la maison d'en face.

— Si vous gagnez de l'argent avec ma marque, j'en gagne aussi, et tout le monde est content, récita-t-elle comme une leçon apprise par cœur mais ennuyeuse. Seulement pour moi, mon entreprise représente bien davantage, figurez-vous.

— Elle est un moyen de nous enrichir. Qu'y voyez-vous de plus ?

— Une passion, un rêve, le sentiment de réussir ma vie ! Gagner de l'argent ne vient que bien après dans mes priorités.

Elle se souvint combien elle avait déjà donné à sa petite entreprise : son temps, son argent, son enthousiasme, ses espoirs…

— Eh bien, contrairement à vous, je n'y vois qu'un instrument qui peut rapporter gros, déclara Nicolas. Quand une affaire n'est pas rentable, je la liquide. Je ne perds jamais mon temps.

Ella leva les yeux au ciel. Après tout, il avait raison : pas de sentiments personnels entre eux, c'était mieux pour tout le monde. Elle avait intérêt à se le tenir pour dit.

— J'ai reçu un mail de Karen Carson, la rédactrice en chef de *Look*, reprit-il.

— Ah bon ! s'exclama-t-elle, tout excitée soudain. Que vous dit-elle ?

— La photo lui a plu.

— Super ! Elle la prendra pour sa couverture ?

Son cœur battait plus vite et pour une fois, Nicolas Chevalier n'y était pour rien.

— Non. Elle veut un modèle inédit.

— Comment cela ? interrogea Ella, aussi interloquée que déçue.

— Elle trouve la robe bleue magnifique. Elle aime… euh… comment a-t-elle défini cela ?…

Ella pouvait presque le voir à l'autre bout du fil faire défiler ses messages pour retrouver celui de Karen et répéter sa formule.

— Oui, j'y suis : elle aime votre « sens inné de l'équilibre des formes et des matières ».

— J'en suis ravie. Mais que veut-elle exactement ?

— Je vais vous transmettre son courriel. Elle aimerait quelque chose de plus habillé, dans des tonalités un peu plus sourdes. Et surtout, elle en veut l'exclusivité pour son magazine.

Au fil de la conversation, Ella avait complètement oublié son ressentiment contre Nicolas, ne voyant plus que des avantages à travailler avec lui : la couverture médiatique découverte ce matin pas plus que la proposition de la rédactrice en chef de *Look* ne tombaient du ciel. En tout cas, toute seule, Ella n'avait jamais rien obtenu de tel avant.

— Merci pour tout ce que vous faites, dit-elle alors, la gorge serrée tant elle était heureuse de se sentir brusquement propulsée dans des sphères qu'elle avait seulement rêvé d'atteindre.

Pour un peu, elle aurait pleuré de joie, mais un reste de fierté l'en retint : montrer son émotivité à Nicolas Chevalier serait la pire des erreurs.

Ce dernier dut être surpris de sa réaction car il déclara, comme à regret :

— Vous êtes une étrange personne : pleine de piquants comme un hérisson et puis, sans préambule, vous me remerciez. On ne sait jamais à quoi s'en tenir avec vous.

— Vous croyez que je sais à quoi m'en tenir avec vous ? riposta aussitôt Ella. Vous me parlez sans arrêt d'argent et de profit, puis tout d'un coup, comme par enchantement, vous créez l'événement !

— Dans ce cas, disons que nous sommes quittes, admit Nicolas, apaisant. Je vous fais parvenir le message de Karen. Il faudrait créer la robe demandée cette semaine. Pour le stylisme de la photo, ils s'en occuperont eux-mêmes.

— Parfait.

— Je vous contacterai d'ici quelques jours pour savoir où vous en êtes. Bonne chance, Ella.

— Seuls les faibles ont besoin de chance et de magie, rétorqua-t-elle, reprenant les paroles prononcées par Nicolas lors de leur première rencontre. Je n'ai aucun besoin de chance : je fais les plus beaux vêtements du monde.

— Eh bien, donnez-m'en une nouvelle preuve sinon la couverture de *Look* pourrait bien sauter.

Ella sentit son estomac se nouer. Brusquement, elle perdit sa belle assurance ; sans vraiment douter d'elle, elle n'était plus sûre de rien. Nicolas avait raison : les enjeux étaient énormes, il s'agissait de ne pas manquer son coup.

— Faites-moi confiance, dit-elle avec plus de certitude qu'elle n'en éprouvait.

Elle réussirait, se jura-t-elle après avoir raccroché. Sa robe pour la couverture de *Look* éblouirait tout le monde, et on saurait ce que valait Ella Stanton. De toute façon, elle n'avait pas le choix.

Nicolas observait Ella, agenouillée devant son mannequin de couturière. Elle ne l'avait pas entendu entrer et pour cause : la porte de son atelier était entrouverte, il lui avait suffi de la pousser. La jeune femme était occupée à retoucher une robe en fine mousseline rose très pâle, travail qui l'absorbait tant qu'elle fredonnait, inconsciente de ce qui l'entourait.

Une fois encore, Nicolas était surpris par la différence entre son atelier et son élégante boutique. Dans le lieu de vente, as d'excentricités ; un goût très sûr, une atmosphère intime et personnalisée. Dans l'entrepôt transformé en atelier, au contraire, c'était une explosion de couleurs au milieu d'un sympathique désordre. Mais ce n'était qu'une illusion : il s'agissait d'un désordre savamment calculé, en fonction des volumes, des teintes et de l'accessibilité des divers éléments. L'ensemble composait un espace de travail moderne, fonctionnel, vivant, où l'on se sentait bien.

Ella se redressa pour ajuster les bretelles de la robe. Nicolas fut frappé de la trouver une nouvelle fois dans une tenue peu conventionnelle et pourtant très élégante : un jean noir avec des surpiqûres rouge vif — dans un tissu très moulant qui mettait en valeur ses fesses ravissantes — et un ample jersey souple, qui laissait deviner ses seins ronds et hauts. Ses cheveux blonds étaient retenus par une énorme fleur magenta. L'ensemble aurait pu être criard, de mauvais goût, mais sur elle, c'était original et chic. Nicolas admit qu'avec un corps pareil et un visage aussi séduisant, elle pouvait se permettre bien des choses.

— Cette robe sur le mannequin est très jolie, lança-t-il.

Le compliment lui était venu spontanément, ce qui était rare chez lui. Mais avec Ella, il ne se comportait pas toujours comme à son habitude. Ainsi, il était venu aujourd'hui voir où elle en était de sa robe pour *Look*, alors qu'un coup de téléphone aurait suffi.

Sa voix fit sursauter la jeune femme, qui se remit debout en se tournant vivement, ses grands yeux bleus affolés.

— Vous m'avez fait peur ! s'exclama-t-elle. Vous auriez pu… euh… frapper.

— La prochaine fois, fermez votre porte.

— C'est ainsi que vous vous excusez ? riposta-t-elle.

Elle porta une main sur sa hanche et tout son appui sur un pied, de sorte que ses formes s'accentuèrent. Seins joliment saillants sous le chandail, taille menue, elle était la perfection faite femme. Nicolas se demanda s'il la trouvait attirante tout simplement parce qu'elle avait un corps de rêve et une bouche faite pour les baisers… En tout cas, le soir, avant de s'endormir, c'était elle qu'il voyait derrière ses paupières closes.

— Comment ça marche ?

— Bien.

Ella plissa les yeux.

— Je pensais que vous vous contenteriez de me téléphoner, reprit-elle.

— J'ai décidé de passer me rendre compte de votre travail. Il y a quand même pas mal d'argent en jeu, et j'aime ne rien laisser au hasard.

Ella recula d'un pas. Son cœur continuait à tambouriner après l'émotion que lui avait causée Nicolas. Il l'avait surprise, rien de plus, or sa réaction mettait bien longtemps à se calmer… Et voilà que son pouls s'emballait de nouveau comme il avançait vers elle, d'une démarche fluide et élégante, féline.

Il portait un costume gris foncé qui lui allait à ravir, mettant en valeur ses larges épaules et ses longues jambes –du sur-mesure, certainement. Ella savait reconnaître les vêtements sortant d'un bon faiseur, c'était son métier. Mais pour une fois, elle était moins intéressée par le costume que par celui qui le portait. Pire : l'homme devant elle la mettait en émoi au point qu'elle n'arrivait plus à penser normalement.

— Dites-moi *franchement* ce que vous pensez de cette robe, réussit-elle à demander.

L'avis de Nicolas lui importait peu à ce stade de la réalisation, mais Ella avait besoin de chasser son trouble

— C'est… euh… comment dire… Original !

— Certes, il ne s'agit pas d'un fourreau en lycra brillant recouvert de sequins, comme vous semblez les apprécier…

— Une critique sur les femmes avec qui on me voit, ou je me trompe ?

— Prenez-le comme vous voulez.

— Eh bien merci, mais sachez que les commentaires des médias me suffisent. Inutile d'en rajouter.

Ella toussa pour s'éclaircir la gorge, gênée que sa langue une fois encore l'ait trahie ; pour détendre l'atmosphère, indiqua la robe sur le mannequin.

— J'ai voulu créer un équilibre entre le flou et le structuré. Le tissu, comme vous le voyez, est mousseux, aérien, donc pour le corsage, je me suis inspirée des drapés qu'on voit sur les sculptures grecques. Cela permet de rehausser les formes sans les mouler. Sur le plan technique, c'est d'une réalisation complexe.

— Si vous le dites.

Nicolas s'était approché ; Ella recula d'autant. Où était donc passée sa belle assurance habituelle ? Maudit soit cet homme qui par sa seule présence lui faisait tourner la tête, au sens littéral du terme !

Il effleura le tissu de la robe. Puis, prenant le mannequin par les hanches, il le fit pivoter légèrement ; ses belles mains viriles faisaient contraste avec l'étoffe vaporeuse, si féminine.

— Je ne vois rien de ce que vous venez d'expliquer, murmura-t-il, mais j'imagine facilement une femme portant cette robe, la façon dont ces plis mouleraient sa poitrine…

Il glissa un doigt très doux le long du drapé sur le buste du mannequin.

— Et ces plis là qui font paraître la taille si fine…

Il s'interrompit et toucha ensuite les coutures évasées qui structuraient la jupe.

— Je vois cette femme marcher avec une allure de reine, par le seul effet de cette jupe, ample et moulante à la fois.

Ella retenait son souffle. Il effleurait de nouveau la poitrine du mannequin et elle-même sentait ses propres seins se tendre, lourds, presque douloureux, comme s'il les caressait. L'autre main de Nicolas était restée sur la hanche du mannequin ; Ella en éprouvait le poids sur sa propre hanche. Il n'en finissait plus de frôler la fine étoffe, là où elle plaquait la silhouette de bois et de tissu, ce qu'Ella avait l'impression d'être devenue… Son esprit battait la campagne : qu'éprouverait-elle si elle portait cette robe ? Comment réagirait-elle à cette lente et insistante caresse, à cette main qui savait sentir et connaissait d'instinct les courbes, les creux, tous les secrets d'un corps de femme ? Résisterait-elle à l'envie de faire glisser la robe sur le sol pour être nue devant lui et sentir ses caresses sur sa peau ?…

L'air de l'atelier était lourd et brûlant ; soudain, Ella eut du mal à respirer, ses genoux se dérobaient sous elle. Allait-elle s'effondrer ?

Nicolas lâcha l'étoffe sans quitter Ella des yeux. Le chuintement de la soie qui retombait se confondit avec le bruit de leurs respirations rapides ; puis, éperdue, elle n'entendit plus que le fracas sourd de son cœur.

La voix de Nicolas la ramena brutalement sur terre :

— Je serais assez fier de sortir avec une fille habillée de la sorte, dit-il, reculant d'un pas pour mieux regarder le vêtement dans son ensemble.

Il avait parlé si naturellement qu'on aurait pu croire qu'il ne s'était intéressé qu'à la robe. Et c'était le cas, bien sûr, réalisa brusquement Ella. Tout ce qui s'était passé dans sa tête n'avait existé que pour elle. C'était son imagination de femme frustrée qui lui avait joué un tour. Elle rêvassait trop.

— Vous croyez que Karen sera contente ? interrogea-t-elle pour se donner une contenance.

— Je vous l'ai dit : je ne m'y connais pas dans le domaine de la mode et du style. Mais je suis un homme et je peux vous dire que la couverture d'une revue montrant cette robe portée par une jolie femme attirerait mon regard.

— Eh bien, fit Ella, pas encore tout à fait détendue, espérons que les femmes l'aimeront aussi puisqu'elles constituent le gros du lectorat de *Look*.

— A mon avis, elles ne seraient pas déçues.

— Merci.

Ella n'avait plus qu'une idée en tête, à présent : que Nicolas s'en aille et la laisse travailler, pour qu'elle puisse oublier au plus vite ces instants de tumulte émotionnel qui l'avaient anéantie.

— Je voulais vous parler d'une chose encore, fit-il en se tournant vers elle.

Elle tâcha de masquer sa contrariété.

— Je vous écoute.

— Samedi a lieu un événement mondain très prisé : le bal des Petits Cœurs. Sans doute en avez-vous entendu parler. J'aimerais vous y emmener : cela pourrait donner une visibilité nouvelle à notre association et fournir aux médias de quoi recharger leurs batteries. Qu'en dites-vous ?

5

Ella connaissait évidemment le bal des Petits Cœurs, sans conteste la soirée la plus prestigieuse de la saison. Elle était organisée par une fondation caritative qui récoltait ainsi des fonds pour construire des hôpitaux pour enfants dans les pays ravagés par la guerre. Outre le repas, qui coûtait au bas mot trois cents euros par personne, il fallait aussi acquitter un droit d'entrée exorbitant. Malgré cela, les organisateurs avaient réussi à créer une manifestation où il était de bon ton de se montrer quand on voulait soigner ses relations publiques et afficher son standing.

Vu le coût du seul droit d'entrée, Ella n'aurait jamais envisagé de s'y inscrire ; sous le coup de la surprise, elle demanda vivement, sans même réfléchir :

— C'est vous qui paierez ?

— Evidemment. J'invite toujours les jeunes femmes avec qui je sors.

— Dans ce cas, vous ferez une exception : je tiens à régler au moins mon dîner.

Elle avait parlé mue par son amour-propre, car elle ne voulait pas se sentir entretenue. Pourtant, elle n'avait pas les moyens de dépenser une somme pareille quand elle gagnait encore si peu d'argent.

— Cette fondation accomplit du très beau travail ; je serai contente d'y contribuer à ma modeste échelle, ajouta-t-elle cependant.

Elle réalisa qu'en disant cela, elle venait de donner son

accord à Nicolas. Aurait-elle dû refuser de l'accompagner à cette soirée ? Si elle n'avait écouté que sa fierté, oui. Cependant, son associé voyait certainement cet événement prestigieux comme un moyen de promotion : plus on les verrait ensemble, plus on parlerait d'eux, et plus la marque Ella Stanton gagnerait en notoriété.

Ella aurait adoré refuser et dire d'un ton faussement négligent : « Je n'ai que faire de votre invitation et de la publicité qui s'ensuivra ». Hélas, par une cruelle ironie du sort, plus elle se montrerait avec Nicolas Chevalier, plus vite elle se débarrasserait de sa tutelle et retrouverait son autonomie professionnelle. Si cela impliquait de passer quelques heures en sa compagnie dans une manifestation select, elle le ferait.

Elle se força à ne pas prêter attention à ce drôle d'émoi qui s'emparait d'elle à l'idée d'aller à ce bal avec lui. Elle devait se souvenir qu'elle n'agissait que dans l'intérêt de son entreprise.

— Pas question que vous déboursiez quoi que ce soit, rétorqua Nicolas. Si vous voulez aider la fondation, vous ferez un chèque.

Ella aurait bien aimé le contrer mais ce serait inutile, elle le savait.

— Comme vous voudrez, concéda-t-elle. Même si cela ne me paraît pas très équitable.

— Un homme qui invite une femme ne la fait pas payer, voyons ! Je me demande quel genre de rustres vous fréquentez.

— Vous cherchez à me donner une leçon de savoir-vivre ?

Ella était hérissée tout à coup car en fait de fréquentations, la dernière fois qu'un garçon l'avait invitée, c'était au lycée ; cela s'était très mal terminé. Depuis, elle avait toujours fait en sorte de ne pas avoir à revivre une telle épreuve.

— Parfois, il semble que vous en ayez besoin, déclara Nicolas.

— Certainement pas venant de quelqu'un comme vous !

La riposte avait échappé à Ella, une fois de plus, et elle la regretta aussitôt. Sa maudite langue ne cessait de lui jouer des tours ! Elle s'attendait à une réaction cinglante de la part de Nicolas, mais celui-ci l'étonna :

— Vous n'avez pas tort, déclara-t-il après un temps de réflexion, je ne suis pas exactement qualifié pour donner des conseils de savoir-vivre. Cependant, ne doutez jamais d'une chose : je sais me comporter avec une femme, qu'elle soit avec moi pour un soir ou que nous ayons une relation plus longue, que ce soit en privé ou en société.

Concernant l'intimité, Ella en était déjà persuadée. La voix de Nicolas, par son infinie sensualité, promettait à elle seule des plaisirs ineffables que, dans son inexpérience, elle se refusait à imaginer. Qu'il soit un amant merveilleux, c'était clair. Mais savait-il chérir une femme ? S'en occuper, l'entourer, la comprendre ? Probablement pas, hélas.

Ella leva les yeux sur son visage aux traits réguliers, si durs qu'ils semblaient sculptés dans la pierre. Qui était-elle pour le juger ainsi sur les apparences ? Elle se sentit coupable, tout à coup. Après tout, elle ne connaissait pas Nicolas Chevalier — ou plutôt n'en connaissait que ce qu'en disaient les médias. Etait-ce suffisant pour porter sur lui des jugements sans appel ? D'autant que Nicolas semblait tellement à l'aise dans son rôle d'homme sans cœur et sans scrupule, qu'on pouvait se demander s'il n'entretenait pas délibérément cette image.

Mais dans ce cas, que cherchait-il à dissimuler ?

« Rien. Ne cherche pas », murmura une sage petite voix dans sa tête.

Pourtant, elle avait appris à ses dépens que les gens n'étaient pas toujours ce qu'on aurait voulu qu'ils soient. Longtemps après l'incendie, elle avait trouvé des excuses à l'indifférence de ses parents. Jusqu'au jour où, elle avait découvert qu'ils étaient simplement égoïstes. Après l'incendie, plutôt que de penser à leur fille blessée, à ses souffrances, à son sentiment d'abandon, ils avaient préféré se réfugier dans leur culpabilité. A leurs yeux, c'était eux les victimes du drame, alors qu'ils avaient réussi à échapper aux flammes quand leur enfant était restée prise au piège.

— A quelle heure a lieu ce bal, samedi ?

— 20 heures. Et c'est un bal costumé.

— Je suis bien placée pour me confectionner un déguisement, plaisanta Ella.

Le vieux château loué par l'association des Petits Cœurs pour y organiser le bal était décoré à l'excès, sa façade tellement illuminée qu'on n'en voyait presque plus la splendeur architecturale. Quant à la salle de réception, ses murs disparaissaient sous des tissus scintillants, auxquels on avait accroché une myriade de petits cœurs blancs pailletés d'argent.

Depuis bien longtemps, Nicolas ne se laissait plus impressionner par pareil étalage de luxe clinquant. Pourtant, il n'en était pas toujours allé de la sorte. A seize ans, lorsqu'il était revenu du Malawi, après huit années passées en Afrique, son père et son frère l'avaient accueilli à bras ouverts et introduit dans le milieu aisé qu'ils fréquentaient. Nicolas n'était pas resté indifférent au déploiement de luxe et de richesse dans lequel tous trois évoluaient, mais il en était vite revenu. Et ce soir, le faste tape-à-l'œil le laissait de glace.

En revanche, il ne restait pas insensible à la femme qui l'accompagnait. Ella portait une robe en fine dentelle rouge très foncée, qui semblait avoir été cousue sur elle tant elle était moulante. Elle lui arrivait au-dessus du genou, laissant voir ses longues jambes fines gainées de soie noire, et le tissu de la robe était si fin, si ajouré, que, par endroits, apparaissait la peau laiteuse, à l'éclat presque nacré par contraste avec l'incarnat sombre de la dentelle. La jeune femme était sublime, et Nicolas ne se lassait pas de la regarder : depuis trois ans, elle était la première femme à éveiller en lui davantage qu'un désir purement sexuel !

— En quoi vous êtes vous déguisée ? demanda-t-il.

Il prit l'une de ses mains, habillées de mitaines en dentelle assorties à la robe, pour l'entraîner vers un buffet. Il vit sa jolie bouche rouge sombre s'éclairer d'un sourire ; le masque doré qui dissimulait en partie son visage faisait paraître ses yeux bleus encore plus intrigants.

— Je suis la Tentation, répondit-elle délibérément énigmatique.

Et c'était bien vrai : la tentation faite femme ! Trois ans plus tôt, Nicolas y aurait cédé sans retenue, ni la moindre arrière-pensée. Il aurait laissé son désir pour Ella prendre le pas sur son esprit. Mais il avait changé. Il fallait parfois résister à ses pulsions quand l'esprit les jugeait dangereuses ou inappropriées.

Il inclina à peine la tête pour respirer le parfum féminin, léger et capiteux à la fois, qu'exhalait sa ravissante compagne ; il dut se faire violence pour ne pas l'attirer à lui.

— Et vous, lui demanda-t-elle alors, vous êtes censé être déguisé en quoi ?

— Je suis l'homme qui n'aime pas les déguisements.

Un éclat de rire lui répondit.

— Sincèrement votre costume est parfaitement réussi, tout le monde en conviendra, fit observer Ella, riant toujours. Mais ce n'est pas du jeu !

Elle lui sourit alors ; il en éprouva une étrange émotion qu'il refoula aussitôt.

— Pourquoi donc ?

— Tout le monde doit faire un effort. Moi, je me suis déguisée.

— C'est vrai, et le résultat est très réussi.

La dentelle paraissait si délicate, si fragile qu'il eut été facile de la déchirer, lentement, pour dénuder le corps ravissant qu'elle dissimulait à peine. Cela fait, Nicolas embrasserait les lèvres charnues et faites pour les baisers. Peut-être enlèverait-il aussi le masque doré. S'il le laissait, le résultat serait très libertin : Ella nue, ne portant que ce loup, pareil à ceux qu'arboraient jadis les grandes dames vénitiennes pour le carnaval de leur célèbre ville.

Il n'aurait pas besoin de voir son visage pour savoir qui était dans ses bras : même dans ses rêves les plus fous, c'était elle qu'il voyait. Il n'avait qu'elle en tête...

Ella était un peu mal à l'aise sous le regard insistant de Nicolas. Il lui semblait qu'il la déshabillait des yeux et voyait au-delà de sa robe. Certes, celle-ci était osée : la dentelle très fine ne dissimulait que ce que la morale exigeait, elle le savait. Heureusement, le masque, d'une certaine façon, protégeait sa pudeur. Derrière son loup, Ella éprouvait la délicieuse impression de se fondre dans l'anonymat.

Si elle se sentait nue sous le regard de Nicolas, elle ne devait s'en prendre qu'à elle. En concevant ce costume, elle avait voulu le décontenancer, l'étonner par son audace, mais aussi lui plaire — voire même lui donner des idées, juste pour une fois... Qu'il la considère comme une femme et non comme un moyen de gagner de l'argent.

Finalement, elle s'était prise à son propre piège. Nicolas aimait ce qu'il voyait, mais elle s'en trouvait mal à l'aise, désemparée. Car que ferait-elle si d'aventure il voulait aller plus loin ? Et si elle acceptait, comment réagirait-il ensuite ?

Sans doute fuirait-il à toutes jambes sitôt la robe enlevée, horrifié par les cicatrices sur son dos, atterré d'avoir envisagé de faire l'amour à une femme à ce point repoussante.

Les marques laissées par les brûlures n'étaient pas si affreuses, Ella le savait. Mais elle avait beau avoir conscience d'en exagérer l'importance, elle ne parvenait pas à se défaire de ce sentiment d'être devenue un monstre. A sa décharge, sa dramatique aventure au lycée, avec Tom, ne l'avait pas aidée à prendre confiance en elle. Sans compter que sa mère n'avait cessé, après sa sortie de l'hôpital, de lui répéter : « Dire que tu étais si belle avant ! »

Peut-être tenterait-elle un jour de se donner à un homme,

mais il faudrait qu'elle le connaisse et que non seulement elle l'ait prévenu, mais aussi qu'il tienne à elle. Jamais elle ne choisirait un homme parce que, l'espace d'un soir comme celui-ci, il la trouvait sexy et séduisante.

— A quelle heure doit-on servir le dîner ? demanda-t-elle à Nicolas, pressée de mettre un peu de distance entre eux.

— Généralement, les organisateurs laissent le temps aux invités de faire leurs mondanités avant de passer à table.

— Qu'appelez-vous « mondanités » ? demanda-t-elle en souriant de bon cœur.

— Parler pour ne rien dire avec des gens dont on n'a rien à faire. J'ajoute, quitte à vous étonner, que ce n'est pas mon fort.

Ni celui d'Ella, qui n'en dit rien.

— Eh bien parlons affaires, ce sera plus intéressant.

— Pourquoi pas ?

Nicolas saisit deux coupes de champagne sur le plateau d'un serveur et lui en tendit une. Elle la prit, cherchant à se donner une contenance.

Car Nicolas continuait à la regarder avec insistance, et son malaise augmentait : elle se sentait nerveuse, tendue, tandis que tout au fond d'elle, des frissons brûlants, presque douloureux, l'envahissaient une fois encore, exigeants, implacables.

— La robe pour *Look* est terminée ? demanda Nicolas après avoir bu une gorgée de champagne.

Ella retomba sur terre.

— Pas tout à fait, non. Mais j'ai envoyé des photos à Karen et elle m'a félicitée. J'ai bon espoir — enfin… autant qu'il est possible. Quand un enjeu est aussi important, on a toujours des doutes.

Nicolas haussa les épaules.

— L'essentiel c'est d'avancer. Une chose après l'autre. Je traite ainsi toutes mes affaires : méthodiquement, pas à pas. Ainsi rien ne m'échappe.

Ella pianota sur le bord de son verre.

— Vous avez sans doute raison. Cela évite aussi de paniquer parce qu'on s'est focalisé sur un seul objectif.

— Je ne panique jamais.

— C'est vrai ?

— Non. Une fois ma décision prise, j'agis. Sans état d'âme ni regret.

Le ton de la conversation changeait imperceptiblement, la voix de Nicolas s'était faite plus âpre, plus autoritaire. Ella se demanda soudain s'il était sincère. Avançait-il dans la vie sans rien regretter ? Avait-il volé la fiancée de son frère, pour l'abandonner ensuite, sans le moindre remords ? Comment savoir ?

— Vous avez beaucoup de chance d'être aussi sûr de vous chaque fois que vous prenez une décision.

— Vous ne semblez pas non plus manquer d'assurance, Ella.

La façon dont il avait prononcé son prénom était comme une caresse, son léger accent lui donnant une consonance nouvelle, presque érotique.

Il se pencha à peine et elle baissa les yeux derrière son masque doré, ne voulant surtout pas croiser son regard. Mais elle se découvrit alors fixant les longs doigts de Nicolas, qui tenaient l'élégant pied de sa coupe de champagne. Tout à coup, l'image de cette main infiniment sensuelle sur sa peau nue la terrassa.

— Encore que parfois, malgré cette assurance, il vous arrive de rougir. Comme en ce moment, par exemple.

Ella recula vivement.

— C'est qu'il fait très chaud, ici.

— Voulez-vous sortir sur la terrasse ?

Ella leva la tête et fila vers la porte-fenêtre, pressée d'être enfin seule pour reprendre ses esprits. Hélas, Nicolas lui emboîta le pas.

— Vous pouvez me laisser, vous savez, dit-elle en désespoir de cause.

— Je ne vais tout de même pas vous abandonner : vous êtes mon invitée ce soir.

— Toujours vos bonnes manières, voulut ironiser Ella.

— Disons que je tiens à ma réputation, rétorqua-t-il, un rien sarcastique.

— Vous pensez aux journalistes, j'imagine ? Vous ne voudriez pas lire demain dans la presse que vous avez négligé votre nouvelle fiancée…

Ella avait parlé en plaisantant, espérant détendre l'atmosphère. Ils étaient dehors à présent ; elle s'était adossée à la balustrade. L'air était doux et le ciel criblé d'étoiles.

— Je me demande en effet quelle version donnera la presse de notre soirée, murmura Nicolas.

— D'autant que nous venons de disparaître ensemble. Nul doute qu'on va parler d'un tête-à-tête amoureux.

Il se mit à rire doucement. Ce rire était si sensuel qu'Ella ne put réprimer un délicieux frisson.

— Vous devriez être journaliste. Votre imagination ferait merveille, dit-il à mi-voix.

Dans la grande salle, un orchestre s'était mis à jouer un lent morceau de jazz dont les échos leur parvenaient. Ella ferma un instant les yeux pour mieux en profiter.

— Vous aimez ? demanda son compagnon.

— Oui, encore que le jazz ne soit pas ma musique préférée.

Sans répondre, il lui prit sa coupe de champagne pour la poser sur la balustrade de pierre, à côté de la sienne.

— J'ai envie de danser avec vous, murmura-t-il.

Nicolas l'attira lentement à lui. Elle se laissa faire, le corps souple, abandonné, l'esprit privé de réaction. Alors, il lui entoura la taille de son bras pour l'entraîner sans hâte au rythme de la musique. Elle sentait avec bonheur son souffle tiède contre son cou.

Pourquoi ne cherchait-elle pas à se dégager ? La question lui traversa l'esprit dans un éclair de lucidité, et la réponse lui apparut avec une évidence confondante : elle était bien dans les bras de cet homme. Elle, qui avait tant souffert, éprouvait un merveilleux sentiment de sécurité et d'abandon ; c'était tellement nouveau qu'il n'était pas question de le refuser.

La musique était lente, voluptueuse, et leurs deux corps la suivaient ensemble, parfaitement accordés, comme s'ils ne faisaient qu'un. Ella sentait la main de son cavalier au creux de ses reins, sa chaleur contre elle, la force et la puissance qu'il lui communiquait.

— Tentation, chuchota-t-il à son oreille, nichant sa joue au creux de son cou, vous ne pouviez pas mieux choisir.

Il inclina la tête, sa respiration caressant son épaule, et Ella crut qu'il allait poser les lèvres sur sa peau nue. Elle avait envie d'en éprouver la douceur — tellement envie !... Tout son corps s'embrasait, parcouru de milliers de picotements brûlants. Mais Nicolas maintint sa bouche à une distance infime de sa chair, se contentant de la caresser de son souffle, modulant celui-ci pour sentir sa cavalière frémir entre ses bras.

Ella ne pensait plus, seulement livrée à des sensations intenses, exquises. Inconsciemment, elle rejeta la tête en arrière pour que cette haleine délicieuse la frôle encore et encore, et que Nicolas enfin embrasse sa peau...

Il se dégagea à peine et la regarda dans les yeux. Puis, d'un geste très doux, il l'obligea à tourner la tête pour la caresser de nouveau de son souffle de l'autre côté du cou, là où la cicatrice étirait son mince ruban. Tout de suite, elle se tendit : à cet endroit, elle n'avait plus de sensations, pour cause de terminaisons nerveuses abîmées. Les cicatrices n'étaient que les marques visibles des dégâts causés par l'incendie. Il en était d'autres, intérieurs, qu'Ella était la seule à connaître, et qui n'en étaient pas moins douloureux.

Elle retomba aussitôt sur terre à cette pensée et se dégagea de l'étreinte de Nicolas, haletante.

— Je… je suis désolée.

C'était pour elle qu'elle l'était, pas pour son cavalier, qui visiblement ne comprenait pas sa réaction. Il la fixait avec stupeur.

— Je… je…, balbutia-t-elle encore, avant de réussir à articuler : allons voir si le dîner est servi !

Le visage de Nicolas arborait une expression distante, indéchiffrable.

— Vous avez faim ?

Ella se garda bien de répondre qu'il n'en était rien. De fait, elle avait plutôt la nausée et devait faire un effort surhumain pour ne pas trembler de tous ses membres.

— Il est tard, dit-elle en guise d'excuse.

Et, comme Nicolas ne répondait pas, la regardant toujours sans comprendre, elle ajouta :

— Merci pour cette danse.

Elle avait parlé légèrement, espérant ainsi qu'il ne verrait pas combien elle était bouleversée. Le désir insensé qu'il lui avait inspiré l'avait exaltée, mais la réalité l'avait si durement rattrapée ! Elle n'était pas une femme normale, son handicap était bien plus grave que ne le laissaient croire ses cicatrices.

Nicolas hocha la tête et lui tendit la main pour la reconduire dans la grande salle. Elle la prit et le suivit, soulagée : *a priori*, ils partageraient leur table avec d'autres convives et ne seraient plus seuls en tête à tête de la soirée.

6

Ah, les journalistes avaient bien fait leur travail ! La photo d'Ella et lui, isolés sur la terrasse du château, s'étalait sur une demi-page, suivie d'un article où l'auteur se demandait comment et pourquoi Nicolas Chevalier et Ella Stanton semblaient inséparables depuis quelque temps.

Sa lecture terminée, Nicolas haussa les épaules. Si la curiosité malsaine des médias pour la vie privée de gens comme lui le dégoûtait, il savait aussi en tirer profit. Dans bien des cas, cette publicité gratuite lui servait à gagner encore et toujours plus d'argent. Or, il aimait l'argent, il ne s'en était jamais caché. Pas par cupidité, mais parce qu'il lui permettait de réaliser ses rêves. Ainsi, ces fondations dédiées à sa mère qu'il avait créées au Malawi. Elles apportaient de l'aide aux plus démunis de ce pays qui l'avait accueilli enfant. Elles amélioraient progressivement les infrastructures du pays, qui en avait grand besoin.

C'est aussi parce qu'il était devenu riche que son père ne lui avait pas complètement fermé la porte après qu'il fut parti avec la fiancée de son frère. Pourtant, Nicolas ne s'était jamais bien entendu avec son géniteur, qui n'avait pas apprécié que son fils de huit ans lui préfère sa mère au point de s'envoler avec elle pour l'Afrique.

Les rapports avec Luc tourmentaient davantage Nicolas. Car son frère aîné lui avait si généreusement pardonné ce qui s'était passé avec Marie qu'il s'en sentait plus coupable encore. Si Luc avait cherché à se venger d'une manière ou d'une autre, leurs relations auraient été plus saines ; au contraire, depuis cette lamentable affaire, Nicolas se savait irréparablement mauvais…

Il chassa ces pensées stériles et reporta les yeux sur la photo qui le montrait avec Ella. Il inclinait la tête, le visage tout proche de la courbure de son cou ; elle rejetait la sienne en arrière et on la voyait de profil, lèvres rouge foncé entrouvertes, ravissant menton… Hélas, ses yeux demeuraient invisibles, cachés derrière le masque doré.

Ella Stanton était une très jolie femme, nul ne pouvait le nier. Mais il y avait plus : Nicolas avait rarement rencontré quelqu'un d'aussi vivant. Et pourtant, la vie ne l'avait pas épargnée…

Le vibreur de son portable le ramena au présent. *Karen Carson* venait de s'afficher sur l'écran. Il décrocha, annonçant d'une voix automatique :

— Nicolas Chevalier à l'appareil.

— Bonjour Nicolas ! s'exclama la voix enjouée et un rien flirteuse de Karen.

Nicolas la connaissait pour l'avoir rencontrée un certain nombre de fois, mais leurs relations avaient toujours été platoniques. Cependant, il la soupçonnait toute disposée à passer à un autre registre. Quelques temps auparavant, il n'aurait pas dit non, et Karen aurait rejoint la kyrielle de jolies femmes qui s'étaient succédé dans son lit. Aujourd'hui, la pensée le mettait mal à l'aise sans qu'il en comprenne la raison.

— Que me vaut le plaisir de t'entendre ? demanda-t-il aimablement. Les photos envoyées par Ella Stanton ne te conviennent pas ?

— Si, au contraire, répliqua la journaliste, adoptant aussitôt un ton professionnel.

— Donc, c'est bon pour la couverture de *Look* ?

— Oui. Sous réserve que j'aie l'accord de mon comité de rédaction.

— Je serais étonné que tu n'arrives pas à convaincre

tes collègues. Ella a beaucoup de talent, elle mérite qu'on le reconnaisse.

Karen s'éclaircit la gorge.

— Il est vrai que tu es bien placé pour parler ainsi, déclara-t-elle sur un ton où perçait une pointe de jalousie. C'est du moins ce qu'on dit dans la presse…

Nicolas serra les mâchoires. Ella était douée ; il avait pris la peine de le vérifier et ce qu'il avait vu l'avait convaincu. On n'allait pas maintenant lui refuser une opportunité d'accéder à la reconnaissance parce que la rédactrice en chef d'un journal de mode était jalouse.

— Je suis un homme, avec ses faiblesses, répondit-il d'une voix de miel. Mais je suis surtout un professionnel, dont le business est de faire de l'argent. Une couverture de *Look* avec une robe d'Ella ne peut qu'être profitable pour elle et pour ton magazine. Si je n'en étais pas persuadé, jamais je ne t'en aurais parlé.

De nouveau, Karen toussota.

— En vérité, j'avoue que j'ai trouvé ses croquis si intéressants qu'une idée m'est venue. D'ici un mois, nous sortons un cahier spécial intitulé « Jeunes Stylistes ». J'aimerais y présenter Ella avec quelques-unes de ses créations. Il y aura bien sûr plusieurs designers très en vue et je pense que ce serait une promotion intéressante pour elle. Nous avions en tête un reportage sur une plage avec des mannequins en tenue de soirée. Qu'en penses-tu ? Ce serait spectaculaire, non ?

— Splendide en effet. Vous avez décidé du lieu du reportage ?

— Probablement Hawaii.

— C'est trop banal, voyons ! s'exclama Nicolas. On voit les plages d'Hawaii dans tous les journaux.

— Tu as une meilleure idée ?

— Bien sûr.

*
* *

— Je suis passé vous demander si vous pouviez vous absenter quelques jours.

Ella sursauta. Occupée à ranger des vêtements dans les rayons, elle n'avait pas entendu s'ouvrir la porte de la boutique.

— Décidément, cela devient une habitude, chez vous ! lança-t-elle vertement à Nicolas, qui s'amusait visiblement de sa surprise. Vous aimez me faire peur, on dirait !

— Je n'ai pas réussi à vous joindre par téléphone.

— Il y en a pourtant un ici, rétorqua la jeune femme, indiquant l'antique appareil à cadran posé près de la caisse. Il n'est pas tout jeune, je l'ai trouvé aux puces, mais il marche.

Elle se détourna vite pour ne plus voir ces yeux pailletés d'ambre qui la détaillaient avec une attention infiniment troublante. Déjà, son cœur s'emballait. Furieuse de ne pas mieux se maîtriser, elle reprit, avec dans la voix ce qu'il fallait d'agressivité pour masquer son émoi :

— Vous pouviez aussi appeler mon portable.

— J'ai essayé, mais je suis tombé directement sur votre messagerie, expliqua paisiblement Nicolas.

Ella passa vivement derrière la caisse pour récupérer son grand fourre-tout bleu vif en cuir. Elle finit par y trouver son téléphone et vit qu'il était éteint. Ou elle l'avait arrêté, ou la batterie était déchargée.

— Désolée, marmonna-t-elle, gênée.

Elle réalisa alors ce que lui avait demandé son associé en entrant.

— Vous voulez savoir si je peux m'absenter quelques jours ?

— En effet. Karen doit partir avec des mannequins pour un reportage photos et elle voudrait que vous l'assistiez. A propos, c'est d'accord pour la couverture avec la robe rose pâle.

Ella écoutait bouche bée. Etait-ce possible ? Tout semblait arriver à la fois. C'était trop beau pour être vrai !

— Elle veut que je l'assiste ? répéta-t-elle incrédule. Mon avis l'intéresse ?

— C'est ce qu'elle m'a laissé entendre. Elle a l'intention de publier un supplément sur les jeunes stylistes. Vous en feriez partie, et elle illustrerait l'article sur vous avec des mannequins présentant vos robes de soirée sur une plage de sable fin. Il paraît que ce genre de mise en scène est dans le vent et fait vendre.

— Ce... c'est vrai, mais... mais c'est incroyable ! J'ai l'impression de rêver.

— Non, jolie demoiselle, vous ne rêvez pas. Je vous l'avais bien dit.

Sans achever sa phrase, Nicolas s'était approché pour passer un doigt caressant sur sa joue. Ella recula vivement tant ce simple geste la mettait en émoi.

— Euh..., balbutia-t-elle. Il faudrait partir quand ?

— Après-demain. Vous pensez pouvoir vous organiser pour la boutique ?

— Cela devrait être possible. Oui, je vais trouver un moyen.

Mentalement, elle calculait déjà comment réaménager l'emploi du temps de Dorothée, la jeune vendeuse qui la remplaçait parfois ou la secondait en périodes d'affluence. Pas question de refuser une opportunité pareille !

— Alors c'est parfait.

— Où se déroulera cette séance ? Et irai-je ?

Un lent sourire éclaira le beau visage de Nicolas.

— Nous allons au Malawi et nous prenons mon jet privé.

— Vous parlez sérieusement ? s'extasia Ella.

— Ne vous inquiétez pas, c'est un petit avion, rien d'extravagant.

— Et... et vous partez aussi ?

— Evidemment.

A l'entendre, cela coulait de source. Ella aurait dû s'en douter. Un élan de joie l'assaillait, semblable à celui qu'elle avait ressenti quand Nicolas l'avait invitée au bal des Petits Cœurs.

— Le Malawi est un pays tropical, au bord d'un lac à l'eau si claire qu'on peut compter les poissons qui pullulent au bord des plages. Pour moi, c'est le plus bel endroit du monde.

Sa voix s'était faite lointaine, presque détachée, et Ella y perçut une étrange tristesse. Avait-il là-bas des souvenirs douloureux ? L'image du petit garçon quittant Paris et son père pour un pays inconnu lui revint. Avait-il eu peur ? Avait-il souffert ?

A voir Nicolas adulte, nul ne pouvait l'imaginer : il paraissait si équilibré, si sûr de lui. L'insécurité comme la peur semblaient lui être étrangères. Mais s'agissait-il seulement d'une apparence ? Une carapace fabriquée de toute pièce, derrière laquelle se cacherait un homme plus vulnérable — un être humain, tout simplement ?

— Je sens que ce pays vous plaît et je suis vraiment heureuse d'avoir l'occasion de le découvrir, déclara-t-elle.

— Prenez des vêtements légers, il peut faire très chaud là-bas, conseilla Nicolas, d'un ton redevenu normal, sensuel et mélodieux.

— Entendu.

Ce n'était pas la chaleur des tropiques qu'Ella redoutait le plus, mais bien celle que l'homme d'affaires faisait naître en elle par le seul effet de son regard quand celui-ci la fixait, comme en cet instant. Pour dissimuler son malaise, elle réussit à prendre un ton enjoué :

— On se voit après-demain, donc ?

— Où voulez-vous que je passe vous chercher ?

— A mon atelier. J'habite juste au-dessus, ce sera le plus simple.

Ella se jura qu'il n'entrerait pas chez elle, n'envahirait pas son espace privé. Parce que, s'il le faisait un jour, elle savait qu'il y laisserait à jamais la trace de sa présence et qu'elle n'aurait plus nulle part où se réfugier pour l'oublier.

— Parfait, lança Nicolas. Je vous appelle demain pour convenir de l'heure.

Voyager comme une VIP n'était pas si désagréable, finalement. D'abord, à l'aéroport, on passait les formalités de sécurité en un éclair. Ensuite, dans l'avion, pas de promiscuité souvent inconfortable, comme c'était le cas sur les vols charter qu'utilisait Ella pour ses rares déplacements.

Le « petit avion », comme l'avait qualifié Nicolas, était en réalité un jet très spacieux, d'un luxe discret et élégant : moquette au sol, moelleux fauteuils de cuir dont on pouvait incliner les dossiers jusqu'à en faire de vrais lits. Un personnel à la fois efficace et silencieux avait servi un repas de foie gras et champagne, auquel Ella avait fait honneur. Elle aurait été parfaitement détendue sans l'impression d'être confinée dans un espace restreint seule avec Nicolas.

Après le repas, il s'était installé de l'autre côté de la partie centrale, mais Ella avait une conscience tellement aiguë de sa présence qu'elle n'arrivait ni à dormir ni à se détendre. Elle sentait son odeur virile à peine citronnée partout autour d'elle, percevait chacun de ses plus infimes mouvements, avait presque l'impression de l'entendre réfléchir !

En vérité, c'était le désir qui la tourmentait. Un désir incontrôlable parce qu'elle était seule avec lui, si proche. Un désir dont elle savait, hélas !, qu'il était condamné. Car si Nicolas lui plaisait — et même davantage, elle ne pouvait plus le nier —, jamais elle n'éveillerait en lui un désir semblable à celui qu'il lui inspirait. Physiquement, il était la perfection faite homme. Pourquoi jetterait-il son dévolu sur une fille dont le corps avait tellement souffert ? C'était inimaginable !

Quand ils atterrirent sur l'île de Likoma, Ella éprouva un indicible soulagement : enfin, la présence de Nicolas serait un peu moins prégnante. Elle pourrait sinon l'oublier, du moins penser à autre chose et retrouver son calme.

Sur le tarmac, une chaleur brûlante accueillit les deux passagers, que l'on conduisit vers la limousine noire, d'un modèle ancien mais parfaitement entretenu, qui les attendait à l'entrée du minuscule aéroport. Dieu merci, elle était climatisée, et Ella s'installa avec bonheur sur la banquette arrière. Nicolas en fit autant, puis le chauffeur referma vite la portière sur la fraîcheur de l'habitacle.

— Que cette plage est belle ! s'exclama-t-elle alors que la voiture s'engageait sur une route au bord du lac.

Celui-ci, d'un bleu intense, apparaissait entre de très grands arbres poussant à même le sable. En vérité, il ne s'agissait pas d'un lac comme l'imaginait Ella : celui qu'elle voyait était si vaste qu'on aurait cru la mer. D'ailleurs, comme à la mer, des vagues venaient rouler sur le sable, où jouaient des enfants qui se jetaient dans l'écume avec des cris de joie.

Elle sentit un sourire naître sur son visage. Avait-elle jamais été aussi heureuse, enfant ? Peut-être, avant l'incendie, car elle était née dans un milieu fortuné où la vie était facile. Mais elle n'avait aucun souvenir heureux de son enfance : le drame avait tout balayé.

La voix de Nicolas la tira de ses pensées.

— Pour moi, il n'est pas de plus belle nature qu'ici. Mais il reste encore tant à faire pour que les habitants accèdent à un niveau de vie décent. Cela progresse, certes, et nous nous donnons du mal pour améliorer les infrastructures, en particulier les routes. Mais il y a beaucoup de problèmes à régler : l'assainissement de l'eau, sa distribution ; et puis il faut créer des centres médicaux, des hôpitaux, des unités de soins mobiles. Tout reste à faire ici en matière de santé.

A mesure qu'il parlait la lassitude s'entendait dans sa voix, ainsi qu'une sorte de désillusion qu'Ella ne lui avait jamais connue.

— C'est vous qui vous occupez de tout cela ?

Il haussa les épaules, comme si le sujet l'embarrassait.

— Disons que j'aide dans la mesure de mes moyens. Si plus de gens en faisaient autant, les progrès iraient plus vite.

En Europe, quand les médias parlaient de Nicolas, ils n'évoquaient jamais son action au Malawi. On donnait de lui l'image d'un homme très riche, impitoyable en affaires et qui ne s'intéressait qu'à l'argent. Ella découvrait qu'ici, il dépensait une partie de sa fortune pour améliorer la vie de la population locale. Lui, qui avait déclaré qu'en affaires il n'y avait pas de charité qui tienne, avait trouvé un pays où cette vertu avait sa place.

— On doit prendre les photos sur ces plages, déclara-t-il au bout d'un moment, montrant le front de mer le long la route.

— Ce sera magnifique. Et j'adore l'idée de faire porter aux mannequins des tenues habillées sur la plage. C'est génial !

Ella était contente de parler travail tout à coup. Elle en oublierait peut-être que son associé était si près d'elle. Hélas, la conversation retomba, Nicolas se murant dans le silence tout en regardant par la vitre défiler ce paysage qu'il connaissait si bien.

Ella se prit à frissonner malgré la température agréable de l'habitacle. Pourtant, un feu intérieur la dévastait, le désir la tenaillait, de plus en plus exigeant. Jamais auparavant elle ne s'était laissé submerger ainsi. Non qu'elle soit restée insensible au désir sexuel depuis onze ans qu'elle n'avait plus eu d'aventure : il lui était arrivé d'en éprouver, mais elle avait toujours réussi à le canaliser sur des objets fantasmatiques, jamais sur des hommes réels. Ainsi, elle s'était laissée aller à rêver d'acteurs de cinéma ou de personnages de roman : des amants virtuels qu'elle ne connaîtrait jamais, des êtres qui ne pouvaient pas la rejeter.

Peu à peu, elle s'était habituée à vivre ainsi, remplissant sa vie affective et sexuelle de fantasmes inoffensifs. Elle ne voulait surtout pas que cela change : l'amour, le sexe, l'affect devaient rester du domaine du rêve, puisque la réalité ne la satisferait jamais, risquait même de la détruire moralement.

Elle jeta un regard de biais à Nicolas, assis à côté d'elle. C'était bien la première fois depuis des années qu'un homme, en chair et en os, lui inspirait du désir. Et quel désir ! Elle avait envie de sa peau, de sa chaleur, de son odeur… Le souvenir de ce qui s'était passé au bal, sur la terrasse, la hantait chaque fois qu'elle laissait son esprit vagabonder… Oui, Nicolas affolait ses sens, enflammait son imagination, obscurcissait toutes ses pensées ; mais il ne serait jamais sien, elle devrait se contenter de rêver…

— Où allons-nous ? demanda-t-elle finalement, pour rompre le silence devenu lourd entre eux. Dans un hôtel ?

— C'est encore un domaine auquel je me suis attaché : développer le tourisme dans ce pays. Le Malawi ne manque pas de ressources ni de distractions, mais ses capacités hôtelières sont limitées, surtout pour une clientèle haut de gamme.

— Et vous essayez d'y remédier ?

— Oui.

Sans plus d'explication, Nicolas sortit son portable pour composer un numéro.

Ella eut alors le sentiment que le vrai Nicolas Chevalier, l'homme qui avait du cœur, de la générosité, de l'empathie, n'était plus aussi bien caché qu'il le croyait. Mais accepterait-il qu'elle l'ait démasqué ? Sans doute pas…

7

La limousine les déposa devant un magnifique hôtel. Après ce que lui avait dit Nicolas un peu plus tôt, Ella ne s'y attendait pas.

C'était une construction basse, très étalée, abritée du soleil par de grands arbres aux frondaisons luxuriantes. Les murs en pierre d'un beau ton doré disparaissaient presque sous la vigne vierge abondante, qui donnait une impression de fraîcheur exquise sous ce climat très chaud. Le paysage alentour était d'une grande beauté, calme, harmonieux, et l'on entendait un bruit régulier de ressac provenant du lac dont les eaux bleues venaient s'échouer sur la plage.

— La navette de l'hôtel va nous conduire à ma villa, annonça Nicolas.

Ella se tendit.

— « Nous », avez-vous dit ?

— Oui. J'ai beaucoup réfléchi. Après le bal des Petits Cœurs, il y a eu une tempête médiatique à notre sujet. Les journalistes s'en sont donnés à cœur joie et…

— Et quoi ?

— J'aimerais leur fournir encore un peu de grain à moudre.

— Mais il n'y aura pas de journaliste ici !

— Allons, ne soyez pas naïve : des modèles, des stylistes, des rédacteurs, des photographes ont fait le déplacement. Vous pensez bien qu'une certaine presse le fera aussi. D'ailleurs, je suis à peu près certain que des paparazzi étaient embusqués ce matin à Paris quand nous embarquions à bord de mon jet.

— Oh… vous croyez ?

— En tout cas, je n'ai fait aucun effort pour être discret. On commence à raconter toutes sortes d'histoires sur notre association. Vous avez lu les journaux, après le bal des Petits Cœurs, n'est-ce pas ? Un magazine vous a même donné le premier prix d'élégance, ce soir-là.

— Je sais, oui.

Du coup, le lendemain, la boutique avait reçu la visite de deux clientes demandant à voir la robe en dentelle rouge puis l'avaient commandée ; depuis le défilé n'avait pas cessé.

Car Nicolas avait vu juste : plus les médias parlaient d'eux, plus la marque Ella Stanton gagnait en notoriété. Néanmoins, l'idée de cohabiter avec lui pendant une semaine n'avait rien de rassurant.

— J'aurai une chambre séparée dans votre villa ?

— Bien sûr, c'est une grande maison. Vous ne me verrez même pas si tel est votre désir.

Ella serra les dents. Le problème était plutôt qu'elle en aurait sans doute trop envie… Elle s'efforça d'ignorer l'émoi qui déjà la gagnait à la perspective de vivre quelques jours sous le même toit que l'apollon qui lui tenait lieu d'associé.

Elle en était là de ses réflexions quand l'estafette de l'hôtel s'immobilisa devant eux.

Le trajet fut bref. Le véhicule les déposa devant une maison posée sur la plage, protégée du vent marin par de grands arbres plantés dans le sable. Les murs disparaissaient sous une abondante végétation grimpante et un toit en palmes séchées et tissées donnait à l'ensemble un caractère primitif très en accord avec l'environnement.

Mais cette impression se dissipa sitôt qu'Ella pénétra à l'intérieur. Là, de hauts plafonds et des murs blanchis à la chaux servaient de cadre à un mobilier ancien d'une élégance intemporelle ; l'espace de quelques instants, elle se sentit comme une princesse tandis qu'elle promenait des yeux émerveillés autour d'elle.

A ses côtés, Nicolas semblait guetter sa réaction. Quand enfin elle le regarda, il lui offrit un sourire qui la fit fondre.

Depuis qu'ils étaient arrivés sur cette île, elle ne le voyait plus avec les mêmes yeux. Il lui semblait avoir découvert un nouvel aspect de la personnalité de cet homme. Elle l'avait trouvé immédiatement séduisant, certes — il l'avait même troublée dès leur première rencontre —, mais ici, il ne lui apparaissait plus uniquement comme un affairiste prêt à tout pour de l'argent. Il aimait le Malawi et était prêt à s'investir pour améliorer la vie de ses habitants. Nicolas Chevalier possédait donc un cœur et une sensibilité, ce dont personne, et surtout pas les médias, ne semblait se douter.

Ella en était heureuse, mais le danger qu'il représentait pour elle n'en était que plus grand. Car il était facile de résister à l'attrait d'un homme dont on ne partageait pas les valeurs morales. Or, cet homme, dont elle se croyait si éloignée, apparaissait désormais comme quelqu'un d'estimable, généreux et bon : quels arguments trouverait-elle pour ne pas céder au désir qu'il lui inspirait ?

— Nous dînerons tôt, déclara-t-il, la ramenant à des préoccupations terre-à-terre.

— Je trouverai sûrement de quoi préparer un petit repas dans la cuisine, proposa Ella.

— Pas ce soir, non. Tout est prévu. Reposez-vous, profitez de la vie et laissez-vous gâter, pour une fois.

Se laisser gâter ? Par qui ? Par lui ? Ce serait jouer avec le feu. Et s'il l'attirait dans son lit, avant de la rejeter une fois qu'il aurait vu ce qu'elle ne montrait à personne ? Ella ne pouvait pas le risquer. Elle avait trop peur.

Quand Nicolas la vit entrer dans la grande pièce à vivre, il eut un choc. Jamais Ella ne lui avait paru aussi belle ni aussi désirable. Un serre-tête orné d'une énorme fleur rose retenait ses boucles folles. Sa bouche pulpeuse, savamment maquillée, illuminait son visage. Le décolleté de son audacieuse robe rose vif ne descendait pas assez bas à son goût, car il cachait la naissance de ses seins hauts et pleins. Elle s'arrêtait au-dessus du genou, montrant à l'envi les longues jambes parfaitement galbées. L'étoffe était tellement ajustée qu'elle suivait parfaitement les courbes et les voluptueuses rondeurs du corps de la jeune femme.

C'était la première fois qu'il voyait Ella sans talons. Elle avait opté pour des sandales plates, pensant sans doute qu'il lui faudrait marcher sur le sable. Du coup, Nicolas découvrait qu'elle n'était pas aussi grande qu'il l'avait cru. Il la trouvait soudain délicate, fragile, et une féroce envie de la protéger le tenaillait. De quoi ? Il n'en savait rien, mais il la voulait à lui, rien qu'à lui…

— La table est dressée sur la terrasse, annonça-t-il. Ça ne vous ennuie pas ?

— Oh… euh… non, mais… je pensais que nous irions dîner à l'hôtel.

— Vous avez peur d'être seule avec moi ? plaisanta gentiment Nicolas.

— Pas du tout. Si j'avais su, j'aurais choisi une tenue plus simple.

— Vous êtes parfaite.

Ella baissa vivement les yeux, ses longs cils caressant ses joues divinement veloutées. Et Nicolas vit ses lèvres trembler à peine, signe que le compliment l'avait touchée. Dès qu'elle se fut ressaisie, elle reporta son regard sur lui.

— Merci, c'est gentil.

Comment cette simple remarque avait-elle pu la toucher ? Nicolas sentait que son trouble était spontané et sincère. Et il avait encore plus envie de la protéger, de la rassurer.

Quelle idée absurde, songea-t-il en fronçant les sourcils. Ella n'avait aucun besoin de protection, moins encore qu'on la rassure. C'était une femme forte ! Ce compliment l'avait seulement surprise dans un moment de fragilité émotionnelle.

Malgré son trouble, Ella accepta la main que lui tendit Nicolas pour l'entraîner sur la terrasse. Celle-ci, très vaste et dallée de terre cuite, était abritée par un auvent habillé de belles plantes au feuillage d'un vert merveilleux. On y avait suspendu des lanternes, dont la lumière très blanche contrastait avec les ultimes lueurs du crépuscule, d'un pourpre violet encore chaud.

Ella demeura quelques instants les yeux perdus au loin, émue par la sérénité autant que par la beauté du paysage. La terrasse dominait la plage et le lac, étendue immense sur laquelle le regard glissait jusqu'à l'horizon, que l'obscurité gagnait lentement. C'était beau à couper le souffle…

Mais était-ce le décor qui la troublait ou l'homme qui se tenait à présent derrière elle ? En vérité, la perspective de cette soirée en tête à tête l'affolait autant qu'elle l'excitait.

Il la trouvait parfaite, avait-il dit… Stupidement, ce compliment l'avait bouleversée. Elle n'était évidemment pas parfaite et ne l'avait jamais été, même avant l'incendie. D'ailleurs, Nicolas avait dû dire la même chose à des centaines de femmes — une de ces phrases toutes faites qui ne signifient rien… Pour Ella cependant, c'était comme un rêve : par ces simples mots, elle pouvait imaginer que Nicolas l'acceptait telle qu'elle était. Certes, sa raison savait qu'il n'en était rien, mais l'espace de quelques instants son hôte avait nourri un fantasme dont elle n'arrivait pas à se débarrasser : être aimée, chérie, appréciée en dépit de ce que les flammes avaient fait d'elle.

Hélas, comment pourrait-on l'aimer quand elle-même ne s'aimait pas ? Et comment rêver, fût-ce un instant, que quelqu'un comme Nicolas — la beauté faite homme – puisse la trouver jolie et désirable ?

N'empêche qu'en l'entendant le lui dire, Ella s'était sentie, l'espace d'un instant, *parfaite*…

Tout à ses pensées, elle s'assit à la table joliment dressée, et accepta le verre de vin que lui proposait son compagnon. Elle promena son regard sur la plage, puis sur le lac, dont la surface étale commençait à se confondre avec le ciel devenu sombre.

— Comme c'est beau, dit-elle platement.

Un serveur parfaitement stylé leur apporta un magnifique poisson grillé, accompagné de petits légumes sautés. Elle attendit que l'homme se soit éloigné pour féliciter Nicolas :

— C'est un véritable festin ! Je ne m'attendais pas à tant de savoir faire. Vous avez fait venir les meilleurs chefs du monde au Malawi ?

— D'une certaine façon, oui, admit Nicolas. Non seulement les chefs, mais aussi les meilleurs professionnels de l'hôtellerie. Ces gens-là ont formé de la main-d'œuvre locale de sorte que maintenant, tous les gens qui travaillent dans mes hôtels sont des Malawites.

Un élan de tendresse assaillit Ella. Nicolas devenait tellement humain quand il parlait de ce pays et de ses habitants !

— Quel âge aviez-vous quand vous êtes arrivé ici ?

A peine l'avait-elle posée qu'elle regretta sa question. Elle n'avait aucun besoin de le savoir et amener la conversation sur des sujets personnels, donc dangereux.

— Huit ans, répondit Nicolas le plus simplement du monde. Mais je n'habitais pas sur cette île. Nous vivions sur le continent, non loin de la capitale, où ma mère travaillait dans une banque. Comparés à beaucoup d'autres gens, nous jouissions d'une certaine aisance.

— Pourquoi votre mère vous a-t-elle emmené avec elle ?

La question préoccupait Ella depuis qu'elle connaissait Nicolas, car elle savait que son frère aîné, avait été élevé en France par son père.

— Cela faisait partie des accords qu'avaient conclus mes parents : si ma mère quittait l'Europe, elle pouvait le faire avec moi ou ne plus jamais revoir aucun de ses enfants.

— Mais… pourquoi votre père lui a-t-il imposé un sacrifice pareil ?

Nicolas fit glisser ses doigts le long du pied de son verre de vin ; Ella vit un muscle de sa mâchoire se crisper.

— Je crois qu'il était blessé, dit-il au bout d'un moment, et il voulait que ma mère souffre autant que lui. Il n'a jamais cru qu'elle oserait partir… Je n'ai aucune preuve, mais j'ai le sentiment que ma mère avait rencontré quelqu'un. Je ne lui en ai jamais voulu. En vérité, quand mes parents sont tombés amoureux et ont décidé de se marier, ils étaient peut-être idéalistes. Ils ont parfaitement surmonté leurs différences culturelles mais d'autres difficultés ont surgi, qui ont créé des tensions.

Nicolas se cala contre le dossier de son siège tandis que son regard se portait au loin sur le lac, immense étendue désormais noire.

— Ils s'imaginaient que l'amour suffirait, reprit-il comme s'il se parlait à lui-même. Il est vrai que l'époque n'était pas la même. Les choses ont changé : aujourd'hui, ils auraient moins de problèmes. Moi qui suis métis, je n'en ai aucun.

— C'est vous qui avez décidé de suivre votre mère ? demanda doucement Ella.

— Oui, et je ne l'ai jamais regretté.

— Quand vous êtes rentré à Paris, vous… euh… vous en avez voulu à votre père pour ce qu'il avait fait ?

Nicolas haussa les épaules.

— Mon père est un homme dur, envers lui-même comme envers les autres. Il cherche en permanence la perfection. Je ne regrette pas qu'il ne m'ait pas élevé, mais je ne lui en veux pas non plus. Quand la passion s'en mêle, il nous arrive à tous de faire des choses dont nous ne sommes pas fiers après coup.

La belle voix grave et sensuelle s'était teintée d'amertume ; Ella se demanda si ces mots s'adressaient à lui-même. Regrettait-il sa liaison avec la fiancée de son frère ?

— En effet, admit-elle, ne trouvant rien d'autre à dire.

Mais qu'en savait-elle, en vérité, elle qui n'avait jamais connu la passion ? Elle qui avait canalisé toute son énergie affective dans son travail, afin de n'en plus avoir pour autre chose.

Ces derniers temps, pourtant, son travail ne l'occupait plus corps et âme. Elle avait même parfois la curieuse impression qu'il lui était moins vital, moins essentiel, l'obnubilait moins. C'était étrange alors que, depuis sa dernière année de lycée, elle avait eu pour seul objectif de réussir comme styliste, et qu'elle avait tout fait dans ce sens, sans jamais se laisser distraire.

Elle avait quitté l'Amérique pour Londres, où elle était entrée dans une prestigieuse école de stylisme tout en suivant des cours de gestion à l'université. Puis elle était venue à Paris et, après avoir commencé par des petits boulots, elle avait ouvert une boutique, puis créé sa propre ligne de vêtements. Pendant toutes ces années, réussir avait été une idée fixe.

Or, elle découvrait depuis peu qu'elle était sensible à d'autres choses. Ainsi, la beauté qui l'entourait en cet instant l'émouvait, elle se régalait de la saveur de ce qu'elle dégustait, son corps était infiniment sensible à la tiédeur exquise qui régnait ce soir, sur cette terrasse sortie tout droit d'un conte de fées… Oui, tout un monde de sensations lui devenait perceptible, comme si une partie d'elle, restée à l'état latent depuis toujours, s'éveillait, lui ouvrant sur le monde de nouvelles perspectives.

Elle leva les yeux sur Nicolas. Il la regardait ; ses prunelles ambrées brillaient de l'éclat troublant qu'elle leur avait vu sur la terrasse du château, le soir du bal des Petits Cœurs. Elle sentit son cœur battre sourdement tandis que ses paumes devenaient moites et sa respiration saccadée.

A la fin du repas, Ella se leva pour aller s'accouder à la balustrade en fer forgé et contempla le lac qui scintillait maintenant sous la lune montante. C'était si beau, si simple… Pourquoi avait-elle attendu tant d'années pour s'apercevoir que la nature était belle ? L'évidence de la réponse la fit sourire : parce qu'elle avait toujours vécu dans la frénésie d'avancer, d'être meilleure, de réussir, sans jamais s'arrêter pour jouir de l'instant présent.

Nicolas la rejoignit. Le regard d'Ella se posa sur sa main. Elle ne s'était jamais rendu compte qu'une main d'homme pouvait suggérer des plaisirs insensés…

Comme s'il avait lu dans ses pensées les plus secrètes, Nicolas prit sans un mot son visage entre ses paumes. Elle leva les yeux et croisa son regard ; elle sentit une main qui glissait dans son cou, du côté qui n'avait pas souffert, et elle frémit. Nicolas inclina la tête, posant sa joue contre la sienne, sa peau légèrement râpeuse, à cause de la barbe naissante. Puis il pressa ses lèvres dans le creux de son cou, derrière l'oreille, et y promena doucement sa langue.

Ella aurait voulu crier, le supplier de prendre sa bouche, mais une force obscure la retenait. Tandis que son sang brûlant fusait dans ses veines, que son cœur tambourinait sourdement à ses oreilles, elle attendait, haletante, éperdue.

Il l'embrassa au coin de la bouche, en même temps qu'il enfouissait les doigts dans ses boucles folles, comme pour mieux maintenir son visage. Ella poussa une sorte d'exclamation étranglée ; ses lèvres s'entrouvrirent et elle les humecta lentement du bout de la langue. Nicolas inclina alors la tête sans hâte, prenant tout son temps pour rester de longs instants suspendu à quelques millimètres seulement de son visage. Les yeux mi-clos, elle ne sentait plus que les étincelles du désir qui crépitaient le long de sa chair, de son corps tendu, de sa bouche douloureuse tant elle était gonflée dans l'attente de ce baiser.

Enfin, l'extrémité de la langue de Nicolas dessina le contour de ses lèvres, la faisant fondre d'impatience. Elle eut peur soudain. Peur que ces instants ne soient qu'un rêve dont elle allait se réveiller, seule dans son appartement, à Paris…

Nicolas tenait toujours sa tête, une main dans ses cheveux,

et il glissa l'autre autour de sa taille, étalant sa paume au creux de ses reins. La chaleur qu'elle en éprouva ramena Ella à elle : non, elle ne rêvait pas. C'était bien Nicolas qui l'embrassait... Un long tremblement la saisit quand il glissa sa langue à la rencontre de la sienne, savourant leur baiser comme un mets délicat.

En un réflexe à peine conscient, elle s'accrocha à ses épaules : dans son émoi, elle vacillait et avait peur de s'effondrer.

Nicolas dut prendre son geste pour une invite car, dégageant les doigts de ses cheveux, il entreprit de lui caresser les seins à travers la fine étoffe de la robe, son pouce massant lentement, avec volupté, leur pointe tendue, l'un après l'autre, encore et encore, jusqu'à ce qu'ils en deviennent presque douloureux d'excitation.

— Je veux sentir ta peau nue, te toucher, t'embrasser partout, chuchota-t-il, abandonnant sa bouche.

Délaissant ses seins, il chercha la fermeture Eclair de la robe.

— Oh ! Ella, Ella ..., articula-t-il, la voix rendue rauque par le désir.

Brusquement, elle prit conscience de la situation et la panique s'empara d'elle. Etait-elle devenue folle ? Imaginait-elle pouvoir faire l'amour sous les étoiles, avec un homme comme Nicolas de surcroît ? Mais s'il l'avait vue dévêtue, son désir se serait envolé immédiatement. Si elle ne l'arrêtait pas tout de suite, Nicolas lui aussi retomberait sur terre ! D'autant que sa monstruosité ne s'arrêtait pas à ses cicatrices : elle était encore vierge, à son âge ! Non, elle n'avait rien pour plaire, et la dernière chose qu'elle souhaitait était d'inspirer de la pitié à un homme comme Nicolas Chevalier.

— Non ! s'écria-t-elle en se dégageant brusquement.

— Non ?

— Je ne peux pas... Pardonnez-moi, c'est impossible !

Les mots se bloquaient dans sa bouche, ses yeux étaient

pleins de larmes. Ella était atterrée, furieuse, paniquée. Et pourtant tout son corps désirait Nicolas et ce désir lui faisait mal. Sans se justifier davantage, elle tourna les talons et rentra en courant dans la maison.

Elle fuyait. Elle fuyait par lâcheté, parce qu'elle avait trop peur…

8

— Le directeur artistique veut des bottines bleues !

L'un des assistants du photographe arrivait en courant ; il tendit à Ella les boots beige clair qu'elle avait choisies pour aller avec la robe bleu de Chine que portait le mannequin. Elle serra les dents. Il en avait été ainsi toute la journée : on lui demandait son avis, elle le donnait, puis le directeur artistique changeait tout. C'était agaçant au possible !

Sans faire de commentaire, elle sortit d'un grand sac des bottines basses en velours bleu pâle.

— Celles-ci devraient convenir. Elles se verront mieux sur la photo, ajouta-t-elle, faisant contre mauvaise fortune bon cœur.

D'ailleurs, c'était sans doute vrai, admit-elle *in petto*. Le velours ferait un joli effet de contraste sur le blanc mat du sable. Au fond, si elle était nerveuse, prenait la mouche pour un rien, le directeur artistique n'y était pour rien. C'était ce qui s'était passé la veille au soir avec Nicolas qui la mettait dans tous ses états. Sans compter sa couardise d'adolescente effarouchée, qui lui faisait honte aujourd'hui.

Heureusement, il n'était pas venu sur le site du reportage de toute la journée. Pourvu qu'on ne le voie pas jusqu'à ce soir ! Ella sortit de la tente dressée sur la plage, pour abriter l'équipe de travail du soleil brûlant, et alla rejoindre le photographe.

Carolina, jeune mannequin à la maigreur impressionnante, aux longs cheveux blond très pâle et au maquillage outré, se contorsionnait devant l'objectif, évoquant une ravissante poupée désarticulée. Un petit frisson de plaisir parcourut Ella. Carolina était l'un des top models les plus demandés au monde. La voir habillée de ses vêtements pour des photos de mode était un rêve devenu réalité.

— Elle est superbe, non ?

La voix de Nicolas la fit sursauter. Ella hésita à se retourner tant elle avait peur qu'il surprenne son émoi.

— C'est vrai, oui, dit-elle.

— Tout se passe bien ?

— A peu près. La journée est presque terminée. Demain, nous quittons l'île pour une forêt où se trouvent, paraît-il, des cascades.

A cet instant, le directeur artistique la héla, demandant une étole. Tournant les talons elle regagna la tente ; Nicolas la suivit.

— Vous... vous n'avez plus d'obligations pour aujourd'hui ? demanda-t-elle, ne sachant que dire.

— Non, j'ai fini.

— Qu'avez-vous fait ?

— Oh ! il y avait pas mal de choses à l'ordre du jour : d'abord les puits que nous avons décidé de forer pour alimenter en eau certains villages isolés. Nous avons aussi convenu d'acheter de nouvelles ambulances et de créer des unités médicales mobiles pour soigner les gens vivant à l'écart des centres urbains.

— Vous avez d'énormes responsabilités !

— Comme vous, me semble-t-il.

Ella haussa les épaules.

— Pas vraiment, non. D'ailleurs...

Elle s'interrompit, hésitante, puis se lança :

— D'ailleurs, je voulais justement vous remercier.

— Pourquoi donc ?

— Pour tout. Ce qui se passe ici, ce que vous avez fait pour ma marque. Je sais que nos relations professionnelles ne sont pas... euh... pas toujours faciles, mais je me rends compte de votre investissement et je vous en suis reconnaissante.

— Ce sont les affaires, Ella, rien d'autre.

— Mais il n'y a pas que les affaires qui comptent, dans votre vie, enfin ! s'emporta-t-elle, énervée par sa réaction.

Elle aurait tant voulu que Nicolas admette qu'il n'était pas seulement un homme d'argent. Mais elle le vit se fermer.

— Si. Je ne vois rien d'autre.

— Ce que vous faites ici, par exemple, insista pourtant Ella. Ce n'est pas dans le but de gagner de l'argent, il me semble ?

— Ne vous laissez pas impressionner. Tout ce que je dépense pour le Malawi est déductible de mes impôts.

Elle sentit son cœur se serrer. Elle voyait qu'il se cachait derrière son cynisme, lui interdisait clairement l'accès à l'homme humain et généreux qu'elle avait entrevu à plusieurs reprises. Et pourtant, même si elle le cherchait sans relâche derrière le businessman froid et distant, ce Nicolas-là lui faisait peur. Ce qui s'était passé la veille au soir en était la preuve : elle avait eu follement envie de lui mais avait fui à toutes jambes…

Ella se mordit la lèvre. Il était peut-être temps de se comporter en adulte dans sa vie privée, comme elle l'avait si bien fait dans sa vie professionnelle. Sa peur, sa lâcheté de la veille lui faisaient honte. Elle devait en analyser les raisons.

Nicolas avait passé la moitié de la nuit debout, taraudé par l'envie de faire l'amour à Ella. Dès qu'il fermait les yeux, il la voyait nue, lascive, offerte. Toute la journée qui avait précédé leur étreinte sur la terrasse, il avait imaginé ses grands yeux bleus floutés par le désir, et non pas emplis de terreur, affolés, comme il les avait vus quand elle s'était enfuie de la terrasse.

Il avait envie de l'embrasser là où elle était douce et

femme ; il caresserait son cou du côté où le feu avait laissé sa marque… Pour la première fois, il réalisa que quand lui venaient des pensées lascives, il voyait toujours Ella avec ses cicatrices : c'était sa particularité, elles faisaient partie d'elle comme son odeur, sa douceur…

Cet après-midi, il avait quitté le site du reportage avant elle, mais la jeune femme devait être de retour à la villa, à présent. Fermant son ordinateur, il se cala plus confortablement dans son fauteuil de bureau. Il s'était mis au travail en rentrant, espérant que surveiller la bourse et les évolutions de son portefeuille l'empêcherait de penser à Ella. Peine perdue. La devinant quelque part dans la maison — sans doute au rez-de-chaussée —, il ne tenait plus en place.

Il se demanda si elle était devenue une obsession pour lui. Il s'était pourtant juré que pareille folie ne lui arriverait plus. Désirer une femme, la vouloir quel qu'en soit le prix, quelles qu'en soient les conséquences, était une faiblesse coupable. Et il préférait ignorer que quelque part, tout au fond de lui, se nichait cette part de faiblesse.

Hélas, Ella le lui rappelait sans cesse parce qu'elle réveillait un appétit, une ardeur qu'il n'avait plus connus depuis Marie. Il avait cru alors que c'était de l'amour, et que l'amour excusait tout.

Mais l'amour était un leurre, il le savait désormais, et ce qu'il éprouvait pour Ella n'était rien qu'une réaction chimique. Il avait assez d'expérience pour ne plus se laisser abuser. D'autant que plus cette réaction était violente, plus il était essentiel de ne pas y céder. Il n'y céderait donc pas.

Le meilleur remède à cet échauffement stupide serait de se chercher une nouvelle maîtresse, dès son retour en France. Son ardeur trouverait alors un exutoire et tout reprendrait comme avant.

*
* *

Il soufflait du lac une petite brise fraîche. Ella, qui s'était installée sur la terrasse, en profitait pleinement après la chaleur de la journée. Nicolas était certainement rentré, lui aussi, mais elle n'avait pas cherché à le voir. Non parce qu'elle avait peur, mais elle n'avait pas encore décidé ce qu'elle voulait et redoutait qu'un tête-à-tête avec lui précipite sa décision.

Tout allait si vite ! Il lui semblait qu'elle descendait un col de montagne au volant d'une voiture privée de freins. Pas moyen de s'arrêter ni de ralentir, pas de contrôle d'aucune sorte. Or, si elle se donnait à Nicolas, elle voulait que ce soit un vrai choix. Une décision contrôlée par sa raison.

Dans son dos, elle entendit coulisser la baie vitrée.

— Vous avez dîné ? demanda Nicolas en avançant sur la terrasse.

— Oui, toute l'équipe a mangé un morceau au restaurant de l'hôtel.

— C'était bon ?

Ella regarda son hôte et le regretta aussitôt : déjà son cœur avait bondi dans sa poitrine.

— Délicieux, assura-t-elle, s'efforçant de paraître naturelle et enjouée. Votre personnel est décidément très bien formé.

— Tant mieux.

Elle découvrit alors que ses yeux fixaient la pomme d'Adam de Nicolas, dont le mouvement la fascinait. De rapides images confuses lui traversèrent l'esprit : des draps de soie fine, leurs membres entremêlés, peau pâle contre peau cuivrée, ses lèvres sur cette gorge tentante…

Ella secoua la tête, espérant chasser ces visions et le désir insensé qu'elles déclenchaient. L'envie de fuir l'assaillait encore, presque aussi forte que celle de se précipiter dans les bras de Nicolas. Il lui semblait que son corps n'arrivait pas à contenir toutes les sensations, tous les émois qui se déchaînaient en elle.

Mais elle avait décidé qu'elle ne céderait plus à la peur

désormais. Elle était ce qu'elle était et garderait à jamais les marques physiques de l'incendie. Il fallait l'accepter.

A vingt-cinq ans, elle n'avait jamais fait l'amour, parce que quelque part dans les méandres de son subconscient, elle avait pensé guérir un jour et pouvoir offrir à un homme un corps intact. Pourtant, sa raison savait bien la chose impossible. Il était temps à présent de regarder la vie en face. L'incendie lui avait beaucoup pris, mais elle réalisait qu'elle lui en avait concédé davantage encore, en nourrissant les flammes de sa peur absurde et de ses complexes depuis plus de dix ans. Sa mère l'y avait poussée, certes, avec ses mots durs, et certains camarades d'école aussi. Mais la lâcheté, la fuite devant la réalité avaient assez duré : la vie s'offrait à elle, il fallait la vivre sans crainte.

Se levant de son fauteuil, Ella s'approcha de Nicolas pour poser ses deux paumes sur son torse. Elle se tint ainsi, immobile, sentant le cœur de l'homme qu'elle désirait battre sourdement, laissant sa chaleur la gagner peu à peu.

Puis elle glissa une main autour de son cou ; il inclina la tête et elle releva son visage pour poser ses lèvres sur les siennes. Son sang fusait dans ses veines ; ses seins lui paraissaient lourds, son corps lascif et impatient... Ella avait pris sa décision, la peur était encore là, mais elle la surmonterait.

Nicolas la serra étroitement contre lui pour l'embrasser avec une ardeur folle. Si folle qu'elle eut soudain envie de pleurer tant elle se sentait convoitée — contre son ventre, elle sentait la preuve dressée de ce désir. Alors, mue par une force indépendante de sa volonté, elle remua des hanches pour mieux le sentir, en imprimer l'empreinte sur elle.

— Rentrons..., chuchota-t-elle, comme Nicolas la caressait avec une fébrilité croissante.

Peut-être ne l'avait-il pas entendue car il remonta sa jupe pour caresser ses cuisses nues, tout en l'embrassant sur les tempes, les paupières, dans le cou.

— On peut rester ici, tu sais, murmura-t-il, la voix rauque et haletante. Il fait si bon, ce soir.

Mais Ella n'était pas encore prête à faire l'amour dehors. Elle se sentirait trop exposée et elle était trop peu sûre d'elle.

— Je préfère rentrer, s'obstina-t-elle doucement.

Elle sentit contre son cou les lèvres de Nicolas se retrousser en un sourire.

— Comme tu voudras.

9

Nicolas referma la porte de la chambre. Précaution inutile — ils étaient seuls dans la maison —, mais Ella lui en sut gré : elle se sentait plus à l'abri avec lui et l'atmosphère était plus intime. Peut-être l'avait-il intuitivement compris.

Il revint vers elle et s'immobilisa à quelques centimètres seulement.

— J'aime le goût de tes lèvres, dit-il doucement.

— Pourquoi ? demanda-t-elle dans un souffle.

— Parce qu'elles sont comme toi : uniques, riches et sucrées, suaves et piquantes.

Ella sentit son cœur s'étreindre. C'était bouleversant et tellement nouveau de s'entendre dire qu'elle était unique. Mais plus elle se laisserait émouvoir, moins elle se maîtriserait ; alors, elle montrerait davantage encore sa maladresse, son inexpérience, et… et Dieu seul sait comment réagirait Nicolas !

— J'ai envie de toi, murmura-t-elle en guise de réponse, parce que son désir commençait à obscurcir toutes ses pensées.

Nicolas l'attira à lui et elle sentit de nouveau son érection. Sans doute l'avait-il fait exprès, afin qu'elle n'ait aucun doute sur la réciprocité de son désir. Pour la première fois de sa vie, elle s'émerveilla du pouvoir qu'elle avait sur un homme.

Enhardie par cette assurance nouvelle, elle posa les mains sur son torse et sentit ses muscles puissants. Elle chercha à en définir les contours parfaits à travers l'étoffe fine de sa chemise. Ses doigts glissèrent alors jusqu'à la ceinture du pantalon, puis plus bas, frôlant à peine et timidement la dure protubérance du membre dressé pour elle, par elle, à cause d'elle. A cette pensée un frisson délicieux la parcourut.

Nicolas prit une profonde inspiration, ses yeux rivés aux siens. Elle le toucha de nouveau, plus fermement cette fois, refermant sa paume pour éprouver sa dureté et le sentir vibrer sous sa main.

C'était la première fois qu'elle effectuait une telle caresse, et ses connaissances élémentaires de l'anatomie masculine ne l'avaient pas préparée à ce qu'elle découvrait. Elle pressa davantage le sexe sous sa paume et vit l'expression de Nicolas se crisper de plaisir, tandis qu'une expiration sourde lui échappait.

Abandonnant son sexe, elle entreprit de déboutonner sa chemise, lentement, prenant tout son temps. Une fois tous les boutons défaits, écartant les pans du vêtement, elle dégagea les épaules et la chemise tomba sur le sol.

Nicolas était la perfection faite homme : peau lisse, muscles puissants, recouverts d'un duvet sombre, doux comme la soie, où elle rêvait soudain d'enfouir les doigts…

Elle avait toujours su que cet homme était d'une beauté parfaite et cette perfection l'intimidait plus encore qu'elle ne l'avait pensé, elle qui n'avait à lui offrir qu'un corps meurtri. Mais il était trop tard pour fuir, et Ella s'était promis de ne plus céder à la peur. Elle irait jusqu'au bout.

— Tu peux éteindre la lumière ? s'entendit-elle demander d'une toute petite voix.

Il l'attira à lui pour l'embrasser passionnément avant de chuchoter avec gourmandise :

— Je veux te voir nue.

Elle dut se faire violence pour ne pas se dégager : jamais elle n'avait entendu paroles aussi terrifiantes.

— Je… euh, bredouilla-t-elle. Je ne… il ne faut pas.

D'un mouvement plein de tendresse, Nicolas effleura sa joue.

— J'en ai envie, Ella, mais si tu dois être plus à l'aise dans l'obscurité, alors je veux bien éteindre.

— C'est que… tu n'as pas vu mon dos, il est… très marqué.

— Tes cicatrices ont posé problème à d'autres ?

Il avait posé la question avec une indignation à peine contenue. Et cette question, Ella la redoutait entre toutes. Elle aurait voulu ne pas répondre ; pourtant il le fallait.

— Il n'y a eu personne d'autre, avoua-t-elle à voix très basse.

Nicolas relâcha aussitôt son étreinte, tandis que son pouls s'accélérait encore. Non seulement parce qu'il était excité, mais aussi parce que ce qu'il venait d'entendre lui causait un choc terrible.

— Ce n'est pas possible !

— Si, c'est la vérité, confirma Ella d'une voix à peine audible.

Nicolas sut alors qu'elle ne mentait pas — d'ailleurs pourquoi l'aurait-elle fait ? Et pourtant comment la croire. Tout était bouleversé, chamboulé, absurde tout à coup. Mais il avait une certitude : il n'était pas à sa place. Ella devait donner sa virginité à un homme qui lui promettrait l'amour et un engagement plus sérieux que quelques nuits de plaisir. Ce serait vil de sa part d'abuser une fille comme elle. Etre le premier ne pouvait pas, ne *devait* pas être une aventure sans lendemain.

Hélas, il n'avait pas grand-chose à lui offrir. Il ne s'engagerait pas dans une relation stable, ne lui promettrait pas l'amour éternel ; bref, il n'avait rien à lui donner de ce qu'elle était en droit d'attendre de son premier amant… S'en aller, lui avouer son erreur, voilà la conduite qui s'imposait.

Pourtant une force obscure le clouait sur place : comment se détourner de ses immenses et magnifiques yeux bleus qui exprimaient à la fois le désir, la confusion et la crainte ? Une sorte de confiance aussi… Il lui semblait que ce regard bouleversant lui disait : « Tu vois, j'ai vaincu ma peur, ne me rejette pas. »

Nicolas prit le visage d'Ella entre ses mains. Cette fille le troublait au-delà des mots : sa beauté, sa fragilité, sa vulnérabilité éveillaient en lui d'obscurs sentiments qu'il préférait ne pas analyser. Il adorait la douceur de son sourire, et même ses reparties acérées. Pourtant, il devait la quitter, au risque de passer à ses propres yeux pour le dernier des salauds.

— Nicolas, murmura-t-elle, frôlant de ses mains le duvet de son torse, je t'en prie…

Elle se mordit la lèvre inférieure, ses yeux scintillant d'un étrange éclat. Elle avait abaissé toutes ses défenses, à présent, prête à se dévoiler telle qu'elle était : physiquement, bien sûr, mais moralement aussi, dans toute sa fragile inexpérience, dans toute sa vulnérabilité.

Il fallait être un salaud pour profiter d'elle, c'était sûr, mais était-ce beaucoup plus honorable de l'abandonner maintenant ?

Le désir qu'il lut dans les yeux d'Ella emporta sa décision : il la reprit dans ses bras pour l'embrasser, la caresser à travers l'étoffe de sa robe. Sa fébrilité avait fait place à une lenteur voluptueuse. Il ne voulait pas la presser : elle était vierge, il prendrait son temps, la préparerait, lui ferait l'amour à son rythme…

Il embrassa son cou, laissa ses lèvres glisser le long de la marque qui courait depuis son épaule jusqu'à la naissance de ses cheveux. Elle ouvrit grand les yeux, affolée.

— Tu es belle, chuchota-t-il. Si belle…

— Eteins la lumière, je t'en prie.

Le désir le tenaillait tant que Nicolas mit quelques instants à comprendre. Alors, déposant un baiser sur le front de la jeune femme, il se détourna pour faire ce qui lui était demandé.

*
* *

Dans la chambre devenue sombre, Ella laissa échapper le long soupir qu'elle avait inconsciemment retenu. L'obscurité lui redonnerait une certaine contenance. Nicolas sentirait la peau abîmée sous ses doigts, mais la découverte serait moins brutale. Lui avouer qu'elle était vierge avait déjà été une mise à nu difficile. Ella s'était sentie plus impudique qu'elle ne l'aurait cru, d'autant que l'espace de quelques instants elle avait senti Nicolas hésiter, prêt à fuir. Soudain, une pensée terrifiante l'assaillit et elle se dégagea brutalement.

— Tu ne me fais pas l'amour par pitié, au moins ? demanda-t-elle d'une voix étranglée.

Lui prenant le menton, Nicolas l'obligea à relever le visage. La pâle clarté de la lune entrait par la fenêtre restée ouverte et Ella vit combien il était sérieux.

— Je te fais l'amour parce que j'ai envie de toi, déclara-t-il. Je te veux avec tant de violence que j'en deviens fou.

— Moi aussi…

Alors sans plus de retenue, elle se nicha dans ses bras, frémissante, heureuse — infiniment heureuse.

— Il faut que je te déshabille, articula très doucement Nicolas au bout d'un moment.

Il entreprit d'ouvrir la fermeture Eclair de sa robe. Ella ferma les yeux. Le vêtement glissa sur le sol et elle sentit sur sa peau nue la caresse de l'air. Hormis un petit soutien-gorge en dentelle et une minuscule culotte assortie, plus rien ne la dissimulait au regard de son amant. Elle ne distinguait que les contours de sa silhouette, donc sans doute n'en voyait-il pas davantage d'elle. Elle n'avait pas à avoir peur, se dit-elle fermement tandis que ses sens s'enflammaient plus encore.

Elle entendit son compagnon défaire la boucle de sa ceinture puis son pantalon glissa par terre à son tour.

— Va te placer près de la fenêtre, lui intima-t-il.

Ella obéit.

— Comme tu es belle, chuchota-t-il aussitôt. Enlève ce soutien-gorge pour moi, veux-tu.

Malgré ses mains qui tremblaient, Ella réussit à décrocher la pièce de lingerie et offrit ses seins nus, leurs pointes dressées comme en attente.

— Tu as un corps magnifique, dit encore Nicolas.

Dans la lumière argentée de la lune, les lignes et les courbes de sa silhouette gagnaient en netteté sans que ses cicatrices apparaissent. Ella en était consciente et se tourna de profil pour que son compagnon la détaille mieux. Alors, dans le silence lourd de sensualité, elle l'entendit pousser un long soupir.

— Viens, commanda encore Nicolas.

Il l'attira pour la serrer contre lui, et le simple contact de leurs deux peaux nues la remplit d'une absolue félicité. Elle serait restée ainsi l'éternité... Mais déjà, posant les mains sur ses épaules, Nicolas l'obligeait à se retourner.

Elle le fit et se raidit, fermant les yeux tandis qu'il effleurait très lentement les marques laissées par le feu. Ella s'étonna de percevoir la main qui se déplaçait sur elle Ainsi, elle n'avait pas perdu toute sensibilité...

Longtemps, elle ne bougea pas, laissant Nicolas la découvrir. Il semblait ne pas se lasser de la caresser, l'embrassait partout avec la même lenteur, la même volupté tout en pressant son sexe dur contre ses fesses. Ella réalisa obscurément qu'il la désirait malgré tout. Elle n'avait plus de secrets pour lui, mais il la caressait avec la même ardeur.

Abandonnant son dos, il laissa glisser ses mains sur ses hanches pour dégager sa culotte et la faire glisser le long de ses jambes. Quand elle fut à ses pieds, Ella s'en débarrassa ; alors Nicolas s'agenouilla d'un mouvement souple. Bientôt, ses mains, qui avaient exploré son dos avec tant de douceur et d'expertise, caressaient ses mollets, s'attardaient sur l'arrière de ses genoux, là où la peau est si fine, pour remonter lentement le long de ses cuisses nues.

Quand il l'embrassa à la jonction de ses cuisses, Ella poussa un gémissement étranglé, tandis qu'une décharge électrique la cisaillait. Nicolas l'explora de sa langue, délicatement, s'attardant sur le point le plus sensible de son anatomie avant de s'en éloigner, puis d'y revenir. C'était fantastique... Elle sentait sourdre du plus profond d'elle-même un plaisir inouï.

Elle avait pris appui sur les épaules de son amant et tremblait de tous ses membres tandis que des vagues fulgurantes l'assaillaient, toujours plus fortes... Elle était sur le point de jouir quand Nicolas se redressa, et son désir non assouvi la frustra douloureusement.

Il la guida alors jusqu'au lit. Elle se laissa faire. Elle le vit ouvrir un tiroir de la table de nuit, d'où il retira un préservatif, qu'il plaça sur l'oreiller. Puis, s'allongeant à côté d'elle il entreprit de la caresser là où auparavant sa langue avait fait des merveilles. Elle gémissait, ses muscles intérieurs se contractant puis se relâchant, enveloppant le doigt que Nicolas avait tendrement glissé en elle.

Ella était tendue dans l'attente du plaisir ; elle avait du mal à respirer, son corps suspendu au bord de l'abîme. L'orgasme la terrassa brutalement, comme une énorme lame de fond qui l'engloutit avant de la propulser, légère, aérienne, hors d'haleine, sur le rivage du bonheur.

Nicolas attendit quelques instants qu'elle ait repris ses esprits puis, habilement, mit en place le préservatif.

— Tu es prête ? demanda-t-il doucement.

Ella hocha la tête. Elle l'était, oui, elle n'avait aucun doute. Elle le voulait en elle, pour le sentir jouir à son tour.

Il la pénétra sans hâte, laissant à son corps le temps de s'ajuster au sien. A aucun moment elle n'eut mal ; au contraire, il lui semblait être enfin délicieusement remplie, complète, entière.

Rejetant la tête en arrière, elle saisit Nicolas par les épaules comme il commençait à remuer en elle — lentement d'abord, précautionneusement, et elle fut surprise de sentir son plaisir monter si vite pour la seconde fois. Son amant magnifique savait la transporter jusqu'au bord de l'extase par ses seuls va-et-vient. Elle allait jouir, elle le savait. Nicolas accéléra son rythme, l'emmenant toujours plus loin, et elle avait envie de lui donner du plaisir autant qu'il lui en donnait…

— Oh ! Nicolas ! cria-t-elle d'une voix qu'elle ne reconnut pas quand le second orgasme l'emporta.

Il plongea en elle une dernière fois et, confusément, elle le sentit jouir à son tour, son sexe vibrant comme il se libérait de sa semence.

Il retomba sur elle. Son cœur battait sourdement contre sa poitrine. Ella ne voulait pas bouger pour prolonger ce moment ineffable, suspendu entre extase et réalité. Elle ne faisait plus qu'un avec Nicolas, elle lui appartenait complètement…

En se retirant, de longs instants plus tard, il glissa de côté et sortit aussitôt du lit. Ella demeura immobile, incapable du moindre mouvement. Elle le vit gagner la salle de bains. Lorsqu'il revint, il se rallongea à ses côtés.

Un bonheur fou la submergea : son amant ne la quitterait pas ; cette nuit leur appartenait.

Et elle n'avait plus peur.

L'aube s'était levée, répandant dans la chambre sa clarté laiteuse. Eveillé depuis un bon moment, Nicolas ne pouvait détacher les yeux du dos d'Ella, encore endormie à côté de lui. Le drap qui la recouvrait avait glissé jusqu'à sa taille ; dans la lumière naissante, les cicatrices étaient visibles, fines, bien moindres que ce à quoi il s'était attendu compte tenu de ce qu'il savait du drame.

Il réprima le désir de les effleurer. Non par crainte de lui faire mal, bien plutôt par respect. Durant la nuit, il avait caressé ce dos, encore et encore, éprouvant les légères irrégularités de la peau comme si elles étaient la marque distinctive de la femme entre ses bras. Il avait voulu imprimer ces marques à jamais dans sa mémoire tactile. Ella lui avait donné tant de plaisir, avec tant de générosité, qu'en y repensant, Nicolas sentait son cœur s'étreindre.

Pourquoi cette fille faisait-elle resurgir en lui des faiblesses qu'il s'était interdites depuis longtemps ? Parce qu'elle avait été si gravement touchée par une tragédie ? Pas seulement.

Nicolas comprenait maintenant que les cicatrices n'étaient que la partie visible des souffrances qu'Ella avait endurées. En lui révélant hier soir qu'elle ne s'était encore jamais donnée à un homme, elle lui avait montré combien elle avait été atteinte dans son âme, dans son ego, dans l'image qu'elle avait d'elle-même. Et ces blessures-là, elle était la seule à les connaître. Lui-même ne pouvait pas en prendre la mesure. D'ailleurs, quand bien même l'aurait-il pu, il était impuissant à les soulager.

Un élan de tendresse — un sentiment qu'il n'avait plus éprouvé depuis tant d'années — l'assaillit ; il avança la main pour frôler ce dos qui s'offrait à lui.

— Nicolas ?

Ella, tirée de son sommeil, s'était brusquement redressée, lui tournant toujours le dos ; elle cherchait à remonter le drap pour dissimuler sa poitrine.

— Non, je t'en prie, murmura-t-il.

Elle se raidit, les muscles frémissant sous ses paumes qui glissaient lentement sur la peau meurtrie.

— Tu n'as pas mal, n'est-ce pas ? chuchota-t-il.

La jeune femme se contenta de secouer la tête.

— L'incendie a fait d'autres victimes ?

— Non.

Et dans ce « non » laconique, Nicolas perçut toute la douleur du monde.

— Tu as terriblement souffert ?

— J'ai eu très mal, oui. Plusieurs mois d'hôpital, les greffes, les opérations. On dit que la cicatrisation des brûlures est plus douloureuse que les brûlures elles-mêmes.

Nicolas fit remonter ses mains jusqu'aux épaules pour masser les bras d'Ella, répétant son geste jusqu'à ce qu'il la sente se détendre.

— Les terminaisons nerveuses ont été endommagées, reprit-elle très doucement au bout d'un moment. Je n'ai pratiquement plus de sensibilité sur le côté gauche du dos.

Inclinant la tête, Nicolas appuya son visage entre les deux omoplates, ému au point qu'il respirait mal.

— Alors je caresserai le côté droit doublement pour rattraper, chuchota-t-il d'une voix étrangement troublée.

Ella sentit son cœur exploser et des larmes lui vinrent aux yeux. Cette nuit, Nicolas l'avait rendue plus heureuse qu'elle n'avait cru possible de l'être et ce matin, il était encore avec elle, lui murmurant les mots les plus doux qu'elle ait jamais entendus.

— C'est la plus jolie promesse qu'on pouvait me faire, articula-t-elle dans un souffle.

— Je la tiendrai, Ella. Si tu savais comme je ne veux pas te faire de mal.

Elle tourna la tête pour le regarder, surprise.

— Pourquoi me ferais-tu du mal ? Au contraire, tu… je ne croyais pas qu'un homme puisse avoir envie de moi, me désirer. Tu m'as montré que je me trompais

L'aveu lui avait coûté, car c'était reconnaître implicitement que ses camarades d'école, et sa mère aussi par ses réflexions immatures, avaient endommagé sa confiance en elle.

Ella hésita avant de reprendre :

— Tu sais, ce… ce garçon au lycée qui voulait sortir avec moi. Il a commencé à flirter dans la voiture. Il a glissé la main sous mon t-shirt et, quand il a senti la peau dans mon dos, ça a été fini… Il m'a raccompagnée en vitesse et le lendemain, il disait à tout le monde que j'étais repoussante.

Nicolas lâcha un juron indigné.

— Si je tombe un jour sur ce minable, il se souviendra de moi !

— Ce n'est plus bien grave, maintenant.

Ella prit une inspiration avant de poursuivre :

— Grâce à toi, je n'ai plus peur. Je me sens si vivante

tout à coup ! Je suis aussi heureuse que si on m'avait décroché la lune !

Et de nouveau, devant tant de simplicité et ce sourire radieux, Nicolas sentit son cœur se serrer furieusement.

10

Toute la journée, en regardant Carolina évoluer en robe du soir devant une splendide cascade au cœur de la forêt tropicale, la pensée de Nicolas ne quitta pas Ella.

Il lui redonnait confiance en elle ; avec lui, elle se sentait belle ! Un sentiment nouveau depuis toutes ces années où elle se croyait monstrueuse.

La caresse du vent chaud sur sa joue la fit sourire. Avec Nicolas, elle avait moins l'impression d'être victime de son destin. Au contraire, il lui semblait le tenir en main. Certes, elle se serait bien passée de ses cicatrices, mais elles existaient, il fallait donc s'en accommoder. L'incendie avait été un drame terrible mais à quoi bon, après tant d'années, se lamenter intérieurement d'avoir été traitée injustement par la vie ? Son existence avait pris ce chemin, elle devait donc le suivre. Il était temps de l'organiser d'une façon plus équilibrée, plus cohérente, en se débarrassant des scories du passé.

Jusqu'à sa rencontre avec Nicolas, rien n'avait compté que son travail. Ella s'était interdit tout autre centre d'intérêt, toute autre source de joie ou de plaisir. Depuis qu'elle le connaissait, et surtout depuis la nuit précédente, il lui semblait soudain qu'un monde nouveau s'ouvrait à elle, fait de sentiments, d'émotions dont elle s'était délibérément privée jusqu'à présent. L'avenir lui paraissait tellement riche de promesses à présent ! C'était comme si elle avait ouvert les yeux et réalisait soudain combien la lumière, le soleil, le ciel étaient beaux.

Elle le devait à Nicolas : il avait été parfait avec elle. Mais c'était un grand séducteur, elle ne l'oubliait pas. Son comportement avait été celui qu'il avait eu avec bien d'autres femmes : il l'avait conquise. Ella ne s'en offusquait pas, au contraire : c'est exactement ce qu'elle avait voulu.

Mais elle devait prendre garde à ne pas tomber amoureuse de lui. Ce serait le comble de la stupidité !

A son retour à la villa, le soleil disparaissait déjà à l'horizon. Elle mourait de faim.

— Je suis là, lança-t-elle à la cantonade, espérant que Nicolas serait lui aussi rentré.

Pas de réponse.

Elle gagna le living-room, où elle découvrit sur la table basse un mot de la main de Nicolas :

« Ce soir, dîner sur le lac ».

Ecriture élégante, très masculine, mais ni mots doux ni fioritures chez Nicolas Chevalier. Ella ne put s'empêcher de sourire.

Elle n'avait pas eu chaud pendant les prises de vue car, sous l'ombre épaisse de la forêt tropicale, il faisait plus frais que sur la plage. Elle décida donc de ne pas se changer pour le dîner : elle avait trop faim. Elle portait une robe très légère, courte, donc Nicolas verrait ses jambes, qu'il avait l'air d'apprécier. Cette pensée la fit sourire comme elle sortait de la maison.

Nicolas l'attendait au petit port privé de la villa, vêtu d'un pantalon de lin et d'une chemise à col ouvert. Contre toute attente, il tenait une rose à la main. Une rose… ce n'était pas grand-chose, mais Ella sentit sa gorge se nouer. La dernière fois qu'on lui avait offert des fleurs, c'était à l'hôpital, presque onze ans plus tôt !

Un grand bateau blanc était amarré à la petite jetée de bois. C'est à son bord qu'ils dîneraient ce soir, lui expliqua Nicolas.

— Si j'avais su, j'aurais mis une belle robe, dit Ella sur un petit ton d'excuse.

— Tu es toujours ravissante, quoi que tu portes.

Nicolas lui tendit la rose. Elle la prit pour l'approcher de sa joue et sentir le velours des pétales sur sa peau, en même temps qu'elle en respirait l'odeur très douce.

— Merci, elle est très belle.

— Attention de ne pas l'abîmer, prévint Nicolas, elle doit encore servir ce soir.

— Je te trouve un regard bien coquin, fit observer Ella en riant.

— Je n'ai jamais prétendu être un saint, au contraire. Comment s'est passée ta journée ?

En posant la question, Nicolas avait passé un bras autour de ses épaules.

— Très bien. Mieux qu'hier. C'est drôle, d'ailleurs, je me rends compte un peu plus tous les jours que pour réussir dans ce métier, il faut la collaboration d'une foule de gens. Les mannequins, les directeurs artistiques, les photographes, les stylistes, et j'en passe. Moi, je ne suis qu'un maillon de la chaîne : je crée les vêtements. Mais tout ne dépend pas de moi.

— Tu le croyais avant ?

— Un peu, oui. Je n'y avais jamais vraiment réfléchi, en fait. Je pensais que tous ces gens avaient leur utilité, mais je n'avais pas compris l'importance de leur rôle. Pour qu'un vêtement fasse un maximum d'effet, le tissu et la coupe ne suffisent pas, il faut aussi le voir porté par le mannequin d'une certaine manière, que les accessoires soient bien choisis, que la lumière soit équilibrée, que le photographe trouve le bon angle. Tout cela ne dépend pas de moi.

— Cela te déçoit ?

— Hier, cela ne me plaisait pas beaucoup. J'avais l'impression de perdre le contrôle de mon travail. Aujourd'hui, j'ai compris pourquoi la collaboration de tous ces gens était essentielle et j'en ai été contente. Je laisse faire : c'est nouveau pour moi, mais c'est bien.

Ella prit une profonde inspiration et leva les yeux vers Nicolas.

— C'est parce que j'avais peur de perdre le contrôle de mon travail que je t'ai si mal accueilli, au début.

— Ce n'est que l'une des raisons…

Il la prit par la main pour la conduire sur la petite jetée. Ils franchirent la passerelle de bois pour sauter à bord du bateau.

— Il y en avait d'autres, en effet, admit distraitement Ella, promenant autour d'elle un regard ravi.

Une partie du pont en tek était recouverte d'une épaisse couverture flanquée de coussins multicolores. Des lampes tempête étaient accrochées au bastingage et un grand panier de pique-nique en osier attendait, ainsi qu'une bouteille de vin blanc et deux verres.

Après les avoir à demi remplis, Nicolas en tendit un à Ella.

— Quelles étaient donc ces autres raisons ? demanda-t-il.

Ella choisit de plaisanter :

— Oh ! je les ai oubliées ! En tout cas, si le premier soir de notre rencontre, tu m'avais emmenée ici pour un pique-nique sous les étoiles, j'aurais rapidement été plus aimable, c'est sûr !

Nicolas fit entendre un petit rire.

— Serais-tu une femme intéressée ?

Elle rit à son tour.

— On peut m'acheter oui. Mais pas n'importe qui, ni avec n'importe quoi.

— Quelle honte ! feignit de soupirer Nicolas en l'attirant à lui.

Tout de suite, elle eut le souffle court : si seulement il l'embrassait… Elle attendait ses baisers depuis si longtemps ; toute la journée elle n'avait pensé qu'à ça. Elle releva son visage, mais son compagnon se contenta de poser un doigt très doux sur ses lèvres.

— Il faut que tu manges d'abord, murmura-t-il. Je suis sûr que tu n'as pas pris le temps de déjeuner, aujourd'hui.

— Aucun de nous ne s'est arrêté, confirma Ella. Il y avait tant de photos à faire.

— Raison de plus pour dîner sans attendre.

Nicolas s'assit sur la couverture ; Ella l'imita. La nuit était presque tombée, mais l'horizon était encore éclairé par les rayons orangés du soleil qui venait de disparaître. Ella but une gorgée de vin avant d'ouvrir le panier à pique-nique. Il s'y trouvait tout un assortiment de charcuterie, fromages et fruits frais.

— Merveilleux ! s'exclama-t-elle, avant de choisir une tranche de salami qu'elle mordit avec appétit. J'avais oublié à quel point j'avais faim.

— Tant mieux, sourit Nicolas, amusé de la voir manger avec tant de voracité.

Ella éclata de rire. Pour la première fois depuis très longtemps, elle s'autorisait à profiter de l'instant présent.

— Ne me regarde pas ainsi, j'ai l'impression d'être une enfant mal élevée qu'on va gronder.

De nouveau Nicolas lui décocha ce sourire qui lui étreignait le cœur.

— Je te regarde parce que tu es si belle.

Ella sentit sa gorge se serrer ; sa joie si pure, si exaltante, s'envola aussitôt.

— Comment peux-tu dire cela ? murmura-t-elle en baissant les yeux.

Nicolas fronça les sourcils.

— Tu ne comprends pas que je puisse te trouver belle ?

Ella secoua la tête, posant à côté d'elle le morceau de pain qu'elle avait entamé.

— Non, admit-elle tristement.

Il la regardait à présent avec une intensité troublante.

— Eh bien je vais t'expliquer. Tu as des yeux merveilleux : changeants, profonds et si expressifs qu'on devine toujours ce que tu as dans la tête ; quant à ta bouche... un homme normalement constitué pourrait en rêver des nuits entières !

En un geste très tendre, il effleura du pouce le renflement de ses lèvres.

— En tout cas, moi, ta bouche m'a inspiré des rêves érotiques : je la sentais sur ma peau, dans mon cou, j'avais son goût sur moi. Et je peux t'assurer que la réalité ne m'a pas déçu !

Il glissa la main le long des épaules d'Ella, jusqu'à la poitrine, qu'il caressa doucement.

— Tes seins sont exactement à la mesure de mes mains, reprit-il, comme s'il se parlait à lui-même, et ton corps est celui de la femme idéale. J'ai parfois l'impression de l'avoir modelé moi-même dans mes rêves les plus fous tant il correspond à ce que j'aime.

Le cœur d'Ella battait follement ; elle avait rougi. Les mots si sincères, si beaux, prononcés par cette voix sensuelle qui la troublait tant, résonnaient en elle, et leur écho se propageait dans tout son corps en vagues suaves et délicieuses. Elle avait du mal à les croire — ils ne correspondaient pas à la réalité, elle le savait. Pourtant le regard de Nicolas était éloquent : il disait *sa* vérité.

De nouveau, elle sentit les larmes lui piquer les yeux. Cela devenait une habitude avec cet homme ! Il avait l'art de briser ses défenses. Pourtant, curieusement, au lieu de s'en sentir affaiblie, Ella avait l'impression d'être plus forte.

Sans un mot, ils se remirent à manger. Le silence entre eux était merveilleusement confortable : ils n'éprouvaient simplement pas le besoin de parler, ils étaient bien l'un avec l'autre, tranquilles, sereins, confiants.

*
* *

Rassasiée, heureuse, Ella but une gorgée de vin. Elle sourit à Nicolas et déclara doucement, pour ne pas troubler la sérénité de la nuit :

— Merci pour ce moment merveilleux. C'est adorable de ta part d'avoir organisé ce pique-nique. Je me sens si bien.

L'envie de pleurer d'émoi la tenaillait toujours, mais elle n'y céderait pas.

— Viens près de moi, Ella.

En parlant, Nicolas tapotait la couverture devant lui. Elle vint s'asseoir entre ses genoux, le dos calé contre son puissant poitrail.

Il recula à peine pour poser les mains sur ses épaules. Il entreprit de masser ses muscles, en gestes lents et voluptueux. Elle les sentit se dénouer peu à peu. Elle n'était jamais entrée dans un salon de massage, car elle aurait dû y montrer, à des yeux inconnus, les imperfections physiques qu'elle n'avait jamais acceptées. Mais Nicolas les avait déjà vues, il connaissait aussi sa vulnérabilité, sous ses airs d'affranchie, et l'acceptait telle qu'elle était. Alors pourquoi ne pas se détendre ?

Elle sentit la fermeture Eclair de sa robe glisser, puis son dos exposé à l'air tiède de la nuit. Nicolas l'embrassa dans le cou. Il fit ensuite descendre le corsage de la robe jusqu'à la taille.

— N'aie crainte, personne ne peut nous voir, murmura-t-il.

Puis il posa les deux mains à plat sur son dos.

— Je veux savoir où tu n'as plus de sensibilité.

— A gauche, parce que les terminaisons nerveuses ont été endommagées. Mes bras en revanche sont intacts, même le gauche.

Sans répondre, Nicolas se pencha pour prendre la rose qu'Ella avait posée à côté d'eux.

— Ta peau est sensible, ici ?

Ella sentit le velouté des pétales frôler son cou, puis ses épaules.

— Oui, murmura-t-elle, mais…

Nicolas ne la laissa pas finir sa phrase :

— Je veux connaître la géographie sensuelle de ton corps.

Tout en parlant, il continuait à explorer son dos avec la rose. Soudain, Ella ne sentit plus la caresse des pétales.

— Là, c'est insensible, dit-elle vivement.

— Et là ?

— Là aussi.

Puis le frôlement redevint perceptible, léger comme une aile de papillon, sensuel et excitant ; Ella, malgré la tiédeur de la nuit, frissonna.

— Oh oui, je sens de nouveau, soupira-t-elle. C'est si bon.

Déjà, le désir naissait au creux de ses reins.

— Et là ? demanda encore Nicolas, avant de poser ses lèvres entre ses deux omoplates.

La sensation vibra jusqu'au plus profond d'elle ; son cœur s'accéléra.

Ella se contenta de hocher la tête tandis qu'un murmure inarticulé lui échappait. Son corps tout entier tressaillait ; le désir fusait, impérieux, pendant que la langue de son amant suivait lentement le trait de sa colonne vertébrale.

— Je te sens, oui, réussit-elle à articuler malgré son émoi.

— Là aussi ?

Nicolas avait posé le bout de ses doigts là où elle lui avait dit ne plus rien sentir. Ella secoua tristement la tête. Mais quand il se pencha, elle sut, bien qu'elle ne puisse le voir ni le percevoir, qu'il embrassait cette partie d'elle devenue insensible. Elle en éprouva un plaisir ineffable. Il l'acceptait, il l'aimait comme elle était. Une larme lui échappa qu'elle ne prit pas la peine d'essuyer.

Il pressa les lèvres sur son épaule.

— Tu me sens, n'est-ce pas ?

— Oui, chuchota-t-elle, fermant les paupières pour mieux savourer sa sensation.

— Eh bien je te connais, maintenant, Ella : j'ai mémorisé la carte de ton corps.

Elle aurait pu lui répondre qu'il la connaissait désormais

mieux qu'elle-même, mais elle avait trop peur d'éclater en sanglots. Alors, se retournant, elle l'embrassa avec une ardeur à la mesure de son émotion.

Nicolas lui rendit son baiser tout en empoignant ses seins pour en taquiner les pointes dressées. Ella laissa échapper un soupir d'aise.

— Enfin, voilà ce que j'attendais tant, avoua-t-elle en rejetant la tête en arrière. Mais tu es trop habillé.

— Cela peut s'arranger.

L'instant d'après, il était nu, ses vêtements échoués sur le pont. Ella promena alors la main sur son torse, éprouvant le duvet frisé qui parsemait la peau lisse, cherchant à suivre le contour de ses muscles fermes.

— Tu es parfait, soupira-t-elle.

Il prit sa main pour en embrasser la paume.

— Comme toi.

L'émotion la terrassa de nouveau. Si seulement elle pouvait un jour lui rendre tout ce qu'il lui avait donné ! Car un peu plus tôt, quand il la caressait avec la rose, il ne s'agissait pas de préliminaires ; c'était bien davantage : Nicolas avait restauré les endroits de son corps dont elle avait le plus honte, alors qu'il aurait pu simplement les ignorer, se comporter comme s'ils n'existaient pas, éviter de les toucher.

Il avait pris le temps de connaître son corps. Tout son corps. Quelle générosité !

Se redressant soudain, elle se débarrassa de sa robe, puis de ses chaussures et de sa petite culotte. Une fois nue, elle s'agenouilla devant Nicolas pour embrasser la peau tendue de ses pectoraux musclés. Elle avait follement envie de lui, une faim impossible à rassasier, une soif que rien jamais ne calmerait. Brusquement lui vint le désir incoercible de le prendre dans sa bouche. Nicolas lui avait donné tant de bonheur, c'était son tour d'apprendre à lui en offrir.

Elle descendit alors du bout de la langue le long des

abdominaux bien dessinés et, inclinant le visage, prit le sexe dressé entre ses lèvres.

Nicolas sursauta. Basculant en arrière, il agrippa son épaule d'une main, tandis qu'il enfouissait sauvagement l'autre dans les cheveux d'Ella. Bientôt, elle entendit ses soupirs rauques de plaisir et son désir décupla. Qu'elle puisse le tétaniser ainsi, le faire trembler, lui arracher des râles et l'amener au bord de l'extase, lui procurait une ivresse qu'elle n'avait pas imaginée.

— Ella… Arrête, je t'en prie ! Je te veux tout entière.

— Et moi, je te veux en moi, affirma-t-elle.

C'était elle qui menait la danse, à présent, et elle demanda avec un sourire malicieux :

— Protection ?

Il lui rendit son sourire, tout aussi canaille, et tira un préservatif de sous un coussin. Elle le lui prit des mains pour en déchirer le sachet.

— Tu avais tout prévu, n'est-ce pas ?

— Disons que j'avais bon espoir…

Ella voulut mettre le préservatif en place elle-même, mais elle était encore maladroite. Nicolas l'aida ; il trouvait cette inversion des rôles très amusante.

— Je me débrouillerai mieux la prochaine fois, assura Ella en souriant.

— Je ne me plains de rien…

Il l'embrassa sur la bouche puis l'attira afin qu'elle s'étende sur lui. Leur baiser s'enflamma. Suspendue au-dessus de son amant, elle remua lentement le ventre, jusqu'à sentir l'extrémité de son sexe à l'embouchure de sa féminité. Alors, elle plia lentement les genoux, retenant son souffle comme Nicolas glissait en elle.

— Tu es bien ? réussit-elle à articuler.

Il lui saisit les fesses de ses deux mains.

— Oh ! oui !

Ella bougea sur lui, remuant son bassin, cherchant son

rythme, tandis que les yeux de Nicolas se voilaient — l'extase approchait.

— Tu es belle… si belle…

Ses mots, la manière dont il se cabrait pour aller plus loin en elle, ses mains sur son corps… C'en était trop ! L'orgasme la terrassa sans qu'elle puisse rien contrôler. Il secoua son corps avec la force d'un séisme, la laissant tremblante, ébranlée jusqu'aux tréfonds de son âme.

Elle sentit Nicolas resserrer son étreinte. Quand elle retomba sur lui, pantelante, il la fit glisser, la tenant fermement par la taille, pour s'allonger sur elle. Alors, il entreprit de profonds va-et-vient, à la fois rapides et tendres. Quand il explosa, Ella éprouva un nouvel orgasme, plus doux celui-là, plus lent aussi, qui l'emporta vers des cimes inexplorées. Les yeux perdus sur le ciel velouté, il lui sembla, dans son ravissement, que des myriades d'étoiles se déversaient sur leurs deux corps enlacés.

Ella sommeillait à ses côtés, allongée sur le flanc. Nicolas ne parvenait pas à dormir, tant il la désirait. Ils avaient pourtant fait l'amour avec une violence et une passion rares, mais avec elle, jamais il ne serait rassasié.

Il caressa la ligne de ses hanches, remonta le long de la taille étroite, continua jusqu'aux seins ronds et chauds. Ella ne ressemblait à aucune autre femme. Elle était mille choses et leur contraire : sexuellement inexpérimentée mais comprenant d'instinct le langage de la chair ; naïve et pourtant avertie dans bien des domaines ; d'une beauté parfaite, hélas devenue imparfaite… Elle le fascinait.

C'était nouveau pour lui, qui avait possédé un si grand nombre de femmes qu'elles se mélangeaient dans son esprit, surtout celles qui avaient partagé passagèrement son lit depuis sa rupture avec Marie.

Au milieu de tous ces corps, de tous ces visages, Marie gardait sa singularité. Sans doute parce qu'il avait cru en être amoureux. Pauvre imbécile : ce qu'il avait éprouvé pour elle n'était que du désir. L'amour n'existait pas. Ou alors il était incapable d'en éprouver.

Ella, cependant, lui inspirait un désir bien différent de celui que lui avait inspiré Marie. A l'époque, il se souciait principalement de son propre plaisir. De sa belle Américaine, il avait envie de connaître le corps, les émois, les envies, les fantasmes aussi intimement que possible, afin de savoir lui donner le plaisir qu'elle était en droit d'attendre d'un amant. Et, curieusement, il avait aussi envie de la rendre heureuse…

— A part les médecins et les infirmières, personne n'a effleuré mes cicatrices avant toi, murmura Ella d'une voix encore ensommeillée. Après l'incendie, ma mère ne voulait plus me toucher du tout.

Perdu dans ses pensées, Nicolas avait continué à la caresser et ne s'était pas rendu compte qu'elle s'était réveillée. Retombant sur terre, il serra les dents.

— Sans doute parce qu'elle-même était très malheureuse.

— Je commence à l'admettre, oui.

D'un geste tendre, il l'aida à s'étendre contre lui, la tête nichée au creux de son épaule.

— Raconte-moi, maintenant. Dis-moi comment cela s'est passé.

Il sentit une larme chaude tomber sur son torse, puis une autre et encore une autre… Son cœur se serra. Quand une femme pleurait, il était mal à l'aise, ne savait que faire. Pourtant, pour une obscure raison, les larmes d'Ella lui semblaient normales

— Nous habitions une banlieue huppée de New York, commença-t-elle, dans une très grande maison : trois étages, des pièces immenses, un grand jardin ; bref, le luxe. La nuit où le feu s'est déclaré, nous dormions tous ; c'est la fumée qui nous a réveillés.

La voix de la jeune femme était lointaine, comme si ce qu'elle racontait ne la concernait pas.

— J'ai voulu sortir de ma chambre, mais la poignée de la porte était brûlante. J'ai hurlé. J'étais paniquée. Ma chambre était au troisième étage et j'avais peur de sauter par la fenêtre. Alors… alors j'ai encore essayé de fuir.

Nicolas resserra son étreinte.

— Comment as-tu fait ? demanda-t-il à voix basse.

— J'ai réussi à sortir de ma chambre me protégeant la main avec un T-shirt pour ouvrir la poignée. Je suis descendue au deuxième étage. Il y avait tant de fumée que je ne pouvais plus respirer ; je toussais, je pleurais, j'étais affolée…

— Et tes parents, où étaient-ils ?

— Dehors, dans le jardin, sains et saufs, avec ma sœur, qu'ils avaient eu le temps d'aller chercher. Mais moi qui couchais plus haut, ils n'avaient pas osé revenir me sauver.

Une autre larme tomba sur la peau de Nicolas.

— C'est dur pour moi de me dire que peut-être, ils auraient pu me secourir, poursuivit Ella. Et je leur en veux encore parfois de n'avoir pas risqué leur vie pour moi.

— Je te comprends tellement ! Et je comprends que tu leur en veuilles encore : tu as dû croire pendant longtemps que tu ne valais pas grand-chose à leurs yeux.

— Pas seulement à leurs yeux ! s'écria-t-elle. C'est aussi à mes propres yeux que je n'avais aucune valeur ; il m'a fallu beaucoup réfléchir pour arriver à me persuader que je me trompais peut-être. Mon travail m'a aidée : je voulais absolument prouver que je pouvais réussir, que j'étais quelqu'un.

Ella bougea entre les bras de son amant puis releva la tête pour le regarder en face.

— Assez parlé de moi ! Parle-moi de ta famille : tu vois ton père souvent ?

— De temps en temps seulement.

— Et ton frère ? insista Ella, sachant qu'elle abordait un sujet brûlant.

— Je le vois aussi.

Elle espérait qu'il en dirait davantage, mais il préféra changer de sujet :

— Tu sais que nous rentrons bientôt à Paris.

— Je sais, oui.

— Cela n'a pas l'air de t'enchanter.

— J'aime bien faire l'amour sur un bateau, plaisanta Ella, qui éclata de rire.

Nicolas l'embrassa au creux du cou pour déclarer, riant lui aussi :

— Pas de problème, j'ai aussi un yacht en France.

11

A peine le pied posé sur le sol français, Ella avait dû se rendre à l'évidence : leur voyage au Malawi n'était pas passé inaperçu. Les tabloïds avaient publié des photos de Nicolas avec elle, une en particulier où ils se tenaient au bord du lac Nyasu, la main de Nicolas nonchalamment posée au creux de ses reins en une attitude de tendre intimité.

Cette visibilité nouvelle avait eu pour résultat immédiat une affluence inespérée dans la boutique, dont les ventes avaient monté en flèche. Autre conséquence : le site internet de la marque avait reçu un nombre incroyable de visites, et Ella avait des messages provenant de nombreuses boutiques de mode demandant à distribuer ses vêtements.

Pareil succès, en si peu de temps, dépassait tout ce qu'Ella pouvait attendre. Que ce soit en partie grâce à Nicolas la réjouissait encore davantage.

Nicolas… A la seule évocation de son prénom, elle avait envie de sourire de bonheur. Son amant, l'homme qui l'avait tenue dans ses bras plusieurs nuits de suite et qui avait aimé et choyé son corps comme s'il était *normal*…

Ella acheva le dossier qu'elle venait de monter pour un grand magasin qui lui proposait un emplacement pour sa marque. Il s'agissait de Statham, une enseigne haut de gamme très connue, présente dans toutes les grandes villes. Si l'affaire se concluait, ce serait un nouveau bond en avant.

Curieusement toutefois, ces succès ne lui inspiraient pas l'excitation et l'enthousiasme qu'elle aurait cru éprouver.

Elle en était ravie, évidemment, mais son esprit n'était plus entièrement concentré sur son travail. Sa vie avait pris une autre dimension avec Nicolas.

Elle ne l'avait pas revu depuis leur retour en France, trois jours plus tôt, et il lui manquait terriblement ! Ses mains sur elle, ses baisers, son ardeur…

Son cœur s'accéléra et elle se cala contre le dossier de son siège. Après vingt-cinq ans de virginité, il suffisait de trois jours sans Nicolas pour qu'elle souffre d'intense frustration sexuelle ! Cette pensée la fit sourire.

Pour tromper son impatience, et éviter de se faire des idées noires, elle se disait qu'il devait être occupé, tout comme elle. Pas question de l'appeler. C'était à lui de le faire…

Malgré cette résolution, répétée et répétée depuis son retour, Ella, mue par une force indépendante de sa volonté, saisit soudain son téléphone portable. Elle appuya sur la touche appel dès le numéro de Nicolas sélectionné dans son carnet d'adresses.

Il décrocha tout de suite.

— Ella.

L'entendre prononcer son prénom la fit frissonner.

— Bonjour. Je ne te dérange pas trop, j'espère ?

Sans attendre de réponse, elle poursuivit, parlant trop vite :

— Je n'ai pas eu une minute, mais je viens de boucler pas mal de choses et… je… euh…

Elle se tut, attendant qu'il saisisse la perche et avoue qu'il avait envie la voir, lui aussi. Elle avait peur… Peur qu'il ne le dise pas, qu'il ne veuille plus d'elle, et déjà elle se reprochait de l'avoir appelé parce qu'elle lui montrait ainsi combien il lui manquait…

Comme il se taisait toujours, elle n'y tint plus :

— Je pensais qu'on pourrait peut-être se voir ce soir ?

— Ce soir, je suis pris.

Pas de « hélas » ou de « dommage », rien qui laisse à penser qu'il regrettait de ne pas être libre.

— Tu vas à une soirée ?

— Si l'on veut.

Ella serra son téléphone, qui glissait tant elle avait la paume moite.

— Et tu ne tiens pas m'y emmener ?

Question stupide, qui indiquait clairement combien elle était peu sûre d'elle ! Elle se maudit intérieurement.

— Je pense que cela ne t'amusera pas. J'y vais pour des raisons professionnelles, répondit Nicolas un peu sèchement.

Elle sentit sa colère monter.

— Si j'allais à une réception dans un but professionnel, trouverais-tu normal que je ne t'en informe pas et ne te demande pas non plus de m'accompagner ?

— Non, bien sûr !

— Alors pourquoi l'inverse ne te pose pas de problème ? Il y a donc deux poids et deux mesures pour toi ?

— Je n'ai jamais dit ça, protesta Nicolas, visiblement embarrassé.

Ella prit une grande inspiration. Elle était lancée, elle irait jusqu'au bout.

— D'accord, je vais jouer cartes sur table. Je sais que notre histoire ne sera pas éternelle. Nous avons une relation basée sur notre entente physique. Je n'avais jamais fait l'amour avant toi par peur de montrer mes cicatrices, mais que j'aie commencé tôt ou tard ne change rien au fait que pour moi, une relation sexuelle a de l'importance. Et il me semble normal que l'homme avec qui je l'ai eue me tienne au courant de ses projets et, s'il va à une soirée, me propose de l'accompagner.

Soudain son cœur s'étreignit comme lui venait une pensée intolérable.

— Tu sors avec quelqu'un d'autre ?

— Je ne vois pas l'intérêt de sortir avec deux femmes à la fois, répliqua Nicolas, de ce ton dur qu'elle ne lui avait plus entendu depuis leurs toutes premières rencontres. Si je veux une femme, je sors avec elle ; si j'en désire une autre, je romps avec la première.

Il était furieux, Ella le sentait. Avoir été soupçonné de jouer double jeu, de ne pas être honnête, ne lui plaisait pas du tout.

— Désolée, dit-elle, mais que tu ne m'aies même pas parlé de tes projets de ce soir m'amène à me poser des questions.

— Je ne… disons que je compte voir un futur associé à cette réception, et je ne mélange jamais vie professionnelle et vie privée, rétorqua Nicolas, ne trouvant à l'évidence pas d'argument plus convaincant.

— Comment peux-tu affirmer que tu ne mélanges pas alors que c'est toi qui gères mon affaire ?

— Ce qui est arrivé entre nous était inévitable mais normalement, je n'ai jamais d'aventure avec une associée.

— Voilà qui me fait chaud au cœur, fit observer Ella d'une voix blanche.

— Où veux-tu en venir exactement ? demanda alors Nicolas avec mauvaise humeur.

Elle eut un petit rire triste.

— Je n'essaie pas de m'accrocher, moins encore de m'imposer, Nicolas. Sors ce soir tout seul si tu en as envie, mais je me sens exclue. Si, pour toi, je n'ai été qu'une passade et que c'est terminé entre nous, dis-le. Simplement, je ne le savais pas car tu ne me l'as pas dit.

— Tu n'es pas une passade, rétorqua-t-il rudement.

— Est-ce que… tu as peur que je te fasse honte en public à cause de… tu sais… ?

Cette fois Nicolas parut sincèrement indigné.

— Honte de toi ? Tu es folle ou quoi ?

— Non, je ne suis pas folle. Mes propres parents avaient honte de moi, alors dans ce domaine, hélas, plus rien ne m'étonne. Pour aller nager à leur club, ils m'avaient fait confectionner un maillot de bain spécial qui me cachait pratiquement tout le dos.

Nicolas ne répondit pas tout de suite ; elle se reprocha aussitôt d'en avoir trop dit.

— Qu'attends-tu de moi exactement ? demanda-t-il enfin.
— Que tu ne me mentes pas, que tu sois honnête. Toujours.
— Eh bien, je le serai.
— Merci.
— On se reparle plus tard.
Ella hocha la tête, puis elle raccrocha.

Le juron de Nicolas retentit dans le silence de son bureau. Cette femme avait le don de le prendre au dépourvu. Il avait suffi qu'il entende sa voix pour que toutes ses bonnes intentions s'envolent.

Il n'était pas l'homme qu'il lui fallait, il le savait. Aussi, depuis leur retour à Paris, avait-il voulu prendre ses distances. Pour qu'elle n'ait pas à souffrir d'une liaison qui ne lui apporterait pas ce qu'elle était en droit d'attendre.

Mais voilà : elle avait téléphoné, et il ne savait plus où il en était. Pourtant non, il ne se laisserait pas manipuler ! L'expérience avec Marie lui avait suffi. A présent, il était un homme averti. Même si Ella Stanton ébranlait son *self-control*, parfois.

Pourtant, il avait toutes les cartes en main : leur relation ne dépendait que de lui. Il y mettrait un terme dès qu'il le jugerait nécessaire. Mais pas maintenant. Il avait trop envie d'elle. Il la voulait ce soir, avec lui, dans son lit. Et tant pis s'il faisait une petite entorse à ses bonnes résolutions.

— J'ai mal analysé la situation, c'était une erreur de ma part, dit Nicolas en pénétrant dans le hall du grand hôtel où avait lieu la réception.

Ella ne répondit pas, baissant les yeux. Elle se reprochait encore son coup de téléphone, plus tôt dans la journée. Pourquoi avoir pratiquement avoué à Nicolas qu'elle tenait à lui ?

Quand il avait rappelé, moins de vingt minutes après

leur échange, elle avait été à deux doigts de refuser de l'accompagner ; elle avait tout de même accepté : il n'aurait pas compris une fin de non-recevoir après leur première conversation.

— Dois-je le prendre comme une façon de t'excuser ? demanda-t-elle enfin.

Nicolas stoppa net et lui saisit le bras pour l'obliger à le regarder.

— C'en était une. Je te répète que j'ai eu tort. Que veux-tu de plus ?

— J'aurais préféré que tu penses à m'inviter de toi-même.

Ella regretta aussitôt ses paroles.

— J'y ai pensé, figure-toi, rétorqua-t-il avec impatience. Mais j'ai un rendez-vous important ce soir et j'ai besoin de concentration.

Ce disant, il la détailla du regard et elle lut tant de convoitise dans ses yeux qu'elle en fut soudain rassérénée. Nicolas la désirait encore ! Elle avait eu si peur…

— Parce que je nuis à ta concentration ? demanda-t-elle malicieusement. Ça, c'est un vrai compliment.

Nicolas plaisanta à son tour :

— Tu en doutais ?

Ella se rembrunit aussitôt et de nouveau, sa langue la trahit.

— J'ai pensé que je ne t'intéressais plus, avoua-t-elle.

— Ne me dis pas que tu es de ces filles qui ont sans cesse besoin d'être rassurées, lança Nicolas, redevenu sérieux lui aussi. Je déteste ça.

— Non, je n'ai pas besoin d'être rassurée, riposta-t-elle vertement. Seulement, je n'apprécie pas qu'on ne me donne pas signe de vie pendant trois jours, alors que nous avons vécu si proches l'un de l'autre au Malawi. Je trouve que c'est un manque de considération.

— Parce que, d'après toi, je manque de considération à ton égard ?

— Quand tu ne m'appelles pas pendant trois jours, oui ! Je suis d'accord pour avoir avec toi une histoire sans lendemain, pourquoi pas ? Mais si tu dois vivre ta vie et que tu ne me fais signe que quand tu n'as personne d'autre à mettre dans ton lit, ne compte pas sur moi !

Ella avait parlé d'un trait, mais elle ne regrettait pas ses paroles. Elle avait dit ce qu'elle avait sur le cœur, et tant pis si des gens qui passaient dans le hall avaient l'impression qu'ils se disputaient.

Nicolas haussa les sourcils.

— Eh bien ! Au moins, tu n'y vas pas par quatre chemins !

— Non, parce que je ne veux pas d'une relation minable, banale ou médiocre.

— Je ne t'ai pas appelée depuis notre retour pour te laisser un peu de champ, dit alors Nicolas. Je pensais que tu en avais besoin.

C'était vrai, du moins en partie… Ils avaient vécu à l'unisson pendant plusieurs jours ; en rentrant, Nicolas avait pensé que mettre un peu de distance entre eux permettrait à Ella de ne pas se faire trop d'illusions.

Ella porta sur lui un regard un peu triste.

— J'ai eu beaucoup à faire, c'est vrai, admit-elle, mais j'aurais trouvé ton silence plus normal si, en nous quittant à l'aéroport, tu m'avais dit exactement où nous en étions, tous les deux.

Sans un mot, Nicolas l'attira dans un recoin, à l'abri des regards, pour la prendre dans ses bras.

— Je ne l'ai pas fait, c'est vrai, dit-il tout doucement contre son oreille, mais je sais où j'en suis avec toi. J'ai envie de toi et si je m'écoutais, nous filerions d'ici pour un endroit plus intime.

Un long frisson parcourut Ella.

— Moi aussi, j'aimerais être ailleurs, chuchota-t-elle, avant de lui offrir ses lèvres.

Ils échangèrent un baiser passionné ; ce fut Nicolas qui se dégagea le premier.

— Si nous continuons ainsi, je ne verrai jamais mon éventuel futur associé, dit-il en riant.

— J'oubliais : tu ne mélanges pas le travail et le plaisir, plaisanta Ella. Alors travail d'abord, plaisir ensuite !

Ils gagnèrent la salle de réception. Nicolas repéra rapidement son rendez-vous, William Calder, actionnaire majoritaire d'une grosse chaîne d'hôtels, qui l'attendait comme convenu près du bar.

Il fit les présentations et nota que Calder semblait trouver Ella à son goût. Très vite, il vit rouge ; le besoin de montrer que cette femme lui appartenait, à lui, rien qu'à lui, obscurcit ses pensées. Sans réfléchir, il l'enlaça, en une attitude ostensiblement possessive.

Mais Calder, feignant de n'avoir rien vu, continuait à regarder Ella avec une convoitise non déguisée. Visiblement, il préférait échanger des propos anodins avec elle plutôt que de parler affaires. Quand il n'y tint plus, Nicolas déclara d'une voix de marbre :

— Nous devrions nous revoir à mon bureau un de ces jours, William. L'endroit est mal choisi pour parler investissements. Prenez rendez-vous avec mon assistante, voulez-vous ?

Calder eut un sourire montrant clairement qu'il n'était pas dupe.

— Comme vous voudrez, mon cher Nicolas.

Et, s'adressant à Ella, il déclara d'une voix onctueuse :

— Ce fut un plaisir de vous rencontrer, mademoiselle.

— Pour moi aussi, répondit Ella.

— Auriez-vous une carte de visite ?

Elle ouvrit son sac en vernis rose vif pour en sortir une.

— Voilà. Vous avez les coordonnées de ma boutique, mon numéro de téléphone et mon site internet, au cas où vous voudriez des informations sur mes vêtements.

— Parce que vous travaillez dans la mode ! s'exclama Calder. J'aurais dû m'en douter en vous voyant si élégante.

— William, j'apprécierais que vous laissiez Mlle Stanton en paix. Il ne manque pas de femmes seules dans l'assistance, ce soir.

Nicolas avait parlé d'une voix glaciale et Ella se raidit. Calder, au contraire, sourit de toutes ses dents : visiblement, la situation l'amusait beaucoup.

— Bien sûr, dit-il, glissant la carte d'Ella dans sa poche.

Sans même attendre qu'il ait disparu, Ella se tourna vers Nicolas :

— Partons !

Ils se dirigèrent vers la sortie à travers un long couloir ; Ella marchait rapidement devant lui, clairement pressée de sortir.

— Qu'est-ce qui t'a pris ? demanda-t-il en la retenant par le coude. Je croyais que tu voulais assister à cette soirée ?

— J'ignorais que tu piquerais une crise de jalousie à la première occasion !

— Ce type te dévorait littéralement des yeux ! s'exclama Nicolas, hors de lui. Tu trouves cela normal ?

— Tu sais parfaitement que je n'aurais toléré aucune attitude déplacée, alors où était le problème ?

— Simplement que je comptais avoir un rendez-vous professionnel et qu'il n'en a rien été.

— Parce que tu t'es laissé emporter par ta possessivité de mâle, Nicolas Chevalier ! Alors ne me reproche rien !

Ella était furieuse, elle aussi ; ses beaux yeux bleus lançaient des éclairs, mais Nicolas ne voyait que sa bouche : pulpeuse, charnue, désirable, elle le rendait fou. Oui, fou de jalousie un peu plus tôt, fou de désir à présent…

N'importe qui pouvait surgir dans ce couloir mais tant pis, il en avait trop envie : il prit cette bouche, et trembla de tous ses membres en sentant les lèvres s'attendrir sous les siennes, puis s'entrouvrir. Il y glissa aussitôt la langue. Son corps réagit instantanément, tendu, presque douloureux, dans l'attente du plaisir.

Ella lui rendit son baiser avec la même ardeur ; le monde extérieur perdit toute réalité. Nicolas l'embrassait avec une frénésie proche de la violence ; leurs désirs mutuels semblaient se nourrir l'un de l'autre pour les dévaster.

Ella reprit un instant son souffle.

— Nicolas…, articula-t-elle, éperdue. Oh Nicolas…

— Ella…

Il plongea les yeux dans ceux de la jeune femme avant d'embrasser ses joues, son cou, puis sa bouche de nouveau.

Ils étaient là, enlacés, inconscients de tout sauf de leurs deux corps soudés dans une même passion quand une porte s'ouvrit. Ella se dégagea vivement. Ce n'était qu'un petit groupe de convives qui gagnaient la salle de réception, et ne les virent pas.

Quand ils eurent disparu, elle baissa la tête.

— Qu'est-ce qui nous a pris ? balbutia-t-elle.

Nicolas sourit.

— Tu as envie de moi et moi de toi.

— Cela fait si longtemps, gémit-elle. Trois longs jours et trois longues nuits…

— Assez perdu de temps, lança Nicolas, surjouant le play-boy sûr de lui. On va chez toi ou chez moi ?

— Chez moi, il n'y a qu'un petit lit.

— Alors chez moi !

12

Son corps délicieusement las pesait une tonne dans le lit qui ressemblait à un champ de bataille. Ils avaient fait l'amour toute la nuit et ne s'étaient assoupis qu'aux petites lueurs de l'aube, épuisés et heureux.

Ella se tourna lascivement sur le côté pour effleurer de la main la place de Nicolas à côté d'elle, encore tiède.

Comment était-ce arrivé et quand exactement, elle n'en savait rien ; mais à un moment de la nuit, alors qu'ils étaient tenaillés par un désir insatiable, elle avait découvert qu'elle était amoureuse.

Elle aimait Nicolas Chevalier, don Juan notoire, l'homme qui avait ravi la fiancée de son frère, celui que rien n'arrêtait en affaires et qui, en rachetant son prêt, avait pris sauvagement le contrôle de sa petite entreprise !

Sa raison savait qu'il était tout cela — d'ailleurs, il ne l'avait jamais nié. Pourtant, depuis qu'il était son amant, elle le voyait sous un tout autre jour.

Nicolas était celui qui avait appris à connaître son corps — là où il était sensible, là où il ne l'était plus. Celui qui l'avait tenue serrée dans ses bras comme elle lui révélait les plus noirs secrets de sa vie. Celui qui croyait en son talent, en ses rêves. Celui, enfin, qui la trouvait belle et avait réussi à le lui faire admettre.

Elle connaissait sa réputation depuis le tout début et n'en était pas moins tombée amoureuse de lui. A coup sûr, ce serait un amour malheureux ; elle en aurait le cœur brisé.

Pourtant, étrangement, elle n'avait pas peur, n'était même pas triste d'être amoureuse de cet homme. Au contraire, une ineffable allégresse gonflait son cœur.

Car grâce à lui, elle était devenue une autre personne : une jeune femme sûre d'elle, capable de donner du plaisir à l'homme qu'elle aimait, capable aussi d'en éprouver avec lui. Une jeune femme qui réussissait dans le métier qu'elle avait choisi. Quant à l'homme dont elle était amoureuse, il la désirait, de cela elle ne doutait plus désormais. Et qu'un être, qui était la quintessence de la virilité et de la perfection physique la trouve belle et désirable, lui avait fait remettre en question l'image qu'elle avait eue d'elle jusque-là. Alors oui, elle courait à la catastrophe, mais elle vivait enfin pleinement sa vie.

Nicolas reparut dans la chambre, une serviette autour des reins, des gouttelettes d'eau accrochées au duvet de sa poitrine. Ella les aurait volontiers léchées… Après une nuit pareille, était-elle devenue insatiable ?

— Parle-moi de Marie, demanda-t-elle.

Seigneur ! Encore une fois, les mots lui avaient échappé sans qu'elle puisse les retenir…

Nicolas se figea. Puis il dénoua la serviette, qui tomba par terre, avant de s'approcher de la grosse armoire de bois sombre, complètement indifférent à sa nudité.

— Pourquoi ?

— Il serait normal que je sache, non ?

Ella vit un muscle se crisper sur le beau visage de son amant.

— Reprends la presse de l'époque sur internet.

— Je l'ai fait.

— Cela ne t'a pas suffi ?

— Non. Je veux ta version des faits.

— C'est de l'histoire ancienne, Ella.

Nicolas avait parlé avec impatience, mais elle insista malgré tout :

— Ça m'est égal, je veux savoir.

— Tu peux me dire pourquoi ?

— Parce que si cette femme n'avait pas eu d'importance pour toi, tu m'en parlerais plus facilement.

Nicolas ouvrit l'un des tiroirs de l'armoire pour en sortir un caleçon de soie noire, qu'il enfila.

— Luc était fiancé avec elle, lança-t-il avec une impatience mal contenue. Trois semaines à peu près avant le mariage, nous étions seuls, elle et moi, dans leur appartement. Je l'ai entraînée au lit. Elle a annulé le mariage. On a vécu un an ensemble, puis elle m'a quitté.

Ella cligna des yeux.

— Je croyais que… que c'était toi qui avais rompu ?

— Non, rétorqua sèchement Nicolas. D'ailleurs, cela n'a pas beaucoup d'importance. J'aurais pu rompre mais vu mon comportement, c'est elle qui est partie. La vie avec moi n'était pas très agréable, tu sais : chaque fois que je la regardais, c'est mon frère que je voyais, ce frère que j'avais trahi.

— Mais… pourquoi avoir agi ainsi ?

— Par amour, bien sûr !

Une amertume mêlée d'ironie s'entendait clairement dans la voix de Nicolas.

— J'étais amoureux d'elle — du moins cela me servait-il d'excuse.

— Amoureux…, répéta Ella, tandis que la jalousie lui transperçait le cœur, brûlante, intolérable.

Nicolas avait aimé Marie, suffisamment pour transgresser les liens familiaux, son code de l'honneur, et la ravir à son frère. Elle qui s'était imaginé qu'il avait agi par vengeance, parce que son frère, le préféré de leur père, était resté à Paris alors que lui-même partait en Afrique avec sa mère !

Jamais elle n'avait pensé qu'il ait pu être amoureux de cette Marie, qu'il lui avait donné son cœur…

— Je croyais l'être, reprit-il. Je m'imaginais que ce que j'éprouvais était de l'amour, et c'était une excellente excuse pour tout ce que je faisais, que je savais être *mal*. Tu sais,

Ella, le cœur, c'est très dangereux. Quand on l'écoute, on mélange tout et on se trouve de bonnes raisons pour tout justifier.

— Je ne suis pas d'accord !

— Parce que cela ne t'est jamais arrivé. Tu ignores jusqu'où l'on peut s'abaisser quand le cœur vous gouverne. C'est pourquoi je préfère me fier à mon cerveau désormais. Lui, au moins, ne m'égare jamais.

En parlant, Nicolas s'était approché de la fenêtre, d'où l'on découvrait la tour Eiffel dans toute sa splendeur. Il se retourna vers Ella.

— Sais-tu pourquoi j'ai un appartement avec une aussi belle vue ? C'est Marie qui l'a voulu. Elle tenait à voir la tour Eiffel. Question de standing, disait-elle, et ses amis étaient tellement admiratifs quand elle les recevait ! Alors j'ai acheté ce loft dont elle rêvait comme une façon de lui prouver mon amour. C'était facile, il suffisait de signer un chèque. Mais dis-moi, c'est ça, l'amour, pour toi ?

— Non.

Ella avait l'estomac noué. Jalousie, tristesse, désillusion, colère, elle ne savait plus ce qu'elle éprouvait. N'y tenant plus elle se leva, s'apercevant à peine qu'elle était nue, ne pensant même pas à ses cicatrices.

Elle avait parlé à Nicolas de sa tragédie et de sa famille ; il lui avait semblé que ces révélations avaient créé un lien entre eux, qu'elle pensait renforcer en faisant parler Nicolas de sa vie. Mais il n'avait jamais voulu. Chaque fois qu'elle l'avait questionné, il s'était dérobé. A présent, après cette conversation sur Marie, elle le sentait plus lointain encore, presque étranger…

— Il faut que j'aille travailler, laissa-t-elle tomber d'une voix neutre. Je prendrai ma douche chez moi. De toute façon, je dois me changer.

Nicolas se contenta de hausser les épaules tout en enfilant un jean noir.

— As-tu eu des nouvelles de Statham pour les emplacements commerciaux ?

Ella secoua la tête.

— Pas encore, non.

— Tu me tiendras au courant ?

— Bien sûr, oui, assura-t-elle distraitement.

Elle était triste, si triste…

13

— J'ai une bonne nouvelle ! lança Ella en pénétrant dans le bureau de Nicolas.

Deux jours s'étaient écoulés depuis leur séparation abrupte, après la discussion sur Marie. Ella n'avait pas cherché à le joindre. Elle s'était décidée à aller le voir car la nouvelle était d'importance.

— Quoi donc ? demanda-t-il, éteignant son ordinateur avant de se lever pour l'accueillir.

— J'ai obtenu une place à la présentation des collections de prêt-à-porter, la semaine prochaine ! s'exclama Ella, contenant mal son excitation. Un vrai miracle ! J'avais fait une demande mais on m'avait répondu que tout était bouclé. Un créateur japonais s'est désisté ce matin et les organisateurs m'ont proposé sa place.

— C'est formidable ! Tu as suffisamment de modèles à montrer ?

— Ma collection automne est prête. Il ne manque que quelques modèles, que je pourrai achever dans la semaine.

Ella s'interrompit et se passa nerveusement la langue sur les lèvres.

— Dis-moi, Nicolas…, reprit-elle, hésitante. Es-tu intervenu pour m'obtenir cette place ?

— Non. Pas plus que je n'ai contacté la responsable des achats de Statham. Elle t'a appelée spontanément.

Le cœur d'Ella se gonfla de joie. Depuis le début de leur collaboration, elle appréciait l'aide de Nicolas ; mais réussir par elle-même à être présente pendant l'une des plus prestigieuses manifestations du monde de la mode, voilà qui l'emplissait de satisfaction.

Parce qu'un jour, Nicolas ne serait plus là, ni dans sa vie ni dans son travail, alors savoir qu'elle saurait se débrouiller seule la rassurait.

Elle réprima un sourire, réalisant soudain que seulement quelques semaines auparavant, elle rêvait du jour où elle pourrait rembourser son associé pour retrouver son indépendance. A présent, elle avait peur de le perdre. Mais comment imaginer qu'il en serait autrement ? Il ne l'aimait pas, et rien ne le retiendrait auprès d'elle quand l'attirance sexuelle entre eux se tarirait.

— Je voulais t'annoncer la nouvelle en personne. Je suis si contente ! On dirait que tu me portes chance, Nicolas.

Il sourit

— Je ne sais pas, mais je suis fier de toi !

C'était la première fois qu'Ella s'entendait dire qu'elle inspirait de la fierté. Et c'était l'homme qu'elle aimait qui le lui assurait ! Rien ne pouvait lui faire davantage plaisir ; elle en fut tellement émue qu'elle baissa les yeux pour que Nicolas ne voie pas ses larmes.

— Merci, murmura-t-elle.

— Veux-tu que nous fêtions la bonne nouvelle ensemble ce soir ?

Elle hocha la tête sans répondre. C'était de la folie, elle le savait, car elle aurait un jour le cœur brisé. Mais elle était tellement heureuse entre les bras de Nicolas !

La semaine suivante fut frénétique : dans la journée, Ella travaillait comme une forcenée, non seulement pour mettre la dernière touche à ses modèles, mais aussi pour organiser sa présentation. Quant à ses nuits, elle les partageait avec Nicolas, et leur passion allait croissant à mesure qu'ils se connaissaient mieux physiquement. Ella était de plus en plus amoureuse, donc de plus en plus heureuse.

Son tour à la présentation des collections était programmé en fin d'après-midi d'un jour particulièrement chargé. Depuis le matin, quand elle était arrivée sur le site, Ella vivait dans un tourbillon de bruit et d'activité. Tout le monde courait dans tous les sens entre les mannequins à demi dévêtues : habilleuses, stylistes, maquilleurs, coiffeurs. Au milieu de ce brouhaha infernal, les régisseurs lançaient leurs ordres. Malgré cette agitation, elle se sentait dans son élément, heureuse, vibrante, jouissant pleinement de chaque instant. Et son assurance n'était pas de façade car Ella était enfin celle qu'elle avait longtemps voulu être : une professionnelle mesurée, sans prétentions excessives mais consciente de sa valeur, doublée d'une femme amoureuse, sûre de combler l'homme qu'elle aimait.

Le monde lui appartenait !

Elle suivit le défilé de ses mannequins sur un écran, depuis les coulisses, tendue à l'extrême. A la fin, elle entendit un tonnerre d'applaudissements. Puis le public — des acheteurs professionnels pour la plupart – scanda son nom, réclamant de la voir. Alors, prenant le bras du modèle qui venait de présenter sa toute dernière robe, elle apparut sur le podium, où on lui fit une ovation.

Son rêve venait enfin de se réaliser ; son cœur explosait d'allégresse.

Mais le temps était compté : une autre présentation suivait, et le directeur artistique s'activait déjà pour réaménager le décor. Ella regagna en hâte les coulisses. Dans la bousculade générale, une jeune femme vint à elle et se présenta comme Sarah Chadwick, responsable des achats pour le prêt-à-porter féminin chez Statham. Encore grisée par les effluves du succès, Ella ne réagit pas immédiatement.

— Votre collection est extrêmement réussie, Ella. Félicitations !

— Merci. Je suis contente que cela vous ait plu, répondit-elle, le souffle un peu court tant son cœur battait vite.

— J'adore votre style : vous faites des vêtements faciles à porter, qui restent cependant élégants et originaux. Je les veux absolument pour Statham ! Nos clientes se les arracheront.

Ella n'en croyait pas ses oreilles.

— Vous... vous voulez mes vêtements dans vos magasins ?

— Absolument, et je ne suis pas la seule, j'en ai peur, sourit Sarah. Aussi, tâchez de nous réserver certains modèles en exclusivité. En échange, nous assouplirons un peu nos conditions habituelles.

— Je... je ferai tout mon possible.

Après lui avoir promis de la contacter dès le lendemain, Sarah Chadwick repartit dans la salle, où une nouvelle présentation allait débuter.

Ella sentait sa tête lui tourner : après son triomphe sur le podium, voilà que sa marque allait être distribuée dans l'un des magasins les plus célèbres du monde ! Conquérir Statham avait été l'un de ses objectifs majeurs depuis qu'elle avait lancé sa marque, et voilà que leurs portes s'ouvraient grand devant elle !

Cette réussite, elle la devait en partie à Nicolas, qui avait si bien su lui donner accès aux bons réseaux. Aussi était-ce avec lui qu'elle voulait partager sa joie — lui, l'être qui comptait le plus pour elle...

Il l'attendait dans le couloir, à la sortie des coulisses, une rose à la main. Le voyant ainsi, Ella oublia tout : le monde alentour, son succès, sa joie et les projets qui déjà prenaient forme dans sa tête. Une seule vision l'habitait soudain : Nicolas tenant une rose au bord du lac au Malawi, ce fameux soir où ils avaient fait l'amour sur le bateau après qu'il l'avait effleurée partout avec la fleur pour connaître son corps.

Elle avança vers lui, le cœur tambourinant avec violence.

— Je suis si heureuse !

— Bravo, répliqua-t-il, lui tendant la fleur. Ta présentation était superbe.

Ella respira le parfum suave qu'exhalaient les pétales veloutés.

— Je suis prise chez Statham. Je viens de voir la responsable des achats.

Nicolas hocha la tête et lui sourit.

— J'en étais sûr.

— Parce que toi, tu ne doutes jamais de rien.

Il haussa les épaules.

— En tout cas, pas de toi.

— J'ai envie de te croire : c'est un si beau compliment ! déclara-t-elle, émue.

— Tu peux partir maintenant ? demanda Nicolas.

— J'aimerais rester encore un petit moment. Je veux remercier le staff, les mannequins et tous ceux qui ont participé à la réussite du défilé.

— Alors retrouvons-nous chez moi d'ici une heure, qu'en dis-tu ?

Ella acquiesça. Rejoindre l'homme qu'elle aimait et passer la nuit avec lui, que demander de plus après une si belle journée ?

— Oh ! c'est trop beau ! On se croirait dans un jardin !

Nicolas observait le visage d'Ella qui déambulait dans l'appartement, extasiée. Il avait mis des fleurs partout, sur tous les meubles, les appuis de fenêtre et même par terre. Dans la chambre, seul le lit était libre, tout l'espace étant occupé par des roses et des orchidées. Dans la lumière tamisée, on aurait dit un décor de conte de fées.

— Merci, soupira Ella. Merci d'avoir préparé une si belle soirée pour clôturer cette merveilleuse journée.

Nicolas avait lui aussi vécu des moments particuliers. Lors du défilé Ella Stanton, il était dans l'assistance ; quand elle était apparue sur le podium pour clôturer la présentation et qu'elle avait souri sous les applaudissements de la foule, sûre d'elle, heureuse de son succès, assumant pleinement son rôle, il avait éprouvé une sensation étrange, comme si sa poitrine se gonflait jusqu'à exploser. De la fierté pour Ella, bien sûr, mais pas seulement…

Et maintenant, sous la lumière douce, au milieu des fleurs qui embaumaient et devant l'air émerveillé de la jeune femme, cette sensation qu'il préférait ne pas analyser le reprenait. Une chose était sûre : il la désirait ardemment. Il voulait la mener à l'extase encore et encore, la sentir s'épanouir de plaisir dans ses bras, mais aussi la rendre heureuse, lui montrer à quel point elle était belle, unique et… et précieuse.

Sans plus attendre, il l'attira dans ses bras. Aussitôt, son sang fusa dans ses veines ; ses pensées se brouillèrent, tout son champ de conscience occupé par le désir qu'il avait d'elle.

Ils se déshabillèrent en hâte, éparpillant leurs vêtements parmi les pétales qui jonchaient le sol. Soulevant Ella, Nicolas la déposa sur le lit avant de s'allonger auprès d'elle.

Chaque parcelle de son corps vibrait d'une érotique impatience ; Ella était frénétique aussi, lui rendant caresse pour caresse, palpitant à l'unisson avec lui. Elle se cabrait sous ses mains, sa bouche, puis à son tour le cherchait des lèvres, de la langue, l'amenant jusqu'au bord de l'extase. Alors elle s'arrêtait, le rendant fou de frustration. Car peu à peu, réalisa vaguement Nicolas, c'était elle qui avait pris le contrôle de leurs jeux. Et elle était si belle, déchaînée, sauvage, audacieuse, sans crainte ni pudeur !

Ella, sa maîtresse, sa femme…

Transporté au-delà des frontières du réel, hors de lui-même, tendu vers l'accomplissement de leur plaisir, il n'aurait pas pensé au préservatif si Ella ne le lui avait pas donné. Jamais, même dans les moments de passion extrême, il ne l'avait oublié. Sauf ce soir…

Se détournant, il le mit en place, fébrile et maladroit.

Quand il pénétra Ella, il la sentit se cabrer sous lui pour

qu'il glisse plus profondément en elle. Il perçut comme venant de très loin ses halètements éperdus car son esprit était vide, le désir avait enténébré toutes ses pensées, si fort, si violent qu'il n'était plus que son jouet.

Ella accompagnait son rythme toujours plus rapide, allait à sa rencontre en soulevant les reins, et il la sentait exaltée dans sa quête d'une fusion ultime.

Quand elle se contracta furieusement sur son sexe tendu, elle cria son prénom ; il s'entendit alors pousser un cri rauque tandis que son corps se tétanisait et qu'il jouissait en même temps qu'elle.

Puis il glissa sur le côté, tenant Ella étroitement enlacée, l'esprit entièrement déconnecté, le corps lourd, infiniment lourd. Jamais il n'avait joui ainsi et pourtant, il avait encore envie de cette femme ! Serait-il un jour rassasié d'elle ?

Et puis ses pensées s'éclaircirent. Il retomba alors durement sur terre. Il perdait sa maîtrise. Ella Stanton lui tournait la tête en lui inspirant un désir aussi fou. Elle le dépossédait de lui-même et brisait ses défenses, il le percevait. Alors que depuis Marie, il s'était interdit toute émotion, tout sentiment.

C'était inacceptable. Il devait absolument se ressaisir avant qu'il soit trop tard…

Ella marchait sur un petit nuage : son défilé avait été un succès dépassant toutes ses espérances, les grands acheteurs se pressaient déjà et la boutique ne désemplissait pas depuis le matin. Pour couronner le tout, elle avait passé la nuit avec Nicolas.

Une folle nuit de passion…

Un sourire de bonheur étira ses lèvres comme elle épinglait une manche de la veste à laquelle elle mettait la dernière main.

A cet instant, la porte de l'atelier s'ouvrit sur Nicolas. Tout de suite, son visage fermé, son expression dure l'inquiétèrent. Qu'était-il arrivé ? Où était l'amant qui lui avait fait passionnément l'amour toute la nuit ? Cet homme devant elle la regardait comme une étrangère. Pire : comme une ennemie !

— J'ai certaines choses à te dire, annonça-t-il sans préambule.

Ella sentit son estomac se nouer. Elle se doutait bien de ce qui allait suivre puisqu'elle avait toujours su que cela arriverait. Nicolas ne croyait pas à l'amour, il n'en avait pas fait mystère. Et donc il était prévisible que…

Mais bêtement, contre toute logique, Ella avait espéré que peut-être, il avait changé. Il était devenu tellement tendre et prévenant dans leurs rapports. Passionné, bien sûr, mais jamais elle ne s'était sentie, entre ses bras, rabaissée à un simple objet de désir et de plaisir. Au contraire !

— J'ai décidé de mettre un terme à notre association, déclara-t-il durement. Je viens de faire le nécessaire auprès de mon avocat. Tu recevras les documents d'ici quelques jours.

— Mais… tout marche si bien ! bégaya-t-elle, effondrée et estomaquée à la fois. J'ai des commandes des magasins les plus prestigieux, on est sur le point de…

— Ne t'inquiète pas, coupa Nicolas, tu n'auras pas de problème de trésorerie. Je te garantis une ligne de crédit à la banque.

— Tu… je… pourquoi ? balbutia Ella. Je ne peux pas accepter ton argent !

Elle se tut, baissa la tête, puis la releva pour regarder son amant bien en face.

— C'est parce que nous sommes ensemble ?

— Nous ne le sommes plus, rétorqua-t-il sur un ton définitif. Je pensais que tu aurais compris quel individu j'étais quand nous avons parlé de ma relation avec Marie. Puisqu'il semble que non, eh bien c'est moi qui te quitte.

Au lieu du désespoir attendu, Ella sentit sa colère monter.

— Tu pensais me faire fuir en m'expliquant combien tu étais vil et capable du pire ? Tu comptais vraiment là-dessus ?

— Aucune fille saine d'esprit ne resterait avec quelqu'un comme moi.

— Moi si ! Car je t'aime, figure-toi !

Cette fois, les mots ne lui avaient pas échappé. A quoi bon mentir quand la vérité la rendait tellement heureuse ? Et pourquoi ne pas la lui dire maintenant qu'elle n'avait plus rien à perdre ? Elle se battrait jusqu'au bout pour faire comprendre à Nicolas combien il était dans l'erreur.

— Ne dis pas cela ! s'exclama-t-il. Tu sais bien qu'il n'y a que du sexe entre nous. J'ai été le premier pour toi, et tu confonds amour et désir. C'est classique. Cela m'est arrivé aussi, comme je te l'ai raconté.

— Je sais que si notre histoire n'était que physique, ta réputation m'aurait tenue à bonne distance sentimentale de toi ; en tout cas, je ne t'aurais jamais interrogé sur ta relation avec Marie. Je m'en serais moquée. Je sais maintenant le mal qu'elle t'a fait et j'en suis malheureuse pour toi. Crois-tu que je le serais s'il n'y avait que « du sexe » entre nous ?

Nicolas soupira, agacé visiblement de l'entendre argumenter.

— Tu n'as rien à attendre de moi, affirma-t-il les dents serrées. Je ne puis t'offrir que du plaisir au lit.

Ella le fusilla du regard.

— Je sais ce que je veux, Nicolas ! Et inutile de prendre tes airs de gros dur avec moi, je te connais. C'est toi qui m'as aidée à devenir une vraie femme, qui m'as montré que je vivais de travers parce que j'avais peur, mais que je pouvais prétendre au même bonheur que n'importe qui. Et voilà que maintenant, celui qui a peur, celui qui ne veut pas prendre de risque, c'est toi ! A cause d'un échec, tu es prêt à renoncer à tout ce qui rend la vie riche et épanouissante. Tout le monde a le droit de faire des erreurs, tu sais.

Nicolas ne répondit pas tout de suite. Quand il le fit, sa voix était très basse, presque un murmure.

— Cette faute avec Marie m'a révélé à moi-même. Je me prenais pour quelqu'un de bien. J'avais tout : un père et un frère aimants prêts à m'aider, de l'argent, l'estime de tous. Mais ma propre faiblesse a tout gâché. Tout ce que j'ai pu faire de bien dans ma vie ne rattrapera jamais cette inexcusable trahison.

Ella commençait à désespérer : Nicolas se rabaisserait-il toujours au lieu d'essayer de se voir tel qu'il était, un homme avec ses faiblesses, tout simplement ?

— Tu n'es pas un dieu, Nicolas Chevalier, déclara-t-elle avec force. Tu es un être humain qui commet des erreurs. Comme nous tous. Et je m'en réjouis. On ne tombe pas amoureuse d'un être parfait ; or, je t'aime.

— Tu te trompes, Ella. Tu t'imagines m'aimer parce que tu crois qu'avec le temps, je changerai, je deviendrai tel que tu le veux. Mais la vérité, c'est que je n'ai rien à te donner. Ni à toi ni à personne.

Des images s'imposèrent subitement à elle : Nicolas sur le bateau caressant sa peau avec une rose ; leur première nuit d'amour ; la nuit dernière, quand il s'était abandonné entre ses bras, impuissant à lutter contre son désir… Cela ne représentait donc rien pour lui ?

— A moi de te dire que tu te trompes, Nicolas ! s'exclama-t-elle avec force. Tu te déprécies et tu te sous-estimes. Tu n'en as pas le droit.

— Tu vis dans un rêve, Ella Stanton. Dans un monde idéal qui n'existe pas.

Un muscle avait tressailli au coin de sa mâchoire ; l'espace d'un instant, Ella vit la panique dans les yeux pailletés d'ambre. Son cœur s'étreignit. L'inévitable allait arriver, elle le savait.

— Je ne reviens pas sur ma décision, reprit Nicolas. Nous ne nous reverrons plus.

Sur ces mots, il tourna les talons et referma la porte sur lui en un geste définitif.

Ella sentit ses yeux s'emplir de larmes. Que serait sa vie désormais, sans Nicolas ?

14

Il pleuvait sur Paris. Ella, qui venait d'arriver devant la porte de son atelier, cherchait fébrilement sa clé dans son sac, pressée d'entrer se mettre à l'abri.

— Ella.

Elle fronça les sourcils, intriguée. Voilà deux semaines qu'elle n'avait pas vu Nicolas. Avait-elle des hallucinations ? Elle entendait sa voix en rêve si souvent qu'elle perdait peut-être la tête.

Comment s'en étonner quand la vie sans lui était un tel calvaire, une réalité si douloureuse qu'elle avait du mal à enchaîner un jour après l'autre, sans le moindre goût à rien ?

Elle tourna cependant la tête, sûre qu'elle avait rêvé. Mais il était là, debout sous la pluie, sans cravate, sans veste, le col de chemise ouvert. Il semblait à bout de force : joues creusées, profonds cernes sombres sous ses yeux aux reflets dorés, la mâchoire et le menton brunis par une barbe de trois jours. Pourtant, jamais Ella ne l'avait trouvé aussi beau, aussi désirable, aussi merveilleux !

— Je croyais que nous ne devions plus jamais nous voir, chuchota-t-elle d'une voix étranglée.

Il baissa les yeux pour éviter son regard.

— Si tu veux, je m'en vais.

— Pourquoi es-tu ici ?

— Ella…, lâcha-t-il, la voix étranglée.

Elle dut se retenir pour ne pas se précipiter dans ses bras :

il lui fallait d'abord savoir la raison de sa visite. C'était trop grave, trop important pour elle.

— Impossible de vivre sans toi, dit-il alors — les mots semblaient lui coûter. La nuit, je ne peux pas dormir ; tu es partout, autour de moi, en moi, et dès que j'essaie de fermer les yeux, c'est toi que je vois. Le jour, c'est pire encore : mon corps me fait mal à cause du manque de toi et je n'arrive plus à m'intéresser à rien. Tu me manques tant… Tu… tu es essentielle pour moi, vitale. Il a fallu que je rompe avec toi pour m'en rendre compte.

Il lui prit la main pour en caresser le dos, là où le feu avait laissé sa marque.

— Tu avais raison, Ella : j'avais peur. Et j'ai peur en cette seconde : peur d'avoir détruit ce qui était si beau, si unique, entre nous. J'étais aveugle, borné.

Il pleuvait à verse à présent, et la pluie trempait sa chemise blanche. Il ne semblait pas s'en apercevoir. Ella non plus n'y prêtait pas attention. Les rues auraient pu être inondées, les trottoirs disparaître sous les eaux, elle n'en aurait pas bougé davantage. En ces instants, elle ne voyait que Nicolas, et son bonheur d'être de nouveau avec lui occupait tout son champ de conscience.

Caressant toujours sa main, il reprit :

— Tu me trouvais parfait, m'as-tu dit un jour. Comme tu te trompais ! J'étais un éclopé du cœur ; alors que toi, tu étais si forte, si clairvoyante, si assurée.

Ella secoua la tête.

— Oh non, je n'étais pas forte, au contraire. J'avais peur de moi-même et de l'image que je projetais de moi. Je jouais la comédie de la femme indépendante alors que j'étais prisonnière de moi-même. C'est grâce à toi que j'en ai pris conscience. Tu m'as aidée à surmonter mes handicaps et à comprendre qu'au lieu d'être spectatrice de ma vie, je devais la vivre. Tu vois tout ce que je te dois ?

Sans répondre, il l'attira pour l'embrasser. Elle lui rendit son baiser avec fièvre.

Quand leurs lèvres se séparèrent, Nicolas chuchota :

— Tu as fait de moi un autre homme, Ella. J'avais si peur que tu ne me découvres vide, stérile, incapable de t'apporter tout ce que tu mérites.

— Tu m'as tout donné au contraire, murmura-t-elle d'une voix tremblante. Tu ne t'en rends peut-être pas compte, mais c'est la vérité. Depuis l'incendie, mon corps était ma prison ; tu m'en as libérée.

— Et toi, tu m'as obligé à ouvrir les yeux. Je ne croyais pas à l'amour — ou plutôt, je refusais d'y croire tant j'en avais peur. C'était tellement plus facile de nier, d'affirmer qu'il n'existait pas plutôt que de risquer de tomber amoureux.

Nicolas reprit les deux mains d'Ella pour les embrasser.

— Une fois encore, je me trompais. L'amour existe. Je le sais parce que je t'aime de toutes les fibres de mon être. Ce que j'éprouve pour toi n'est pas seulement de la passion et du désir, c'est quelque chose de fort, qui m'habite tout entier. Comme si tu étais en moi et que tu me faisais vivre.

Des larmes glissaient lentement le long des joues d'Ella sans qu'elle éprouve le besoin de les essuyer. Nicolas pouvait bien la voir pleurer, quelle importance ? Avec lui, elle n'avait rien à dissimuler

— Je t'aime aussi, Nicolas, déclara-t-elle enfin. Je t'aime pour ce que tu es maintenant, mais aussi pour ce qui tu étais et pour qui tu deviendras.

Nicolas sentait son cœur battre à toute allure. Pour la première fois depuis quinze jours, il était enfin apaisé.

— Je suis à toi complètement et pour toujours, dit-il d'une voix très douce. Et je ferai tout pour te donner le bonheur que tu mérites. Si tu me crois, Ella, accepte de devenir ma femme, je t'en prie.

Ella prit entre ses mains le visage de l'homme qu'elle aimait pour le regarder au fond des yeux.

— Moi aussi, je veux te rendre heureux, Nicolas. Toujours. Je ne veux plus jamais te quitter.

Il sortit alors de sa poche un petit écrin de velours et le lui tendit.

— Je suis allé l'acheter hier, expliqua-t-il devant l'air ébahi d'Ella. Mais j'avais si peur que tu me rejettes. J'aurais été l'homme le plus malheureux du monde.

Elle ouvrit l'écrin et son visage s'éclaira d'un sourire émerveillé.

— Il est rose, s'exclama-t-elle, ma couleur préférée !

Elle retira de la petite boîte un magnifique diamant rose monté sur un anneau tout simple en platine. Nicolas sourit et prit le bijou pour le glisser à son doigt.

— J'ai tout de suite su qu'il était pour toi, mon amour.

— Tu me connais bien…

— Toi aussi, tu me connais ; et tu m'aimes quand même, lança Nicolas en riant.

Ella nicha la tête contre son épaule.

— C'est justement parce que je te connais que je t'aime, Nicolas Chevalier.

Et, sous la pluie, malgré les passants, les voitures qui les éclaboussaient, ils échangèrent un long baiser, seuls au monde, comme tous les amoureux.

Retrouvez en mai 2020,
dans votre collection

GENTLEMEN

Dans les bras de son rival, Kim Lawrence - N°3

Engagée pour garder un cottage durant l'été, Miranda profite du calme de la campagne anglaise. Mais elle a la surprise de se réveiller un matin avec un inconnu dans son lit ! Un inconnu qui s'avère être le neveu de la propriétaire, et qui refuse de quitter les lieux. Désemparée, Miranda comprend alors qu'elle devra cohabiter avec cet homme dont l'arrogance et la beauté virile la perturbent au plus haut point...

La maîtresse de Marcos Allende, Red Garnier

C'est par dépit que Virginia se tourne vers Marcos Allende, son patron, afin de lui demander l'avance financière qui pourra l'aider à payer les dettes de son père. Cependant, même si elle redoute la réaction de cet homme aussi sexy qu'impitoyable, elle est stupéfaite par la proposition de celui-ci : il ne lui prêtera l'argent que si elle accepte de jouer le rôle de sa compagne le temps d'un voyage d'affaires...

Un troublant sauveur, Carla Cassidy - N°4

Sous le choc, Tamara ne peut réprimer un frisson. Si Seth Hawkins, un agent du FBI, ne l'avait pas sauvée de justesse, elle aurait été assassinée par un dangereux tueur en série. Qui est-il ? Elle l'ignore... Voilà pourquoi Seth s'est mis en devoir de la protéger. Une présence à ses côtés que Tamara hésite pourtant à accepter. Car Seth est si rassurant et séduisant qu'elle pourrait bien tomber amoureuse de lui...

Le contrat de Cristiano Andreotti, Lynne Graham

Lydia Powell... Cristiano Andreotti n'a jamais oublié ce nom. Celui de la femme qui l'a trahi en lui laissant croire qu'il y avait entre eux quelque chose d'unique, avant de le quitter pour un autre. Et, aujourd'hui, il la tient enfin à sa merci. Accusée de détournement de fonds, Lydia n'aura d'autre choix que d'accepter son marché : il est prêt à rembourser l'argent si elle devient sa maîtresse pendant un an...

OFFRE DÉCOUVERTE !

Vous souhaitez découvrir nos collections ? Recevez **votre 1er colis gratuit* avec 2 cadeaux surprises !** Une fois votre colis de bienvenue reçu, si vous souhaitez continuer à recevoir nos livres, cela se fera automatiquement. Vous recevrez alors vos livres inédits** en avant-première.

Vous n'avez aucune obligation d'achat et cette offre est sans engagement de durée !

*1 livre offert + 2 cadeaux / 2 livres offerts pour la collection Azur + 2 cadeaux. La collection Gentlemen démarre avec le 1er colis payant.
**Les livres Ispahan, Sagas, Best-Sellers Féminins et Gentlemen sont des réédités.

☛ COCHEZ la collection choisie et renvoyez cette page au
Service Lectrices Harlequin – CS 20008 – 59718 Lille Cedex 9 – France

Collections	Références	Prix colis*
❑ **AZUR**	Z0ZFA6	6 livres par mois 28,79€
❑ **BLANCHE**	B0ZFA3	3 livres par mois 23,65€
❑ **LES HISTORIQUES**	H0ZFA2	2 livres par mois 16,59€
❑ **ISPAHAN**	Y0ZFA3	3 livres tous les 2 mois 23,35€
❑ **PASSIONS**	R0ZFA3	3 livres par mois 25,09€
❑ **SAGAS**	N0ZFA3	3 livres tous les 2 mois 27,66€
❑ **BLACK ROSE**	I0ZFA3	3 livres par mois 25,09€
❑ **VICTORIA**	V0ZFA3	3 livres tous les 2 mois 25,69€
❑ **GENTLEMEN**	G0ZFA2	2 livres tous les 2 mois 17,35€
❑ **MAGNETIC**	K0ZFA3	3 livres tous les 2 mois 23,07€
❑ **BEST-SELLERS FÉMININS**	E0ZFA2	2 livres tous les 2 mois 18,75€

N° d'abonnée Harlequin (si vous en avez un) ____________

Mme ❐ Mlle ❐ Nom : ____________

Prénom : ____________ Adresse : ____________

____

Code Postal : ______ Ville : ____________

Pays : ____________ Tél. : ____________

E-mail : ____________

Date de naissance : ____________

❐ Oui, je souhaite recevoir par e-mail les offres promotionnelles des éditions Harlequin.
❐ Oui, je souhaite recevoir par e-mail les offres promotionnelles des partenaires des éditions Harlequin.

Date limite : 31 décembre 2020. Vous recevrez votre colis environ 20 jours après réception de ce bon. Offre soumise à acceptation et réservée aux personnes majeures, résidant en France métropolitaine, dans la limite des stocks disponibles. Prix susceptibles de modification en cours d'année. Vous pouvez demander à accéder à vos données personnelles, à les rectifier ou à les effacer. Il vous suffit de nous écrire en nous indiquant vos nom, prénom et adresse à : Service Lectrices Harlequin CS 20008 59718 LILLE Cedex 9. Service Lectrices disponible du lundi au vendredi de 8h à 18h : 01 45 82 47 47.

Composé et édité par HarperCollins France.

Achevé d'imprimer en février 2020.

CPI
BLACK PRINT

Barcelone

Dépôt légal : mars 2020.

FSC
www.fsc.org
MIXTE
Papier issu de sources responsables
FSC® C108412

Pour limiter l'empreinte environnementale de ses livres, HarperCollins France s'engage à n'utiliser que du papier fabriqué à partir de bois provenant de forêts gérées durablement et de manière responsable.

Imprimé en Espagne.